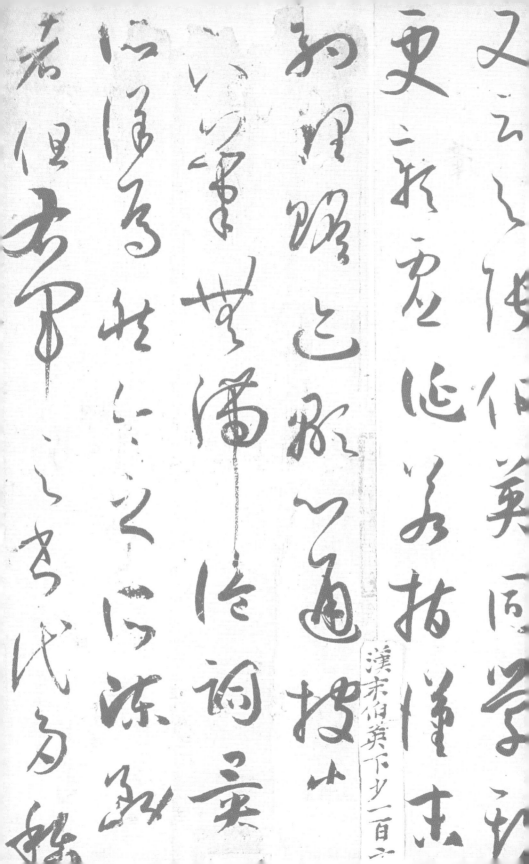

刘涛 著

生活·讀書·新知 三联书店

Copyright © 2017 by SDX Joint Publishing Company.
All Rights Reserved.
本作品版权由生活·读书·新知三联书店所有。
未经许可,不得翻印。

图书在版编目(CIP)数据

字里书外 / 刘涛著. —北京:生活·读书·新知三联书店,2017.1
(2019.1 重印)
ISBN 978 - 7 - 108 - 05316 - 9

Ⅰ.①字… Ⅱ.①刘… Ⅲ.①散文集-中国-当代 Ⅳ.①I267

中国版本图书馆 CIP 数据核字(2015)第 104568 号

责任编辑	张 荷
装帧设计	蔡立国
责任印制	董 欢
出版发行	生活·讀書·新知 三联书店
	(北京市东城区美术馆东街 22 号 100010)
网 址	www.sdxjpc.com
经 销	新华书店
印 刷	三河市天润建兴印务有限公司
版 次	2017 年 1 月北京第 1 版
	2019 年 1 月北京第 2 次印刷
开 本	635 毫米 × 965 毫米 1/16 印张 17.75
字 数	244 千字 图 180 幅
印 数	08,001-13,000 册
定 价	49.00 元

(印装查询:01064002715;邮购查询:01084010542)

目　录

金石之制 1
铭石书 7
东汉碑刻隶书 14
小汉碑：东汉刑徒砖 21
隶书与"八分楷法" 30
执笔法："双钩直执"和"单钩斜执" 37
"贺大蜡"与《蜡节帖》 45
《晋贤十四帖》的前尘往事 52
"兰亭之会"与《兰亭序》 60
《兰亭》名本 67
山阴好迹有《初月》 76
王羲之议婚尺牍《中郎女帖》 81
《游目帖》所见王羲之晚年心愿 86
《寒切帖》的"谢司马" 92
王珣《伯远帖》与王僧虔《王琰帖》 98
智永和他的先辈 104
收藏"王书" 110
书法鉴定之初 118

文论且当书论读 124
魏碑：楷书新经典 131
欧阳询和虞世南 138
褚遂良楷书之变 144
孙过庭《书谱》 152
张旭"饮酒辄草书" 159
唐僧怀素与《自叙帖》 170
颜体楷书 177
鲁公三稿 184
米芾评唐楷 190
北宋书风分段看 197
"二苏"兄弟 205
欧阳修病目之后的书作 211
苏轼《黄州寒食诗帖》 217
黄庭坚：分得闲身自经营 224
米芾："集古字"到"自成一家" 230
阁帖与帖学 236
赵孟頫：是耶非耶 244
董其昌：艺术与宦情 250
八大山人那些谜 257
傅山：遗民、学者及书法家 264
台阁体与馆阁体 272

后记 280

金石之制

《墨子》里多次提到"书于竹帛,镂于金石,琢于盘盂",这句话常被引用。2002年,上海书店出版钱存训研究中国古代书籍史的专著,书名就叫《书于竹帛》。

墨翟生活在春秋、战国之交,竹(竹简)、帛(丝织品)、金(青铜)、石已是并行于世的书写材料。墨翟未提到殷商甲骨文,盖龟甲、兽骨不是平常使用的书刻材料,而且甲骨文是王室的私密档案,只有占卜的贞人、刻辞者和史官才能见到。殷商灭亡,甲骨文就渺无音讯了,19世纪末年才意外发现。

竹、帛、金、石四类材料,质地各异,完成文字的方式也不相同,有书,有刻,有铸。

"书"是用毛笔书写文字的行为,现在称作"写"。先秦时代,写字通谓"书",甲骨文里已有"书"。而"写"字最初见于秦国《石鼓文》里,例如《銮车》(第九石)"四马其写,六辔骜箸"一句,意谓驷马奔驰如流水之泻。这里的"写"读为 xiè,倾泻之意,后来俗为"泻"。读为 xiě 的"写",本意为移置、放置,汉代引申为誊录抄写之意。《汉书·艺文志》记武帝"建藏书之策,置写书之官",这里的"写书"指抄书。南朝王僧虔《论书》记"谢静、谢敷并善写经",写经即抄经。晚近,写才泛指书写行为。

"刻"有两种情况,一种是先书后刻,有的甲骨文上留有这样的痕迹。秦国《石鼓文》、汉朝碑文都是先书后刻。另一种是用刀直接在甲骨、金石器物上刻画文字，有的精细，有的草率。

"铸"字于铜器，工艺繁复，先用硬器在器形的初胎上完成文字，如治印章那样可以仔细修饰加工，然后制作外范，合范后浇铸而成。

三种完成文字的方式，难易有别：铸文字于青铜器，工艺最繁，其次是刻石，再次是直接书于竹帛。就字迹而言，"书"所显示的墨迹是原生态，经过"铸""刻"方式加工的字迹则是次生态。

金石之固，远胜竹帛。《墨子·明鬼》说："恐后世子孙不能知也，故书于竹帛，传遗后世子孙。咸恐其腐蠹绝灭，后世子孙不得而记，故琢之盘盂，镂之金石以重之。"古人把传于后世的重要事情"书于竹帛"，恐竹帛腐蠹，又镂于金石。图书馆专家李致忠认为："古人将什么事情写在竹帛上，什么事情雕刻在金、石、盘盂上，是轻重有别的。"（《中国书籍史话》58页）

古人"腾芳万古，擅美千龄"之念，托于有形之物，则看重金石，所谓"策功茂实，勒碑刻铭"（周兴嗣《千字文》）。我们看到，西周青铜器铭文常以"子子孙孙永宝用"作结，汉碑上也常常见到"刊石竖表，名勒万载"之类的话。许多汉碑碑阴刻有门生故吏的籍贯姓名，北宋金石家赵明诚认为这也是一种传名后世的方法："一时名卿贤大夫，死而立碑，则门生故吏往往寓名其阴，盖欲附托以传不朽尔。"（《金石录·跋尾·汉州辅碑阴》）

古代铭刻文字的金石之制，先秦时期"金多石少"。青铜时代的殷周，文字充当着与神灵沟通的角色，青铜器是财富和权力的象征物（张光直《美术·神话与祭祀》78页、81页）。青铜是贵重金属，那些不惜工本精心制作的青铜器，尤其用于祭祀的钟鼎礼器，为君王、诸侯所专。青铜器上往往铸刻文字，篇幅最长的《毛公鼎》，铭文多达四百九十七字。这类铭文，过去简称"钟鼎文"，现在叫作"金文"。铭文内容有祭祀典礼、征伐纪功、赏赐锡命、称扬先祖、训诰、契约等类，都有"书史"的性质（容庚、张维持《殷周青铜器通论》）。

西周《毛公鼎》铭文

先秦的刻石文字遗迹较少，最早是1976年殷墟妇好墓出土的小石磬上所刻零星文字。1986年陕西凤翔南指挥村秦公大墓出土的石磬上有颂扬秦公的铭文，王辉《秦公大墓石磬文字联缀及有关问题》说，缀合后共有铭文二十六条，二百零六字（包括重文六字）。墓主为秦景公（前576～前537在位），约当春秋中、晚期之际。唐朝发现的秦国《石鼓文》，也刻于秦景公时代，凡十枚，每石刻四言诗一首，记秦公事迹。《石鼓文》发现早，形制大（每石高约二尺，围约七尺），文字多（七百余字），历来推为"天下第一石刻"。民国年间，河北平山县发现战国时期中山国《公乘守丘刻石》，文字刻于一块不大的自然石上，书法不如《石鼓文》规整。

秦汉以来"石多金少"。秦始皇巡

春秋秦国《秦公大墓石磬》铭文

金石之制　3

春秋秦国《石鼓文》　　　　　　　　战国中山国《公乘守丘刻石》

游东土,随行大臣就地取石刻文,颂扬秦皇混一天下的功德,秦二世又"尽刻始皇所立刻石"。汉朝铭刻文字以石代金,东汉时期立碑刻石之风大盛,宫室、家庙、寺观、墓园皆立碑,石阙刻铭,栈道则摩崖刻字。

先秦"金多石少",秦汉"石多金少",其中缘由,清朝龚自珍这样解释:"石在天地之间,寿非金匹也。其材巨形丰,其徙也难,则寿侔于金者有之。古人所以舍金而刻石也与?"(《说刻石》)以今天的眼光看,殷周金石文字之所以"金多石少",还在于当时缺乏铁制刀具。铁的硬度高,冶炼的熔点也高,西周晚期才出现铁制品。考古报告显示,秦公大墓出土多件铁器,其他秦墓也曾出土铁器,有了锋利的铁制工具,秦国能够刻制《石鼓文》就不难理解了。秦汉进入铁器时代,可以大量开山取石刻字,故而"石多金少"。

取用石材铭刻文字还有胜于青铜的优越性:一是石材易得,凿山可取,资源充足;二是刻石使用的工具也较为简单;三是可以就便在山崖石壁上刻字,字迹可大可小;四是碑石、摩崖可以容纳长篇文字。所以,金石之制的"以石代金"是必然的趋势。

石材贱于青铜,但制作石碑的工序也相当繁复:采石、搬运、打制

东汉《白石神君碑》
碑首采用透雕法

碑形、磨光石面、划格、书丹、最后刊刻,耗工费时,需要财力支撑。许多汉碑背面刻有捐款人及款额,可见门生故吏为长官立颂德碑,地方官员刻立祠庙碑,曾经募集资金。东汉刻立儒家典籍的《熹平石经》,以及曹魏《三体石经》、唐朝《开成石经》、五代《蜀石经》、宋朝《嘉祐石经》,是用石碑制作书籍,莫不是朝廷拨款。北朝凿窟造像,摩崖刻经,工程巨大,或为皇家资助,或得官绅赞助。

汉朝盛行刻碑之风,却见不到西汉时期的碑刻。北宋欧阳修曾经感叹:"至后汉以后始有碑文,欲求前汉碑碣,卒不可得。是则冢墓碑自后汉以来始有碑文。"(《集古录跋尾·宋文帝神道碑》)西汉无刻文之碑,南宋学者尤袤这样解释:"西汉碑,自昔好古者固尝旁采博访,片简只字,搜括无遗,竟不之见。如阳朔砖,要亦非真。非一代不立碑刻,闻是新莽恶称汉德,凡所在有石刻,皆令仆而磨之,仍严其禁,不容略留。"(陈槱《负暄野录·前汉无碑》)但是东汉前期仍然见不到碑版之制,这又如何解释呢?

我们知道,汉承秦制,所以西汉有刻石,无石碑。铭文之碑,当始于东汉。汉碑形制,高度多在二米以上,有的高达三米。碑首的雕刻工艺,有朴素的"圭首",也有繁复的浮雕"晕首",甚至采用透雕的工艺装饰碑首。

东汉的大型石碑，可能与西汉出现的大型石雕存在某种承继关系。西汉霍去病墓前的石雕群是西汉大型石雕的典型，石雕上所刻文字有篆有隶，字数不多。霍去病在汉武帝时期任骠骑将军，远征河西走廊，深入漠北，击破匈奴，打开西域的通道。他卒于公元前117年，墓前石雕大约刻于稍后的几年间。

近些年，北京大学的学者提出，西汉大型石雕受到外来文明的影响。阎文儒指出，霍氏墓这些石雕群的题材是森林、草原常见的动物，"渗透着草原文化的气息"。林梅村推测，霍氏墓大型石雕群"可能来自匈奴的习俗"，"那些带有浓郁草原艺术风格的石雕也许是匈奴工匠的作品"。李零认为：大型石刻在中原文化中找不到先源，似受外来文化影响产生的。

金石之制虽坚固，历久亦漫灭。石碑露天而立，所谓"雨打风吹字已无"；贵重的青铜器藏于室内，鼎革之际难逃销熔之厄，器毁而文字亡。有了纸张之后，先民发明传拓法，可以大量复制金石文字，变金石之书为纸质拓本，便于收藏、传写。即使器物毁佚，上面的文字书迹犹可传世。古代相传的拓本数量，碑刻文字远多于青铜器铭文。唐人编撰的《隋书·经籍志》说，当时秘府犹有汉魏石经以及"秦帝刻石"的"相承传拓之本"。金石拓本置于案头，学者研读金石文字，书家临写书迹，可以随时把玩，无须远途跋涉去访碑。

金石文字是研究古史的重要资料，一些学者专门搜罗古代金石器物，收藏拓本，分门别类，定名著录，训释文字，考订名物制度，名为"金石学"。这门学问"盛于两宋，衰于元明，而复兴于清"，是中国古代"考古学的核心"（朱剑心《金石学·序》）。西方"文艺复兴"之后，也有一门近似我国金石学的"铭刻学"（Epigraphy），属于考古学的分支学科。20世纪，学科专业化，西方考古学也引进我国，涉及今日文字学、历史学、文学、图书学、器物学多个学科的传统金石学衰微，不再是一门独立的学问。

铭石书

书家历来看重秦篆、汉隶、唐楷,都是刻在石上的书迹,俗称"秦刻石""汉碑""唐碑"。古代刻有文字的石制品,金石学家以形制、用途命名,多达十余种。"刻石"最早,秦始皇所立纪功刻石,形制如方石,环刻文字,前人名为"刻石"。其次是"碑",先秦时代就有碑,宫中测日影的竖石,墓旁引棺下葬的竖石,庙里系牲的竖石,皆曰碑,但不刻文字,东汉始有刻文之碑。石碑上书刻的文字,字形大于竹帛之书。

东汉那些表事迹、述功德的石碑,碑文分两个部分,前为序,用散文叙事;后有铭,用韵语作颂。这种前序后铭、散文韵语结合的体例,西晋陆机《文赋》列为十种文体之一,也名为"碑"。

汉朝人书碑,石碑卧于地,俯身碑上书写,也是辛苦事。碑石颜色或青或灰,用鲜艳的朱砂写碑文,字迹不变形,不易褪色,色泽醒目,便于工匠镌刻。朱砂是汞化物,古时称作"丹",所以写碑称为"书丹"。东汉以来,书碑之事遣派书吏为之,间有官僚书家为之,蔡邕书写石经碑是著名的例子。

帝王写碑,始于唐朝,或者说,不晚于唐朝。太宗、高宗、武则天的御制之碑,形制高大,庄重气派。贵为天子,当然不会直接在石碑上书丹。即使做臣子的欧阳询,贞观年间还在写碑,七十五岁写了《房彦谦碑》(631)和《化度寺碑》(631),七十六岁写了《九成宫醴泉铭》(632),古稀老人哪里经得起趴在碑上书丹的折腾。情理如此,那么唐朝君臣又如何写碑呢？答案可以在《升仙太子碑》碑阴题名里找到："承议郎行左春坊录事直凤阁臣钟绍京奉敕勒御书"，"宣议郎直司礼寺臣李元琛勒御书"，所谓"勒御书"，就是把武则天写在纸上的碑文摹勒到石碑上。

摹勒纸上写好的碑文，先用朱笔双钩纸背面的字迹，成空心反字，再把纸正面朝上扣在磨光的碑面上，使背面朱砂双钩的空心字贴于碑面，其上再垫纸，然后用圆滑的石头研磨，使纸的背面朱砂双钩空心字印到石碑上，再由工匠镌刻。

书家在纸上写碑文，才有了摹勒上石的工序。摹勒者，应该是能书擅书之辈，唐朝官府里有很多这样的书手。"勒御书"的钟绍京当时就是擅书的低级文官。如此一来，节省了书家的体力，提高了写碑的效率。唐碑之多，形制之大，都胜于汉碑，改变前代写碑的"书丹"方式恐怕也是重要原因之一。

书刻碑版的书体，南朝刘宋书家羊欣（370～442）称为"铭石之书"。见于他评论钟繇书法的一段话："钟书有三体：一曰铭石之书，最妙者也；二曰章程书，传秘书教小学者也；三曰行狎书，相闻者也。三法皆世人所善。"（《采古来能书人名》）

钟繇（151～230）由汉入魏，在东汉生活了七十年。羊欣所说钟繇擅长的三种书体，"铭石之书"指用于碑刻的八分隶书，"章程书"指楷书，"行狎书"指行书，则用于日常文牍。那时行书、楷书刚刚兴起，是"书于竹帛"的新书体，钟繇以这两种书体获得书法声望，而羊欣认为他的隶书"最妙"。南齐王僧虔（426～485）《论书》也说到钟繇的三体，乃抄撮羊欣之说，他把"铭石之书"简化为"铭石书"。

汉代书刻庄重的纪念性碑版，通行正体隶书，所以南朝书家称为"铭石书"。纵览古代铭石书迹，都是采用当时的正体，因此我们可以借用"铭石书"泛指刻在石上的正体书迹，或者说，正体才有"铭石体"资格。

"铭石书"之"书"，兼指书写和文字，具体所写文字又必属某种书体。

文字书写之事，古来一直要求文字正确，书写端正。汉朝课吏，规定"书或不正辄举劾之"（《说文叙》引《尉律》）。唐朝选拔官吏的"身言书判"四项考核，书写一项要求"楷法遒美"（《新唐书·选举志》）。勒碑的文字意在垂于后世，则"铭石之书"往往采用当时规范的正体，以示"礼敬"的郑重。为了体现书法之美，书碑者多是一时之选的书法名家。所以历史上的大量书法杰作都是"铭石之书"，如唐碑楷书、北朝碑志楷书、汉碑隶书、秦刻篆书，不但是后世临池学书的范本，历久而成为书法经典。

历史上的正体，先后经历了篆书、隶书、楷书三个时代，那么古代"铭石书"（铭石体）的进程又是怎样的情形呢？

殷周到秦朝是文字书写的篆书时代。西周的正规字体见于青铜器，是大篆，为秦国继承，在春秋时代的秦国才出现长篇大字刻石《石鼓文》，体势与秦国的金文《秦公簋》一致。秦朝正体是改大篆而来的小篆，秦始皇东巡所立刻石都是小篆体。

汉朝的日常书写通行隶书，正

西周晚期《虢季子白盘》

铭石书　9

秦国《秦公簋》
（器铭）

秦朝《泰山刻石》

霍去病墓刻石

体进入隶书时代。西汉时期，铭石书仍然采用篆书，如西汉前期的《群臣上寿刻石》（前158）、《鲁灵光殿址刻石》（前149），西汉末年的《居摄两坟坛刻石》（7）以及新莽《冯孺人墓题记》（18），文字皆为小篆。西汉隶书刻石极少，现存最早的遗迹是《霍去病墓刻石》（前117稍后），刻于西汉中期汉武帝元鼎初年，另外几件是西汉后期的隶书刻石。到了东汉，铭石书才普遍采用隶书，三国时期依旧。

晋朝进入正体的楷书时代，但两晋以至南朝刘宋前期，铭石书仍是隶书。刘宋后期渐用楷书写碑志，如《爨龙颜碑》（458）、《明昙憘墓志》（474）。5世纪后期的南齐，铭石的书体才普遍采用楷书。

字体演变发展，前代的正体变为后代的古体。秦朝正体的小篆，在汉代则是古体；进入楷书时代之后，篆隶都是古体。先民尚古崇古，勒碑的"铭石书"常用曾是正体的古体。隶书时代，仍有一些篆书碑刻，如东汉《袁安碑》《袁敞碑》《三公山碑》，如三国时代吴国《天发神谶

南朝宋《爨龙颜碑》

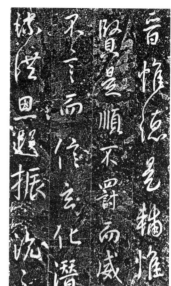
唐太宗《晋祠铭》

碑》《禅国山碑》。进入楷书时代之后，仍有一些篆隶碑志，但篆书更多用于题刻碑额、墓志盖。

写碑用正体，是个不成文的规矩。前面说到唐朝前期的几个帝王写碑，却不用正体。唐太宗喜好王羲之行书《兰亭序》，晚年所写《晋祠铭》（647）、《温泉铭》两碑，都用仿学的王羲之行书。高宗李治写《李勣碑》（677）也用行书，笔迹近似太宗，但笔力不如太宗雄浑。帝王用行书写碑，士人景从，书家李邕、张从申、苏灵芝、吴通微都有碑刻行书传世。僧人效法，是摹集王羲之的行书刻碑。集王字的做法，始于梁朝《千字文》，却是楷书。唐朝集王字摹勒的行书碑，文献记载约有十余通，最早且著名的一通，是高宗朝刻立的《怀仁集王羲之书圣教序》（672）。

武则天写《升仙太子碑》（699），别出心裁用草书。升仙太子指周灵王太子，名晋，人称太子晋，又称王子晋。传说修道成仙，曾经乘鹤

铭石书　11

唐朝《怀仁集王右军书三藏圣教序记》

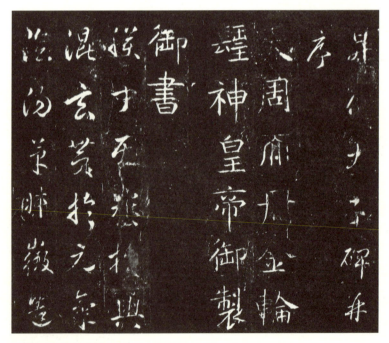

武则天《升仙太子碑》

降落缑氏山顶峰，与家人告别。后人在缑山建了升仙太子庙，以示纪念。武周圣历二年（699），武则天由洛阳赴嵩山封禅，返程路过缑氏，留宿缑山升仙太子庙，写了《升仙太子碑》。封禅活动，升仙太子的传说，还有碑阴所刻武则天《游仙篇》"愿□丹诚赐灵药，方期久视御隆周"的诗句，都关乎道教，而道教通天帝的符箓用草书，也许是这些原因，武则天才采用草书写《升仙太子碑》吧。但草书难识，而且武则天篡唐乱政不得人心，用草书写碑未如行书碑刻那样风行一时。

  清朝乾隆皇帝也喜欢到处刻碑，现在许多名胜之地还能见到乾隆"御笔"行书大碑。唐太宗写碑虽用行书，碑文仍遵守前序后铭的古制。乾隆写的一些碑，内容是应景的纪游诗，徒具碑的形制而已。

  帝王用哪种书体写碑，无所顾忌，怎么写也是宸翰御制，无人敢去非议。书家写碑铭志，必须遵循文字书写礼仪，照章办事，用正体。

东汉碑刻隶书

汉朝人日常的文字书写，普遍采用隶书，郑重的碑刻之制也是如此。汉朝这段书法史，可以称之为"隶书时代"。

汉朝铭文之碑刻，西汉无，东汉多，宋朝的金石家已经注意到这个现象。我对东汉碑刻的书写时间做过统计，结果是，东汉前期尚少，中期渐多，后期最盛。我们今天熟悉的汉碑名品，《乙瑛》（153）、《礼器》（156）、《华山》（161）、《史晨》（169）、《曹全》（185）、《张迁》（186），皆刻立于东汉后期的桓灵之世。这些郑重的碑刻之制，往往遴选书吏中的高手为之，刻工也精细，后世书家引为临习隶书的正宗范本。

东汉各类刻石文字，有碑、碣、摩崖、墓记、石阙、石券等等，以"碑"为多。碑原是一种不刻文字的"竖石"，按东汉经学家郑玄（康成，127～200）的说法：周朝时，宫廷中识"日影"的立石，宗庙里拴系牲口的石柱，墓穴旁引棺下葬的石（木）柱，都称作"碑"。秦朝曾把颂扬秦始皇功德的文辞刻在竖石上，名为"刻石"。西汉时期仍无铭文之碑，北宋欧阳修说：至后汉以来始有碑文，欲求前汉时碑碣，卒不可得。从欧阳修到今天的千年间，时有汉碑出土，仍然见不到东汉以前的铭文之碑。就现存遗物看，立碑成为时尚，在东汉中后期，人们因事随时立碑。推原当时的社会风俗，营丧活动中建立的墓碑应该占有相当的数量。

东汉厚葬成风，厚葬的显著标志是起坟垄、树墓碑，一些高官显贵之家还要在墓园立阙建祠堂。阙是墓园进口处显示威仪的建筑，将雕

东汉《开通褒斜道摩崖》

东汉《幽州书佐秦君石阙》

琢的块石垒砌而成,偶有题记。祠堂又称冢舍,墓园的祭祀之所,石结构,四壁雕刻画像故事,并勒题记。清朝黄易在山东嘉祥访得的武氏祠最为著名,建于东汉桓灵之世,画像雕制精巧,内容丰富,大体是神话传说、经史故事、现实生活三类,人物旁有题名,有题记。

厚葬耗资甚巨，若按厚葬习俗办丧事，贫而守礼之士，只能厝柩不葬，以避不孝之讥。为了尽孝，也有人不惜倾家荡产营办葬事，东汉书法家崔瑗去世后，其子崔寔"剽卖田宅，起坟冢，立碑颂。葬讫，资产竭尽，因穷困，以酤酿贩鬻为业"（《后汉书·崔寔传》）。但崔寔因此博得"至孝独行之士"的美名，桓帝时征召入朝，做了侍从皇帝的郎官。

汉碑形制有大有小，碑高通常两三米。碑的上部叫碑额，有圭形、圆形之分。碑名题于碑额，名为"题额"。东汉题碑额的书体，有篆有隶，多用篆书题额，名为"篆额"。有些汉碑的碑身上部居中处，保留了古代引棺下葬碑的遗制，凿有圆孔，名为"穿"。碑身正面为"碑阳"，书刻碑文；碑身背面称"碑阴"，往往题写捐资者的姓名和钱数，如果捐资的人数众多，碑阴刻满后，则刻于碑之两侧，这种情况可以在《礼器碑》上看到。碑阳的隶书工整精丽，刻工精致，而碑阴书法往往草率，所以后世书家临仿汉碑往往重碑阳而轻碑阴。

东汉《鲜于璜碑》碑额

东汉《曹全碑》

东汉《张迁碑》

东汉《礼器碑》

汉碑是个通称，按铭刻的文字内容及用途，主要分为墓碑、功德碑、记事碑、祠庙碑、刻经碑。墓碑如《孔宙碑》《鲜于璜碑》，记载墓主籍贯、家世、生平经历和死亡日期。功德碑如《曹全碑》《张迁碑》，颂扬官员政绩，也叙及官员的家世。记事碑如《礼器碑》《乙瑛碑》，记叙重要事件（相关诏书、奏文）。祠庙碑如《华山庙碑》《白石神君碑》，叙周以来历朝在西岳华山举行的祭祀典礼；记白石神君之灵异，兼记修庙之事。石经碑仅有《熹平石经》，朝廷所立，书刻经由学者"正定"的五部儒家经典，是中国最早的石经碑。

东汉墓碑碑文，一般由叙事的"序"和赞词的"铭"两个部分构成，自成一种文体，古人也称作"碑"。东汉著名文士杨修、马融、皇甫规、桓麟，还有文士兼书家的崔瑗、崔寔、蔡邕、邯郸淳，都擅长碑文的撰作。蔡邕一生所作的碑文最多，陆侃如《中古文学系年》的著录犹有二十六种。颂德体裁的"碑",注重辞藻华丽,一意虚誉浮夸,当年蔡邕对卢植说:"吾为碑铭多矣,皆有惭德,唯郭有道无愧色耳。"郭有道名泰,东汉大名士。

　　碑文大多由当地文吏直接写于石上,叫作"书丹"。汉承秦制,文吏具备的"全套"能力是"能书会计,治官民,颇知律令"。汉朝教育,有"学治文书"的"文吏之学",而"治文书"的基本条件是"能书"。为了保证文吏具备文字书写技能,朝廷设立了一套考试制度,考试内容分为两个部分:一是识读古文字的能力,即《张家山汉简·史律简》所谓"试史学童以十五篇,讽书五千字以上"。"十五篇"指大篆《史籀》十五篇。二是考察书写能力,试以"秦书八体",即许慎所说的大篆、小篆、刻符、虫书、摹印、署书、殳书、隶书之类。说是"八体",若按文字组织结构划分,不外篆书、隶书两大类型。这是西汉的情况。王莽当政,书体改为古文、奇字、篆书、佐书、缪篆、虫书,名为"新莽六书",仍然在篆、隶两大类型范围内。经过考试的文吏,训练有素,又长期从事书写,书技娴熟,而且写碑人又是文吏中的善书者,所以汉碑隶书写得那样精妙也就不奇怪了。

　　立碑向来是件郑重的事情,书写者受托写碑,重人之事,自会认真对待。如果是官府敕令刻碑,书碑者自律之外,还有一个保证书写无误的"察书"程序。这在文献不见记载,而汉碑上偶有所见。东汉桓帝延熹八年(165)刻立的《华山庙碑》,末有一段题记:

　　　　京兆尹敕监都水掾霸陵杜迁市石,遣书佐新丰郭香察书,刻者颍川邯郸公修、苏张,工郭君迁。

　　东汉人写碑,尚无署名之制,因此宋朝金石家对"郭香察书"的解读颇有争议。欧阳修之子欧阳棐理解为郭香察所书,当作书写者的署名。而洪适认为汉朝人习用单名,"郭香"是姓名,"察书"就是到刻碑现场察核文字是否讹误,书体书法是否工整。汉朝政府对公文的书写也有规定,"书有不正辄举劾",这和"察书"的做法一致。《华山庙碑》是"肃恭神明"的碑刻,又是弘农太守袁逢交办的事情,"察书"以示慎重。1997年河南偃师出土唐朝颜真卿书写的《郭虚己墓志》,志题下附刻小字一段:"剑南节度孔目官徵士郎行太仆寺典厩署丞张庭询检校。"这段文字告诉我们,张庭询是郭虚己的僚属,大概由他经办郭氏的营葬事务。张庭询的"检校",当然包括核对《郭虚己墓志》的文字,和汉代的"察书"如出一辙。

如果汉代的"察书"同于唐朝的"检校"之意,则可知道,官府主持的刻碑设有校对碑文的环节。这让我联想到公文类的汉简上有两人联署的现象,估计其中一人是书写者,一人负责检校文字、发送文书。《华山庙碑》的书写者,恐非"郭香",而是官府另外一位书吏。

北宋学者注重收集金石拓本,欧阳修的《集古录》开了金石研究之风。其后赵明诚《金石录》,著录汉朝碑刻百余种,数量甚于欧阳修,部分有考释,南渡后由其夫人李清照完成。洪适《隶释》《隶续》是研究汉朝碑刻的第一部专著。洪适《隶释序》说到考释汉朝碑刻的初衷:"既法其字为之韵,复辨其字为之释,使学隶者藉书以读碑,则历历在目,而咀味菁华亦翰墨之一助。"他重视碑文的文字校勘与研究,不言汉碑隶书的书法如何。明清之际,文人书家追求古意,纷纷研习汉隶,汉碑几乎成了汉隶的同义词。为了扩充收藏,他们不辞辛劳,北游访碑,随访随拓。一些新出的汉碑,为宋朝金石家所未见。

清朝是隶书书法中兴的时代。清初,学者朱彝尊把汉隶归纳为方整、流丽、奇古三种,帖学家王澍分为雄古、浑劲、方整三类。清末康有为评点汉碑,分为峻爽、疏宕、高深、丰茂、华艳、虚和、凝整、秀韵八类。当代还有学者把东汉碑刻隶书划分为方正派、方峻派、纤劲派、华美派、奇丽派、平展派、秀劲派、骀荡派、宽博派、馆阁派、劲直派、摩崖派、雄放派、恬逸派,凡十四派。这些分类,或大略,或细碎,皆属审美评价。还有以字画形态分类者,略为方笔、圆笔两类。清朝书家钱泳说:"汉人各种碑碣,一碑有一碑之面貌,无有同者。"(《履园丛话·书学》)

20世纪仍有汉代碑版刻石出土，但汉代碑刻的典范之作已在清朝确立。碑一类，方整的《乙瑛碑》，华丽的《华山庙碑》，严谨的《史晨碑》，劲挺的《礼器碑》，流媚的《曹全碑》，方厚的《张迁碑》。摩崖类，朴质的《开通褒斜道刻石》，灵动浑劲的《石门颂》和《杨淮表记》，宽博的《西狭颂》，茂密的《郙阁颂》。这些汉隶名品，《开通褒斜道摩崖》最早，刻于东汉前期明帝永平六年（63）。最晚是刻于灵帝中平三年（186）的《张迁碑》，三十四年后东汉亡。

小汉碑：东汉刑徒砖

清末出土的东汉刑徒砖，都是残砖，因为刻有隶书文字，当年金石收藏家罗振玉（1866～1940）"为之惊喜，如获至宝"，赞道："百余砖者不异百余小汉碑"（《恒农冢墓遗文》）。清朝乾嘉时代，擅长摹勒的钱泳（1759～1844）精心缩刻过数十种汉碑，人称"小汉碑"，仿古玩物而已。东汉刑徒砖是汉时物件汉人刻，当得起"小汉碑"的名号。

东汉刑徒砖的发现与发掘

刑徒砖文拓片的刊布，初见 1909 年《神州国光集》第七集发表的《宣晓砖》，铭文三行二十三字："右无任汝南山桑髡/钳宣晓熹平元/年十二月十九日物故。"最早的东汉刑徒砖文的书籍，当是 1909 年商务印书馆石印本《匋斋藏石记》附录的《匋斋藏砖记》。匋斋是端方（1861～1911）的别号，字午桥，满洲正白旗人，晚清著名金石家。历任湖北、湖南巡抚，署理湖广、两江总督，1905 年清廷出使西方考察宪政的五大臣之一。他醉心古物收藏，新出的古物也容易到手，编辑《匋斋藏石记》这类事情自有游幕的文人墨客捉刀代劳。民国初期，罗振玉印行了《恒农冢墓遗文》（1915 年）、《恒农砖录》（1918 年），将所藏刑徒砖刊布于世。端方、罗振玉收藏的东汉刑徒砖，都是通过嗅觉灵敏的古董商收集得来，约二百块。

刑徒砖较完整者，大小与当时建筑用砖相近，长 30～40 厘米，宽

《孙工砖》(实物)　　　　《伍儆砖》

20～25厘米，厚10厘米。所刻文字都在三十字以内，有的仅刻姓名。完整的砖文刻有管理刑徒的机构名称、刑徒判刑所在地、刑名、姓名、死亡时间之类的文字。例如《冯少砖》："右部五任汝南瞿阳髡钳冯少，永初元年六月十八九日物故，死（尸）于此下。"在洛阳服役的众多刑徒，来自各地监狱，客死异乡，就地掩埋。墓坑挖得浅，设铭文的刑徒砖是为家属迁葬家乡而设的标记，后人称为"刑徒砖志"，也有人称作"墓志砖"。

中国社会科学院考古所赵超指出："秦汉时期的丧葬礼仪中，存在着用不同方式标识出墓主姓名、身份的习俗。"汉代墓葬中出现柩铭、墓门题字、墓记等石制品，即是"墓志出现的前声"，汉代或可称为墓志的"滥觞期"。但他又说："近年江苏徐州邳县发现一件东汉元嘉元年（151）三月的缪宇墓志。志文叙述了缪宇的姓名、官职、卒年、葬日，还有赞颂缪宇的四字韵文，已经具备了后来墓志的格式，可以说是最早的墓志之一了。"（《中国古代石刻概论》40页）

刑徒砖出土的准确地点，当年的金石藏家好像没有人说得清楚。最早刊布刑徒砖拓本的《神州国光集》记为"洛中"。端方记为河南孟津。罗振玉说是河南灵宝，并以灵宝的古地名"恒农"作书名。范寿铭《循园古冢遗文跋尾》（1936年）则说"洛阳出土"。各种说法，估计都是根据古董商的传言。

1958年的考古调查，在河南省偃师市佃庄镇西大郊村西南发现了一片东汉刑徒墓地，《光明日报》有报道，《考古》发表过调查记。这片墓地位于汉魏洛阳故城南郊的高地上，当地人称为"岗上"。在墓地东北1.5公里处，就是汉魏的太学遗址，那里曾经立过东汉《熹平石经》碑、曹魏《三体石经》碑。2007年出版的考古报告《汉魏洛阳故城南郊东汉刑徒墓地》认为，端方、罗振玉所得刑徒砖是在这片墓地出土，因为这里出土的刑徒砖有《焦石砖》，而"焦石"这个名字曾见于罗振玉《恒农冢墓遗文》。

1964年春夏之际，当时隶属中国科学院的考古研究所派驻洛阳的"汉魏故城工作队"，对这片墓地进行了大规模的发掘。考古报告说，发掘面积一千八百一十平方米，清理刑徒墓五百一十六座。墓坑分垄排列，坑位左右间隔0.5米，墓坑长度通常在1.8～2.3米，宽度为0.4～0.5米，墓坑都很浅。有三百九十八座墓坑出土了刑徒砖，"估计是把棺材下于墓坑后，即将墓砖扔置于棺上"，如果是两块墓砖，则在前、后两头各放一块，"至于两块以上墓砖的放置，有些是先扔置墓砖，然后才放棺材"。这次发掘，出土了大小不等的刑徒墓砖七百七十四块，现场采集的四十九块，共八百二十三块，加上清末出土的刑徒砖，总数有千块左右。

刑徒砖所见刑名

东汉刑徒砖上，有四百零八块刻有刑徒的刑名，计有"髡钳""完城旦""鬼薪""司寇"四种。标示"髡钳"的刑徒砖最多，有二百四十九块。

立法设刑,刑乃"惩恶于已然"。古时用刑野蛮,商代有劓殄(灭族)、醢(把人剁成肉酱)、脯(把人做成肉干)、剖心(挖出人的心肝)、烹(把人放在器物里烹煮)、炮烙(为铜格,炊炭其下,使罪人步其上)、断手及刖刑(砍断手足)。周有五刑:墨(凿其面、涂以墨)、劓(割鼻)、宫(男子割去生殖器,女子幽闭其阴户)、刖(断足)、杀(死刑)。刻肌肤,断肢体,以至于死。

秦朝《会稽刻石》铭文云:"秦圣临国,始定刑名,显陈旧章。初平法式,审别职任,以立恒常。"称颂嬴政继位后"始定"秦之"刑名"。秦皇灭六国建立秦朝,专任狱吏,"乐以刑杀为威"。《史记·李斯列传》记载,始皇宠信赵高,"诏教习胡亥,使学以法事数年"。赵高本是内官之厮役,以刀笔之文进入秦宫,他说:"管事二十余年,未尝见秦免罢丞相功臣有封及二世者,卒皆以诛亡。"丞相李斯的下场也是如此,《史记·李斯列传》记载:"二世二年七月,具斯五刑,论腰斩咸阳市","夷三族"。在秦朝,对"夷三族"的囚犯施用五种酷刑,叫作"具五刑",是秦朝特有的酷刑。汉兴之初,承秦制,"具五刑"仍然施用于"夷三族"的重罪囚犯。《汉书·刑法志》记载的"夷三族之令",见出"具五刑"的过程:

令曰:"当三族者,皆先黥,劓,斩左右止(趾),笞杀之,枭其首,菹其骨肉于市。其诽谤詈诅者,又先断舌。故谓之具五刑。"

五种肉刑依次施行:先用刀刺破额颊涂墨,接着割去鼻子,然后砍掉左、右脚。折磨到这个程度,受刑人已经不成人样,痛苦异常而气未绝,再用杖板打死,割下头颅悬挂示众,最后当众将不全的尸体剁碎。如果是因言获罪,先要割去舌头。彭越、韩信为汉高祖刘邦定天下而封王拜侯,最后都以残酷的"具五刑"处决,并且诛灭三族。

吕后当政的公元前187年,威胁汉室的异姓实力派王侯基本剪灭,废除"三族罪"与"袄言令",但仍然施用肉刑。汉文帝刘恒十三年(前167),文帝采纳了丞相张苍等大臣的意见,废除肉刑,定律为:

> 诸当完者,完为城旦舂;当黥者,髡钳为城旦舂;当劓者,笞三百;当斩左止者,笞五百;当斩右止,及杀人先自告,及吏坐受赇枉法,守县官财物而即盗之,已论命复有笞罪者,皆弃市。
>
> 罪人狱已决,完为城旦舂,满三岁为鬼薪白粲。鬼薪白粲一岁,为隶臣妾。隶臣妾一岁,免为庶人。隶臣妾满二岁,为司寇。司寇一岁,及作如司寇二岁,皆免为庶人。
>
> 其亡逃及有罪耐以上,不用此令。前令之刑城旦舂岁而非禁锢者,如完为城旦舂数岁以免。

废除肉刑后,罪犯不再遭受"断支体,刻肌肤"之苦,刑罚多少人道一些,也算古代法制史上的一个进步。但是,原来"斩右止"罪被列入死刑,而且"斩左止者笞五百,当劓者笞三百,率多死",所以有史家说"外有轻刑之名,内实杀人"。

东汉刑徒砖上出现的刑名,在文帝十三年律令中都能见到。刑徒服刑时从事何种劳役,刑期长短,皆由刑名可以得知。

髡 钳

剃发为"髡",以铁束项曰"钳"。废肉刑以后,凡是罪当黥者,以髡钳替代。东汉明帝(58~75在位)曾两次下赎罪令,依据罪的轻重,可让罪犯交纳数额不等的缣来赎罪,额度分为三等:死罪为一等,数额最多;右止至髡钳城旦舂为一等,居次;完城旦至司寇为一等,此等数额最少。

"髡钳城旦舂"在东汉属重罪。刑名"城旦舂",兼指男女。"城旦"是"旦起行治城"之意,这是男性刑徒的劳役项目。"舂"是女性刑徒从事的劳作,因为"妇人不豫外徭,但舂作米"。古代臣僚犯罪,妻女没官为奴，多任舂米酒食一类的杂事。

"城旦"附加"髡钳"者，即剃光头、项戴刑具服劳役，为五岁刑。徒砖中只见"髡钳"的刑名，是"髡钳城旦"的俗称。

完城旦

四岁刑。"完城旦"之"完"，表示既不剃发，也不戴刑具，所谓"不亏其体"。完城旦的刑徒，四年刑期里，有三年为城旦，做苦工；一年为鬼薪，劳役程度减轻。

鬼　薪

三岁刑。这一刑名的全称是"鬼薪白粲"，亦男女有别。男刑徒为"鬼薪"，即上山砍柴，"为宗庙采供柴薪"。女性为白粲，即"选白米以供祭祀之用"。

司　寇

两岁刑。刑名司寇，即伺寇，从事"戍守防敌"的站岗放哨。秦汉时，将轻罪刑徒罚往边地或者京师戍防，称为"谪戍"。判为司寇的刑徒，专干站岗放哨的苦差事，也是服刑。

刑徒砖的书刻

刑徒砖上所刻文字，与汉碑相比，草率急就。《汉魏洛阳故城南郊东汉刑徒墓地》一书披露："从出土的全部刑徒墓砖来观察，在镌刻铭文之前，先用朱笔将要刻的铭文写于砖面上，然后再依朱笔字迹刻出。有的刻成后还用朱笔再行勾画，所以有些砖铭的阴纹内尚存有朱色的痕迹。也发现有个别的砖只用朱笔写成铭文而尚未镌刻者，但其字迹已大部脱落不清。"许多刑徒砖的砖面经过打磨，比较平整。虽说刑徒砖的书刻程序与汉碑大致相同，却是利用废弃的砖块刻制，而且"有很多是利用旧

《郭仲砖》

《武丑砖》

刑徒砖的背面重新刻字",为了避免误认,就在旧刻的砖文上刻划条纹,表示作废。有些砖的侧面也有文字,仅刻刑徒姓名。

  汉砖烧结坚硬,质地不如青石细腻,工匠多采用简易的单刀刻就,本该平直的笔画歪斜了,应该搭连的笔画断开了。单刀冲刻法,直笔一刀而成,改变方向的曲笔则数刀相接刻成。大多刻痕不深,却很犀利,刻出的笔画很劲挺,看拓片尤为明显。有些砖文的笔画粗一些,可能采用复刀法,但是,用刀口厚的刀来刻,单刀冲刻也能获得这样粗放的效果。

  刑徒砖的书刻年代大多早于东汉名碑。考古报告说:1964年考古发掘出土的那批刑徒砖,书刻于汉安帝永初元年(107)至永宁元年(120)的十四年间。考古报告附录的《刑徒墓志砖铭文登记表》显示,清末出土的那些刑徒砖,书刻时间更早一些,约在汉章帝元和三年(86)至汉和帝永元十年(98)的十三年间。现在存世的隶书刻石,汉安帝永宁元年(120)以前大多是摩崖、题记、神道阙之类,也有三块名碑,却是篆书碑(《祀三公山》《袁安》《袁敞》,刻于汉安帝时代)。书家熟悉的那些

《尹孝砖》（实物）　　　　　　　　《胡生砖》

隶书名碑，书刻时间集中在东汉后期桓帝、灵帝两朝，即公元147年至188年之间。

刑徒砖隶书与书刻者

笔画直利单细，结构只存骨架，见棱见角，这是东汉刑徒砖所见隶书的显著特点。虽然不如汉碑隶书丰满整饬，意外的真率却令人称奇。也有少数结字规整的砖文，如《第国砖》（107，编号T2M32：2）、《郭仲砖》（107，编号T2M68：1）、《王园砖》（107，编号T2M70：2）、《韩少砖》（107，编号T2M8：1）、《仲番砖》（114，编号P11M33：4）、《应丁砖》（119，编号T1M30：2）等，收敛了笔画倾斜的随意性，却未精雕笔画的细部，仍有"质而不文"的异态逸趣。

刑徒砖上的隶书，也有夸张之笔，特别是砖文结尾的"死""故""下"三个字，最后一两笔往往纵引而下，有时占满剩余的空白，特别显眼。从文书学的角度说，此种写法是表示文句结束或行末的一种样式，汉简上常见；东汉碑刻摩崖则偶见，如《张景碑》的"府"字，《石门颂》的"命"字。

刑徒砖文全是隶书体，常见当时简省的俗写字。表示刑名的"髡钳"之"髡"，都是左"镸"右"元"；铭文结尾的"死在此下"的"死"字，通"尸"字，即"尸在此下"。这两个字都是俗写，刑徒砖文中使用率很高。有些表示地方狱所的文字，如《武丑砖》将"慎阳"写成"偵阳"，"颍川"写作"颖川"，则是讹误。

砖文的书写者，按常理推测，当是服劳役的刑徒。考古报告统计，在洛阳服劳役的刑徒来自全国十一个州、五十一个郡国，遍布二百二十九个县。虽然我们不清楚刑徒原来的职业，但应该有民有吏有官。《后汉书·李陈庞陈桥列传》记载：桥玄"举孝廉，补洛阳左尉。时梁不疑为河南尹，玄以公事当诣府受对，耻为所辱，弃官还乡里。后四迁为齐相，坐事为城旦。刑竟，徵，再拜上谷太守，又为汉阳太守"。刑徒砖中，有三块砖文标明刑徒来自"少府若卢"。"若卢"指少府属下的"若卢狱"，狱丞"主鞫将相大臣"。可知来自"若卢"的刑徒当有文化，而来自文吏的刑徒更是"能书会计"，估计砖文的书写者不外这两类刑徒。

砖文中，无技艺的刑徒标为"无任"。有技艺的刑徒冠以"五任"，指木、金、皮、设色、陶瓦五类技术，刑徒只要有其中一门技能即属"五任"。据统计，标有"五任"的刑徒砖很少，共八块，其中三人是代人服刑，如《胡生砖》文曰："五任南阳鲁阳鬼新（薪）代路次，元初六年闰月。"刻砖文是个技术活，可能是"五任"中的"金工"刑徒所为。

东汉刑徒砖，汉隶遗迹又一宗。其隶书，书刻草率却质朴，随意为之却自然。书家亲近这类原生态书迹，体味率真气象，可以涵养笔墨的古朴气质。刑徒砖笔画细劲挺直，可谓剔肉见骨，借此可以获得删繁就简的书写手法。今人临写汉碑隶书容易俗滑，去除此等弊端，刑徒砖隶书不失为一剂有效的偏方。

隶书与"八分楷法"

隶书的由来

"隶书"之名,初见东汉班固(32~92)《汉书·艺文志》:秦始皇时"始建隶书,起于官狱多事,苟趋省易,施之于徒隶也"。东汉文字学家许慎(约58~147)《说文解字叙》也是这个口径:"秦烧灭经书,涤除旧典,大发隶卒,兴役戍,官狱职务繁,初有隶书,以趋约易。"

考古出土的秦简墨迹证实,战国后期的秦国已经使用隶书。秦王嬴政扫灭六国之后,疆域广大,从中央到地方,各级政府各个部门之间,都要通过文书进行管理,文书数量剧增,而隶书的笔画结构"约易",便捷实用,用于书写公文,成为"秦书八体"的一体。隶书最初通行于秦,所以后人称为"秦隶"。因是早期隶书,又称"古隶"。

许慎说,隶书是"秦始皇使下杜人程邈所作"。经过南朝书家的演绎,唐朝张怀瓘勾勒成一个完整的故事:程邈字元岑,始为县衙狱吏,得罪始皇,幽系云阳狱中,覃思十年,益大、小篆而为隶书三千字。奏之,始皇善之,用为御史。以奏事繁多,篆字难成,乃用隶字,以为隶人佐书,故名隶书(《书断·隶书》)。程邈造隶书的真实性,文字学家裘锡圭这样分析:"在隶书逐渐形成的过程里,经常使用文字的官府书吏一类人一定起过重要作用,程邈也许就是其中起作用比较大的一个;也有可能在秦的官府正式采用隶书的时候,曾由程邈对这种字体做过一些整理工作,因此就产生了程邈为秦始皇造隶书的传说。"

隶书起于文史所写的简率篆书，所谓"隶者篆之捷也"。这种俗写体，因其草率，打破了篆书裹束的结构，化圆转的笔画为直笔。20世纪出土的西汉简牍书迹显示，隶书在西汉中后期才脱尽秦隶中的篆书痕迹，蜕变为汉隶。王莽的新朝，一度改称隶书为"佐书"。清朝学者段玉裁认为，汉代的"史书"也是指隶书。

汉隶的成熟形态有两个典型特征：结构是横平竖直，笔画带有波磔。此种隶书在汉晋之际有个专名，叫作"八分"。纵观两汉的隶书遗迹，西汉宣帝时代的汉简上，出现了相当标准的八分书，裘锡圭指出，"至迟在（西汉）昭宣之际，八分已经完全形成"（《古文字概要·二汉代隶书的发展》）。江苏东海县汉墓出土的西汉晚期木牍，上面的隶书是典型的"八分"。碑刻上出现"八分"隶书，则晚到2世纪的东汉中期。

"八分楷法"

八分是隶书成熟之后的正规样式，也称为八分隶书。"八分"还有一些别名，如元朝刘有定所说"分书"（郑杓《衍极·书要篇》注），明朝赵宧光所谓"分隶"（《寒山帚谈·权舆》）。

历代书学家、文字学家论及隶书，"八分"是绕不开的关键词。这个名词，最早

秦朝隶书
（湖南龙山里耶出土）

西汉晚期的八分隶书（江苏东海尹湾汉墓出土）

见于西晋书学家卫恒《四体书势·隶书序》，他论及"隶书"流变时提到汉末的"八分"，称晋人学隶书皆取法汉末相传的八分。后世书家学汉隶，见不到汉简墨迹，只能取法东汉碑刻上的八分隶书，八分成了汉隶的代名词。

"八分"之名的由来，古人有多种解释，约而言之，可以分为两类。

一类是由字的大小形态作解释。有两种意见：其一，八分因其"字方八分"的大小得名。南朝王愔《文字志》说："（王）次仲始以古书方广，少波势，（东汉章帝）建初中以隶草作楷法，字方八分，言有楷模。"以汉尺计，一寸约2.4厘米，八分约2厘米。其二，像"八"字相背而得名。唐朝张怀瓘《书断·八分》认为："楷隶初制，大范几同，故后人惑之，学者务之，盖其岁深渐若'八'字分散，又名之为八分。"

一类是从字体源流解释。北宋周越《古今法书苑》载有东汉书家蔡邕之女蔡文姬的一段话："臣父造八分，割程（邈）隶八分，取二分；割李（斯）篆二分，取八分。"意思是，蔡邕造的"八分"是舍古隶之"八"，取篆书之"八"，故曰八分。

当代文字学家唐兰认同王愔的解释，说八分之名"实际本只是一个尺度"，指汉石经那样大小的隶书，这种隶书具有楷法，可供楷模，人们学书都从这种"八分楷法"入手，慢慢就演变成一种书体的名称。

启功认为，一种字体事实上是无法像蔡文姬所说的那样去"割"，从书体源流的角度来考虑八分命名的话，大概因为汉魏之际出现了无蚕头燕尾的"新隶书"，也顶着隶书的名分，人们为了加以区别，便把有波磔的隶书称为八分。

八分的命名，到底是出于尺度的大小，还是取"八字分散"的"相背"之义，或是法则意义的"楷法"，意见分歧，但各有道理。我们看到，汉晋南朝的书家常以"楷书""楷法"形容"八分"，至有"八分楷法"之称，都强调八分具有规范的品格。今天的学者认为，八分是指东汉石碑所见那种带有波磔的规范整齐的隶书。

古代书论家说到八分，常常提到王次仲。东汉蔡邕《劝学篇》说："上谷次仲，初变古形。"西晋卫恒《四体书势·隶书序》叙述隶书演变，也提到王次仲："隶书者，篆之捷也。上谷王次仲始作楷法，至灵帝好书，时多能者。"南朝羊欣《采古来能书人名》说："上谷王次仲，后汉人，作八分楷法。"南朝萧子良说，"灵帝时，王次仲饰隶为八分"。

王次仲的贡献在于"作八分楷法"，即确立撇捺分张、波磔分明、横平竖直的规范。波挑之笔是八分楷法的重要特征，又是怎么形成的呢？答案在王愔解释八分的那段话里："古书方广，少波势，建初（76～83）中以隶草作楷法，字方八分，言有楷模。"这是说，东汉人写隶书，也吸收了简易的"隶草"笔法。比如横画，收笔时提笔而出，就出现尖尾；又如撇笔，写快了，收笔时上挑；还有捺画，因为运笔快而出锋。经过规整化的加工，就形成了八分的波挑，所谓"饰隶为八分"，字态呈现横张之势。魏建功《草书在文字学上之认识》认为，八分的挑法是草书笔法规整化的产物（《辅仁学志》14卷1、2期合刊）。

王次仲籍贯是上谷郡。燕国始设上谷郡，是西境的边郡。大一统的秦汉，上谷仍是边郡，长城横贯北境，治所在沮阳（今属河北怀来县），辖境相当今天的张家口以东，北京延庆以西，昌平以北。关于王次仲，还流传一个神话传说，见郦道元《水经注》卷十三："郡人王次仲，少有异志，年及弱冠，变《苍颉》旧文为今隶书。秦始皇时官务烦多，以次仲所易文简，便于事要，奇而召之，三征而辄不致。次仲履真怀道，穷数术之美，始皇怒其不恭，令槛车送之。次仲首发于道，化为大鸟，出在车外，翻飞而去，落二翮于斯山，故其峰峦有大翮、小翮之名矣。"北魏时，上谷大翮山尚存纪念"大翮神"的庙宇，叫作"次仲庙"。这个怪异的神话传说当然不可信，把王次仲看作神，大概因于他"变《苍颉》旧文为今隶书"的传说。

王次仲生活的时代，魏晋以后的书家学者各有说辞。北魏郦道元所记的传说，把王次仲指为秦朝人，而且故事情节与初造隶书的程邈相近，似有混为一谈的嫌疑。刘宋羊欣记为"后汉人"，很笼统。梁朝萧子良说王次仲在灵帝朝（168～188）"饰隶为八分"，显然与事实不合，此前桓帝时代（147～167）的碑刻已经盛行八分隶书，而且西汉宣帝时代简牍上已见八分隶书。南朝王愔说，王次仲生活在东汉前期章帝朝"建初中"，结合隶书的演变史来看，可信度要高一些。

《熹平石经》是东汉八分楷法的经典

东汉前期的碑刻隶书，波挑还不显著，数量也不多。2世纪以来，刻碑立石的风气渐盛，碑刻上的正体隶书，以八分形态为主流。我们熟悉的汉隶经典，如《乙瑛碑》（153）、《礼器碑》（156）、《孔宙碑》（164）、《华山庙碑》（165）、《史晨碑》（169）、《尹宙碑》（177）、《曹全碑》（185）、《张迁碑》（186），虽然各有特点，却都是"波势"分明的八分。这些汉碑的书刻时间，集中在东汉后期桓帝、灵帝两朝，当时最正规的八分样式当属《熹平石经》。

《熹平石经》刊刻《尚书》《鲁诗》《礼仪》《春秋》《公羊传》《论语》《周易》等七部经典，有四十六块碑，立在首都洛阳城南开阳门外太学讲堂前面。《熹平石经》是灵帝批准的"文化建设"项目，并由大书家蔡邕亲自书丹。所以，"及碑始立，其观视及摹写者，车乘日千余辆，填塞街陌"（《后汉书·蔡邕传》），成为全国奉行的八分隶书的范本。

蔡邕用八分书写《熹平石经》，力求规整，点画结构保持高度的一

东汉《熹平石经》

曹魏《正始石经》

隶书与"八分楷法" 35

致性，体现正体的楷范样式，人称"楷法"。六十多年后的曹魏正始年间（240～248），又在太学刻立石经碑，用古文、篆书、隶书三体书丹，名为《正始石经》。《正始石经》的隶书体模仿《熹平石经》，也是"八分楷法"。这两部石经，后人分别称为"汉石经"和"魏石经"，也将汉、魏石经上的八分隶书称为"石经体"。

  以现在的审美眼光看，会觉得汉魏的"石经体"方板，过于程式化。但古代书家的认识和我们大不一样，汉末以来，人们习写八分楷法，无不仰崇"石经体"。《晋书·赵至传》记载，赵至"年十四，诣洛阳，游太学，遇嵇康于学写《石经》"。北齐时，出现复古书风，多用隶书书刻碑文墓志，也是仿学"石经体"。那时，洛阳残存的汉魏石经碑已经搬到北齐首都邺城。隋朝时，秘府藏有石经拓本。唐朝的隶书中兴，也是承袭"石经体"。清朝金石学大兴，汉朝碑刻出土渐多，学隶书不再唯"石经体"是瞻，但书家临习的汉碑隶书名品皆属"八分楷法"。

执笔法:"双钩直执"和"单钩斜执"

古人相信,书法大家都有用笔的秘诀。北宋朱长文《墨池编》辑录的笔法文篇,有托名钟繇、王羲之的笔法,说及秘诀之事。

钟繇由汉入魏,传说他在韦诞那里见到蔡邕的《笔法》,苦求而不得,韦诞死后,钟繇派人盗发韦诞墓才得到,书法"由是更妙"。临终,于囊中取出以授其子钟会(《墨池编》卷二《魏钟繇笔法》)。西晋时,又有人破钟繇墓,得到《笔势论》,宋翼读后,依法写字,名声大振(《墨池编》卷二王逸少《笔阵图》)。把笔法秘诀带到坟墓里,犹如把珠宝拿来殉葬,故事编得合情合理。

王羲之的笔法,传说梦中得自"天台紫真"的传授,仙人"言讫"隐去,王羲之笔记下来,落款时间是兰亭雅集半年之后的"永和九年九月五日"(《墨池编》卷二《天台紫真笔法》)。笔法神授,仿佛"君权神授"的翻版。又说,王献之十二岁"见前代笔说于其父枕中,窃而读之",大概是借汉代"枕中鸿宝"的典故敷衍而成。

唐朝出现的《传授笔法人名》,记叙笔法传承谱系,从东汉蔡邕受于神人而传其女文姬开始,文姬传钟繇,传卫夫人,传王羲之,传王献之……以至唐朝徐浩、颜真卿、邬彤、崔邈一辈,都是历代书法史上的重要书家,凡二十三人。

古人编造的这些故事,当然不可信。认真想来,这个现象多少见出古人的心态:深信笔法是学书的关键,得笔法就能形彰而势显,省工而易成。

书法有法，核心是"笔法"。古人所论笔法，早先是"用笔法"。唐朝流传一篇托名卫夫人的《笔阵图》，提出"凡学书字，先学执笔，若真书，去笔头二寸一分；若行草书，去笔头三寸一分执之"。唐朝前期书家孙过庭《书谱》里也提到"代有《笔阵图》七行，中画执笔三手"，"顷见南北流传，疑是右军所制。虽则未详真伪，尚可发启童蒙"。

现在是拿自来水笔写字，笔头"硬"，无论怎样执笔，写出笔画粗细一律。拿毛笔写字就不一样了，圆锥体笔头，软软笔毫，难控制，执笔得法——如五指握笔的位置，距离笔头的高低——才能送力于笔端，指挥如意。所以，古人学书讲究执笔，看作学书的第一件重要事情。

晚唐陆希声传的笔法五字诀，就是执笔法。宋初钱若水说："古之善书鲜有得笔法者，唐希声得之，凡五字，擫押钩格抵。用笔双钩，即点画遒劲而尽妙矣，谓之拨镫法。希声自言，昔二王皆传此法，自斯公以至阳冰亦得之。"陆希声，苏州人，昭宗朝官至宰相。六世伯父是唐前期书法名家陆柬之，至陆希声，复振家法。

执笔的"擫、押、钩、格、抵"，是说五指作用笔管的要领。书写时，主要以大指、食指、中指发力，状如手执灯签拨灯芯，古人喻为"拨镫法"。镫，古"灯"字；拨，挑拨。清朝周星莲解释："拨镫或谓挑灯。"（《临池管窥》）

"拨镫法"之说，初见晚唐林韫《拨镫序》，他说得自卢肇，而卢肇得于韩愈。"拨镫法"的要诀，在于"推、拖、捻、拽"，这是手指运笔的动作。孙过庭《书谱》概括的用笔动作是"执、使、转、用"，也是四字诀，他解释："执谓深浅长短之类是也；使谓纵横牵掣之类是也；转谓钩环盘纡之类是也；用谓点画向背之类是也。"

古人说的笔法，是一个系列，包括"擫押钩格抵"执笔法，"执使转用"或"推拖捻拽"的动作要领，以及更为丰富的用锋之法。晚近以来，人们常说执笔法与用笔法，不太关注居间的手指动作要领。

宋代以来，世间相传的执笔法，率是陆希声的五指执笔法，名为五字诀。1943年，沈尹默在成都写过一篇《执笔五字法》的文章，概括为

"擫用大指押食指,中钩名格小指抵"。就是说,大指主"擫",食指主"押",中指主"钩",名指主"格",小指主"抵"。后来沈尹默在《书法论》中作了通俗的解释:

"擫"是说用大指肚紧贴笔管的内侧,好比吹笛子用指压住笛孔一样;

"押"有约束之意,用食指第一节出力贴住笔管外侧,和大指内外配合,把笔管约束起来;

齐白石双钩执笔

"钩"是中指弯曲如钩,钩住笔管外侧;

"格"是挡住的意思,无名指用力把中指钩向内的笔管挡住,且有向外推的意思;

"抵"言小指的垫衬作用,因为无名指力量小,需要小指在后面衬托,达到力量的平衡。

这种五指执笔之法,平腕覆掌,实指虚拳,笔管直立,从执笔的手姿而言,叫作"双钩直执"法。我曾经留意观察学生与各个年龄段书家手执毛笔写字的姿势,还有老照片中清末出生的齐白石、沈尹默、于右任、董必武那辈人写字的姿势,都是"双钩直执"。

沈尹默认为这种执笔方法才是对的,是合理的。但是,古代的执笔法是不是一直如此呢?他没有深究。

1948年,寓居上海的书画鉴藏家、南社诗人唐耕馀先生写过一篇文章,考证古代《笔阵图》,指出"汉魏晋之执笔是斜执,笔管向内,笔锋向外","东晋以来,笔管间有外向,间有直立,而仍以内向为主。至中唐颜柳之世,笔管始成直立,不为斜侧,其前无此"。唐耕馀(1890~

1977）是苏州吴江人，舅氏为南浔著名藏书家刘承干，长子唐长孺是著名魏晋南北朝隋唐史学家。唐耕馀晚年撰有《书谱赘言》上中下三卷，分传记、著录、名言、弃择、通会、体势、理法、气骨、察似、性情、摹习、观省十二篇，约三十万言，书稿毁于"文革"中。劫后之余，仅存《〈笔阵图〉蜉化阶段及其内容》一文，其孙唐刚卯在清理父亲唐长孺文稿时意外发现，发表于《书法丛刊》2000年第4期。

沙孟海也认为早期是"斜执笔"。他在1980年写的《书法史上的若干问题》中说，古代名家人物画中，"有人执笔写字，不论是站着或坐着，他执的笔管总是斜的，没有一个是垂直的，如我们今天那样"。他列举了五幅古代名画做证据：唐阎立本《北齐校书图》、唐张萱《会文美人图》、宋李公麟《莲社图》和《西园雅集图》、宋梁楷《黄庭换鹅图》。文章还提到："启功先生提供我一项资料，日本中村不折旧藏吐鲁番发现的唐画残片，一人面对卷子，执笔欲书。王伯敏先生为我转托段文杰先生摹取安西榆林窟第廿五窟唐代壁画，一人在树下执笔写经。以上两件绘画，很明显执法也是斜的。从未看到唐以前有竖管端坐拿着垂直的笔管来写字的图像。"（《沙孟海论书丛稿》180～182页）

古人"斜执笔"，手指是"双钩"（食指、中指外钩）还是"单钩"（仅是食指外钩）呢？唐耕馀、沙孟海没有涉及。

古画中，《北齐校书图》所见执笔人物有四人。此图现存宋摹本，藏美国波士顿美术馆。原作出于北齐杨子华，旧题阎立本。图卷描绘北齐文宣帝高洋命樊逊、高乾和等十一人共同校勘朝廷收藏的五经诸史故事。画卷上的三组人物，神态各异。全卷最精彩的部分为居中的第二组人物，有四人共坐一榻，其中两人握笔作书，坐姿各不一样：一人垂足坐榻边，低头握笔疾书；一人盘腿坐榻上，把笔若有所思。第一组人物，一长者，六侍者，亦有两人执笔：长者握笔坐胡床正落笔写字，对面侍者弯腰展纸；旁边站立一侍者，捉笔顾视。四人执笔，皆是"单钩斜执"法。

大英博物馆所藏唐本《女史箴图》中，旁题"女史司箴敢告庶姬"

旧题唐阎立本《北齐校书图》

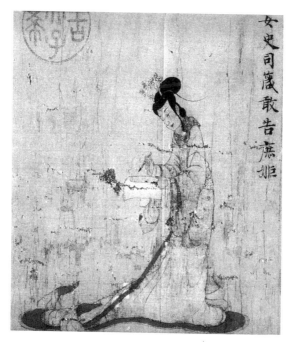

旧题唐阎立本《女史箴图》

一段,女史站立,右手握笔作书,也是"单钩斜执"笔。

这两幅古画,也摹状了作书时的持纸状态。《女史箴图》中站立的女史,写字是左手持纸,纸张卷起,已写部分下垂摊开。《北齐校书图》所绘人物,持纸状态不一。第一组人物,坐胡床书写的长者,有侍者双手展纸于其膝盖前,只用左手扶纸。第二组,榻上两位握笔者,榻边跂坐者持纸于胸前正在书写,纸不卷。居榻中盘腿而坐者,持纸举至眼前,凝视而有所思,左右纸边微卷。古画中所绘纸张,有长有短,皆为横幅。此种持纸作书的状态,当是汉代持简作书的遗风。

古代的执笔手姿图像,日本传有空海《执笔图》,这是从孙晓云《书法有法》一书中见到的。图前题有"执笔法"三字,画有三指执笔的手姿,是"单钩"法。图后写有说明文字:"置笔于大指中骨节前,居转动之际,以两小指齐中指兼助为……"正是"单钩"执笔法的要领。空海和尚是日本平安初期的三大书家之一,9世纪初来唐朝求法,那时日本全面移植中国的衣冠制度和文化,估计这件《执笔图》摹自中国。唐朝前期,书

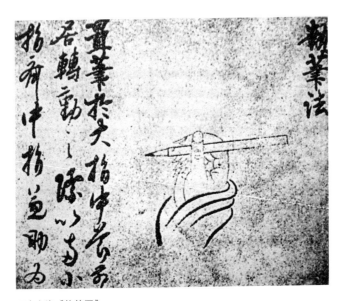

日本空海《执笔图》

西晋校书俑

论家孙过庭《书谱》里提到"代有《笔阵图》七行,中画执笔三手",吻合空海的《执笔图》。依据这件《执笔图》,孙过庭所说的"执笔三手"应是说三个手指执笔,正是"单钩斜执",可知孙过庭时代仍是如此执笔。

古代执笔写字,本是"单钩斜执",后来演变为"双钩直执",其原因,诚如沙孟海所说:"宋朝以后应用高案高椅,坐式不同,执笔姿势自然而然相应地改易,今天的姿势可说是适应今天生活用具的一种进步形式。"

古代家具的变化,直接导致人们改变坐式(即身体姿态),又因坐姿改变了执笔的方式,经历了一个渐变的过程。

古人的坐姿,本是席地跪坐,而后变为垂足坐。中国社会科学院考古所杨泓《说坐、跽和跂坐》一文,以文献记载与出土文物相参证,介绍古人坐姿的变化。他说,自殷商到魏晋,"华夏"民族是席地而坐,"双膝曲而接地,臀股贴坐于双足跟上",与"跪"相近,相当于跪坐。如殷商妇好墓出土的玉人像,满城西汉墓出土的长信灯宫女像,坐式一样,都是这种合乎礼节的标准姿势。那时"跪"姿是双膝接地,但是臀股与双脚保持着一定的距离。如果臀股不着脚跟,而且挺直腰,则称为

"跽"。1958年长沙金盆岭9号墓出土的西晋青釉校书陶俑，坐姿还是华夏古风。1960年南京西善桥南朝大墓出土的《竹林七贤与荣启期砖画》，上面的魏晋名士是席地而坐，却将脚放到身体前面，那是名士"居傲无礼"的坐姿。南北朝流行起来的"跂坐"是坐在高坐具上，两脚垂在身体前面，脚趾着地而脚跟不着地的姿势，属于房俗胡风。据文献的记载，当时中原地区的胡人就是这种垂脚坐姿，南朝皇宫里也出现了这样的坐姿（杨泓、孙机《寻常的精致》3~7页）。

"跂坐"导致"直执笔"的出现，还有一个问题随之而来：反映唐以前书写场景的《北齐校书图》中，有两人是"跂坐"的姿态，为什么还是斜执笔呢？估计南北朝时期只是改变了坐姿，而写字的执笔姿势尚未改变，即坐姿为胡人之今式，执笔的姿势还是华夏古式。五代顾闳中《韩熙载夜宴图》（摹本）中的人物有三种坐姿：坐在屏床一角的女子为跪坐；靠椅上的坐者（据说是画中主角韩熙载）将双腿盘在身体前面（今天北方人在炕上仍然是这样的盘腿坐姿）；画中的韩熙载还有一种双脚垂地的坐姿，和现在的坐姿一样。估计五代时的坐姿仍然是华式、胡式并存。唐宋人物画里也可以看到，当时在高桌上写字，依然是斜执笔。估计"跂坐"而"斜执笔"的写字姿势延续了几百年。

"跂坐"与"双钩直执"法的配套，大概唐朝中期以后才是如此，宋朝成为书写姿势的常态。北宋书家黄庭坚说过："凡学书，欲先学用笔。用笔之法，欲双钩回腕，掌虚指实，以无名指倚笔则有力。"（《山谷题跋·跋与张载熙书卷尾》）又说："凡学字时，先当双钩，用两指相叠蹙笔压无名指。高提笔，令腕随己意左右"（《山谷题跋·论写字法》）。黄庭坚说到"双钩""蹙笔压无名指""以无名指倚笔"，这是"双钩直执"的执笔法。黄庭坚的行草书"多纵笔"，笔势开张飘动，点画瘦劲，则是"高提笔"产生的效果。

现在，人们对华夏古俗的坐姿与执笔姿态已经遗忘。我们拿毛笔写字，都是"双钩直执"，以为是自古以来一成不变的古法。殊不知，今人平常写字的"单钩斜执"的执笔姿势就是古法，却不是毛笔了。

"贺大蜡"与《蜡节帖》

"贺大蜡"是西晋拜帖上的贺词,写在拜帖的上端,中间空,下面署名"弟子宋政再拜"。这件纸质拜帖,出土于罗布泊荒漠的楼兰古城遗址。19世纪末叶以来,古楼兰相继出土了一批魏晋文书,大多是残纸断简,当年的废弃物,今天却是难得的魏晋墨书真迹。

汉代书写用简牍,写拜帖也是如此。宋政的拜帖用纸写,却仿木简的形制,裁成长条形。古楼兰简纸文书中,宋政的名字还见于另外两件文书,姓名前都冠有"从史位",侯灿、陈代欣编撰的《楼兰汉文简纸文书集成》解释为"无固定职事的小吏"。这个"从史位",《西狭颂》(刻于甘肃成县栈道崖壁)十二人题名中也能见到,其中第十人的题名是:"从史位下辨仇靖字汉德书文",下辨是仇靖(字汉德)的籍贯,他承担"书文"之事,排名靠后,可见"从史位"属于小吏。

楼兰出土的文书里,还有一件写在木简上的贺蜡拜帖,上端残损,唯余"蜡"字,也是中间空,下面双行,正中署"弟子新(?)珍再拜",左边仅写"贺"字。

这两件贺蜡拜帖,显示了"蜡节"时的人情交往,可以看作现存最早的节日贺卡。两件拜帖都用隶书体书写,却带有浓郁的楷书笔意。晋朝以隶书为古体,用隶书写拜帖更能表示恭敬。宋政、新(?)珍自称"弟子",所拜自是长者尊者,文字书写当然不能潦草马虎。

具写贺礼的拜帖习俗,秦朝已经存在。《史记·高祖本纪》记载:吕公避仇,从山东单县迁居东邻的沛县(今属江苏),县令奉为贵客,专门

西晋《贺大蜡》纸质名帖（楼兰古城遗址出土）

西晋《贺蜡》木简名帖（楼兰古城遗址出土）

为他设宴，县中的吏员、名流都来拜贺。贺客太多，厅堂容纳不下，负责收财礼的县衙主吏萧何宣布："贺礼不满千钱者，坐之堂下。"刘邦时为泗水亭长，"好酒及色"的他也来拜贺凑热闹，未带一文钱，却在拜帖上诈写"贺万钱"。拜帖送进，吕公见钱数甚多，起身到门口相迎。"吕公好相人，见高祖（刘邦）状貌，因重敬之，引入坐"。宴会散后，吕公挽留刘邦勉励一番，许配女儿。为此，吕媪埋怨吕公："何自妄许刘季？"世事难料，岳母看不起的无赖女婿，后来做了开国皇帝，自己的女儿贵为皇后。刘邦死后，吕后以皇太后身份主持国政长达十六年，成了中国历史上第一位临朝称制的女性。

兼写贺钱、贺礼的拜帖，依然是通名之具。通名是古代拜访他人必经的一道礼仪程序。访客须在门外递上拜帖，上面写明自己的籍贯、名字以及问候语，交给门役递进，主人同意之后，引入相见。古书中所说的"奉谒""投谒""投刺""通刺"，皆指怀谒持刺通名求见，事由却是多种多样。如果主人特别看重来客，就会像吕公那样到大门口迎客。访客通名之后，正常情况下，都能如愿见到主人。但也有意外，东汉那位四岁让梨的孔子后裔孔融，曾经受长官杨赐派遣，到大将军何进府上"奉谒"，恭贺升迁，门役不当回事，磨磨蹭蹭不及时通报，气得孔融"夺谒还府"。

"谒"和"刺"是汉朝通行的拜帖名称。谒是长方形的牍，正面写受拜者的尊称，背面署拜谒者的名款，两面都可以分行书写各项内容。刺是长条形的简，所写姓名与问候语，"长书中央一行而下"。通常要写明爵位、籍贯，又称"爵里刺"。刺的形制小，分量轻，不如谒那样庄重气派，但是成本低，便于携带。东汉以来，私人交往日渐频繁，用刺通名更常见。近百年来，通名的"谒"和"刺"在南方的古墓古井里时有发现，刺多谒少。

宋政、新（？）珍贺节的拜帖，所写"大蜡""蜡"是祭祀之名。《礼记·郊特牲》说"天子大蜡八"，意思是天子主祭与农事有关的"八神"，如教民农耕的神农氏、发明耕作技术的后稷、百种神、田神、田垄间的界神、捕田鼠的猫和食野猪的虎、堤防神、沟渠神。周天子代表天下的臣民祭祀这"八神"，还要念诵"土反其宅，水归其壑，昆虫勿作，草木归其泽"之类的祝词。"蜡"祭诸神是为了报恩，祈祷来年丰收，这样的祭祀权，后来下移了。晋人所谓"岁事告成，八蜡报勤，告成伊何，年丰物阜"，带有公共诉求的意味。上古还有祭祀祖宗的"腊"，各祭各的先祖，属家事。

《太平御览》所录《玉烛宝典》说："腊者祭先祖，蜡者报百神，同日异祭也。"到了秦朝，两者统称为"腊"，都在岁终之月。周朝以农历十月为岁终之月，故腊日在孟冬（冬季的第一个月）。汉行夏历，以十二月为岁终之月，腊日改在十二月，所以后人习惯把旧历十二月称为腊月。

岁暮之"蜡"的具体时间在冬至后第三个戌日，既是一年之中重大的祭祀活动，也是隆重的节日。《礼记·杂记下》记载那天"一国之人皆若狂"。东汉蔡邕《独断》说："腊（蜡）者，岁终大祭，纵吏民宴饮。"西晋裴秀《大蜡》诗形容了蜡节的盛况："有肉如丘，有酒如泉，有肴如

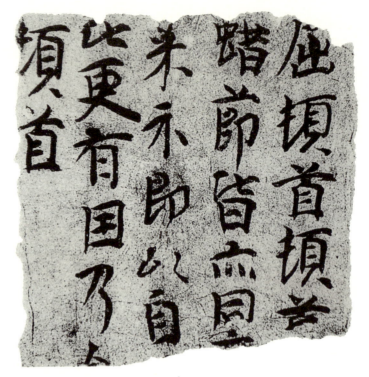

西晋《蜡节》残纸（古楼兰遗址出土）

林，有货如山，率土同欢，和气来臻。"北齐魏收写过一首诗，诗名就叫《蜡节》。

"蜡节"这个词，现在的辞书里见不到，始于何时说不准。但有一点可以肯定，晋朝已有"蜡节"之称。古楼兰出土的一件楷书尺牍残纸，存五行文字的上半部分，第一行"屈顿首顿首"，是署名和具礼语；第二行"蜡节皆亦同"，是个完整的句子。按古人摘取帖中语词命名尺牍名称的办法，这件尺牍残纸可以称为《蜡节帖》。虽然不是名人书迹，却有见证节俗的史料价值。

魏晋时期，古楼兰遗址是西域都护府长官的所在地，那里现在是荒凉的荒漠,而汉晋时期还有湖泊、河流,亦兵亦农的戍卒开辟了几个屯垦区,估计官兵的粮食供应主要靠自给。生活在楼兰古城的先民在尺牍里说"蜡节皆亦同",表明当时楼兰边陲和内地其他地方一样,岁终举行蜡祭,放假过节,登门致送贺礼。

东晋大将军王敦(266~324)的书信里也提到"蜡节",这件草书尺牍名为《蜡节帖》。帖文四行四十一字,首尾完整:"敦顿首顿首,蜡节忽过,岁暮感悼,伤悲邑邑(悒悒)。想正如常。比苦腰痛,愦愦。得示知意,反不以悉。王敦顿首顿首。"王敦是晋武帝女婿,娶襄城公主,仕途顺利,大半生在西晋度过。"永嘉之乱"以后,他和堂弟王导共同辅佐琅琊王司马睿在江南站稳脚跟,317年拥戴司马睿称帝。东晋初年,王敦、王导分别掌握军政大权,人称"王与马共天下"。王敦晚节不保,调动军队,问鼎朝廷,死后受到"发瘗出尸,焚其衣冠,跽而刑之"的惩罚。

王敦《蜡节帖》墨迹,北宋时深藏宫廷,"靖康之难"以后了无踪迹。这件书迹在宋太宗淳化三年(992)刻入《淳化阁帖》,徽宗朝又刻入《大观帖》,也见于《绛帖》《汝帖》等法帖中,得以传世。王敦好清谈,性简脱。他写草书,运笔流利,间有纵引连笔,近乎"今草"的笔调,但是结体平正,不如他的从侄王羲之草书那样欹侧多姿。

这件《蜡节帖》写于"岁暮",临近新年。辞旧迎新之际,王敦叹息岁月流逝,又是"感悼",又是"伤悲邑邑"。他为"腰痛"所苦,忧愁烦闷。这种岁暮引发的感伤,今人恐难理解。现在的中老年人辞旧迎新,伤感抑或有之,与人通问则忌讳言病叹悲,只道吉语祝福。晋朝士族名士圈的风气却不是这样,他们陶染玄学,对无常的人生特别敏感,自恋自怜是一种时髦风尚。尺牍里伤时感怀,就像抒情咏叹一般。王羲之的尺牍,有的写于正月初一(王羲之避祖父"王正"之讳,把正月初一都写为"初月一日"),也有一些感伤之辞。张彦远《右军书记》录有两则:"初月一日羲之顿首,忽然改年,感思兼伤,不能自胜,奈何奈何!""初月一日羲之白,忽然改年,新故之际,致叹至深,君亦同怀。"他说"君亦同怀",是说受信对方也是如此。致叹为雅,晋人

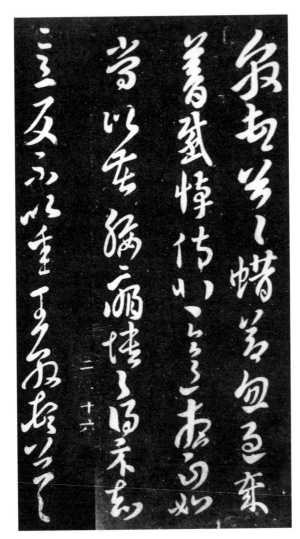

东晋王敦《蜡节帖》(《淳化阁帖》卷二)

风气如此。

正月初一，古人有种种文雅的说法，如元旦、元日、正旦、三元之日（岁之元，时之元、月之元）、三朝（zhāo，年、月、日之始）。唐朝以前，蜡节比元旦隆重。明清两朝，元旦成了盛大的节庆，官府封印不办公（自腊月二十到正月二十），皇帝在紫禁城里举行百官朝贺大典，民间在五更时迎神敬神。古时的"蜡"祭融入元旦前后的风俗之中，不再是重大的节日。

民国初建的1912年1月，临时大总统孙中山颁布《历书令》，实行阳历、阴历并行的历法体系。舶来的阳历作为行政、执法、外交的时间标准，传统的阴历用于农事和日常的社会生活。中西合璧，国人可以过上一阳一阴两个新年。1949年建立中华人民共和国，第一届政治协商会议决定，阳历新年叫元旦，阴历新年叫春节。元旦搬家，由阴变阳；立春日的春节挪位，转让给正月初一。传统悄悄在变，不留心则毫无察觉。

《晋贤十四帖》的前尘往事

乾隆皇帝藏有四件晋朝名人尺牍墨迹，陆机《平复帖》、王珣《伯远帖》、王献之《中秋帖》现藏北京故宫博物院，王羲之《快雪时晴帖》则在台北故宫博物院。当年乾隆看重王氏行书三帖，奉为"三希"之宝，置于养心殿西暖阁，时时把玩，多次题跋。却将章草《平复帖》进献给生母钮祜禄氏皇太后，陈设在太后住所慈宁宫（启功说慈宁宫，傅增湘、王世襄说在寿康宫）。乾隆四十二年（1777）太后去世，《平复帖》作为"遗赐"赏给第十一子永瑆（1752~1823，乾隆五十四年封成亲王），出了清宫。傅增湘推测，大约这个缘故，《平复帖》上既无乾隆题跋，也无内府诸玺（见《平复帖》卷后傅增湘长跋）。

这四件煊赫之迹，《快雪时晴》是唐摹本，《中秋》是米芾节临本，《平复》《伯远》两帖为晋人真笔，这是目前鉴定界的共识。

《平复帖》《伯远帖》曾装于《晋贤十四帖》大卷中

成亲王永瑆得到《平复帖》之后，额其室曰"诒晋斋"，别号诒晋斋主人。光绪六年（1880），永瑆曾孙载治卒，恭亲王奕訢代管成亲王府事务，把《平复帖》据为己有，传至其孙溥伟、溥儒（心畬）一代。1937年，溥儒丧母，为了表示孝心，治丧场面盛大，为筹巨资而卖家当，经傅增湘斡旋，"民国四公子"之一的张伯驹（丛碧）斥资四万元购得《平复帖》。帖后有傅增湘长跋，记其经过甚详。1956年底，张伯驹把《平复

西晋陆机《平复帖》

帖》捐给国家。

  王世襄《西晋陆机〈平复帖〉流传考略》是最早全面考察《平复帖》的文章，发表在《文物参考资料》1957年第1期。王先生在1947年曾向张伯驹借阅《平复帖》一月有余，著录帖中的题跋和印章，考证源流。他发现，"上面有唐末鉴赏家殷浩的印记。这方收藏印盖在帖本身字迹的后面，靠近边缘，长方形，朱文，颜色虽极暗淡，但'殷'字上半边、'浩'字的右半尚隐约可辨"。现在一些彩印的《平复帖》动过"美容手术"，看不到隐约可辨的印痕了。米芾《书史》著录《晋贤十四帖》提到陆机帖，以及"殷浩"印，所以王世襄认为，"《平复帖》是所谓《晋贤十四帖》中的一件"。后来启功撰《〈平复帖〉说并释文》，也认同这个判断。

  《伯远帖》则在1924年溥仪出宫时被敬懿皇贵妃带出紫禁城，与《中秋帖》一起，卖与古董商，后流落香港。1950年，周恩来总理指示拨款，托人购回，《伯远帖》与《中秋帖》回归故宫。《伯远帖》也是印痕累累，在末行"嵨"字的左边的空白处，依稀可见浅淡的半印痕迹，经穆棣细心辨认，确认是"殷浩"印之半。1999年穆棣发表《王珣〈伯远帖〉考》，依据米芾的著录，他认为《伯远帖》就是《晋贤十四帖》卷中的王珣帖。

《晋贤十四帖》的流传

米芾三十岁以后好事收藏，自称"阅书白首"，所见年代最早的名家墨迹是晋人书帖，即《宝章待访录》所记"晋武帝、王浑、王戎、王衍、郗愔、陆统、桓温、陆云、谢安、谢万等十四帖"。后来撰写的《书史》中，称为"晋贤十四帖"，许为"天下法书第一"，而且做了详细著录。米芾是在检校太师李玮家见到那卷《晋贤十四帖》，他的诗文、题跋数次提到这卷晋帖。日本东京国立博物馆藏有米芾行书墨迹《李太师帖》，是评论《晋贤十四帖》书法："李太师收《晋贤十四帖》，武帝、王戎书若篆籀，谢安格在子敬上，真宜批帖尾也。"

米芾《李太师帖》

《书史》记录了《晋贤十四帖》卷中各帖的书写者:"第一帖张华真楷,钟法;次王濬;次王戎;次陆机;次郗鉴;次陆玩表,晋元帝批答;次谢安;次王衍;次右军;次谢万两帖;次王珣;次臣詹,晋武帝批答;次谢方回;次郗愔;次谢尚。"其中的"陆玩",米芾《好事家帖》写作"陆统",恐是陆玩之误。陆玩(278~341)字士瑶,江苏苏州人,陆机从弟。

米芾著录的"晋贤"有十七人。西晋七人,东晋十人,有晋朝开国皇帝武帝司马炎、中兴晋室的元帝睿,名臣中有文学家、清谈名士、书法家。古人以一纸为一帖,按此计帖数,"臣詹、晋武帝批答"与"陆玩(玩)表,晋元帝批答"应该都算一帖,细数下来,卷中有十六帖,与米芾所称"十四帖"不符。米芾见《晋贤十四帖》仅一次,如果所记帖数无误,恐怕另有所误。如"谢方回",晋代文献无此人,而郗愔字"方回",也许"谢方回"一帖是误记,或是衍文。"谢万两帖"者,或许"两帖"二字是传抄发生的衍文。

这个大卷的晋人书迹,原是零散的单帖,藏于内府者盖有官印,私家藏品盖有私印。米芾著录的印章,最早是唐朝"太平公主胡书印"。唐人窦蒙《述书赋注》、张彦远《历代名画记》都说到太平公主有"胡书印"。所以,米芾见到"胡书印"便指为太平公主之印。

太平公主是高宗与武则天所生小女,中宗、睿宗的胞妹,以骄横放纵著称,多次参与宫闱争斗,后被其侄玄宗赐死。中宗复位之初的神龙年间(705~706),"贵戚宠盛,宫禁不严,御府之珍,多入私室",太平公主拿走数函名迹,包括王羲之小楷《乐毅论》。徐浩《古迹记》记载,太平公主从内府取走法书名迹多达"五帙五十卷,别造胡书四字印缝"。张彦远说,胡书四字的梵音是"三邈毋驮"。北京大学王邦维教授解释:"三藐毋驮,梵语 samyak-buddha 的音译,意译正等觉。"2003年,北京故宫从中国嘉德拍卖公司回购《出师颂》墨卷,上面钤有一方胡书印,或许就是《晋贤十四帖》中那枚胡书印。

《晋贤十四帖》所见官印,有谢安帖上印缝的"开元"两小玺,是玄宗内府印。"翰林"印或许是德宗朝翰林院官印。再晚一些的唐朝印

《出师颂》本幅纸尾所见胡书印

章都是私家收藏印。谢安、谢万帖上有王涯"永存珍密"印。王涯(约764~835)字广津,太原人,唐文宗朝做过宰相,"甘露之变"被宦官腰斩。《唐书》记载,王涯"贪权固宠,不远邪佞之流","财贮巨万",但他"居常书史自怡",所藏图书之多,可与秘府相侔。他好收藏,"前代法书名画,人所保惜者,以厚货致之,不受货者,即以官爵致之。厚为垣,窍而藏之复壁"。王涯被杀,藏品被人"剔取签轴金玉,而弃其书画于道"。米芾说《晋贤十四帖》卷前还有"梁秀收阅古书"印,卷后有"殷浩"印,印色不一样,"殷浩以丹,梁秀以赭",两人是"唐末赏鉴之家"。

启功认为,各帖收集合装为《晋贤十四帖》大卷是在唐末,即梁秀、殷浩之时。此后王溥收得此卷,盖了"王溥之印",是大卷中最晚的一方印。王溥(922~982)字齐物,山西祁县人,后周宰相,当时的职位在殿前都点检赵匡胤之上。入宋后,进位司空。宋太祖曾对身边人说:"溥十年作相,三迁一品,福履之盛,近世未见其比。"宋太宗朝,封为祁国公。王溥性宽厚,美风度,好汲引后进。他吝啬,又善理财,"所至有田宅,家累万金"。亦好学,手不释卷,所撰《唐会要》《五代会要》,至今仍是研究唐、五代典章制度的重要典籍。王溥有四子,《晋贤十四帖》传给次子国子博士王贻正。

北宋淳化年间(990~994),太宗令侍书王著摹刻《阁帖》,曾向王贻正借古帖。郭若虚《图画见闻志》(成书于神宗熙宁七年,1074)记载:

王文献（王溥）家书画繁富，其子贻正继为好事。尝往来京雒间，访求名迹，充牣巾衍。太宗朝，尝表进所藏书画十五卷，寻降御札云："卿所进墨迹并古画，复遍看览，俱是妙笔。除留墨迹五卷、古画三卷领得外，其余却还卿家。付王贻正。"其余者，乃是王羲之墨迹，晋朝名臣墨迹，王徽之书。唐阎立本画《老子西升经图》，薛稷画鹤，凡七卷。

宋太宗退还王贻正的那卷"晋朝名臣墨迹"，或许是《晋贤十四帖》。米芾几次提到，《晋贤十四帖》的郗愔帖两行刻入《阁帖》，即《阁帖》卷二的郗愔草书《廿四日帖》。叶梦得（1077~1148）《石林燕语》（卷三）也说到太宗借帖之事：

太宗留意字书。淳化中，尝出内府及士大夫家所藏汉、晋以下古帖，集为十卷，刻石于秘阁，世传为《阁帖》是也。中间晋宋帖多出王贻永家。贻永，祁公之子，国初藏名书画最多。真迹今犹有为李驸马公炤家所得者，实为奇迹。

王贻永在仁宗至和年间（1054~1055）官拜宰相、检校太师兼侍中，官位高，名声大，所以叶梦得说太宗向"王贻永家"借帖。叶氏说王贻永是"祁公之子"，误把贻永视为王溥之子，但事出有因。王贻永本名克明，咸平六年（1003）"尚太宗女郑国长公主"，宋真宗令他改名贻永，以与公主平辈，也就与他父亲贻正同辈了。王贻永之子道卿，官品不高，任"西上阁门使"，大约在神宗朝，他把《晋贤十四帖》售与"李驸马公炤"。

李驸马名玮字公炤，人称"李太师"。其父李用和，杭州人，少贫困，"居京师凿纸钱（冥币）为业"。李用和有个姐姐，送进宫里谋生，为刘皇后侍儿，"司寝"真宗，幸而有娠，产赵祯，即后来的仁宗（1010~1063）。赵祯在襁褓就被刘皇后抱走，据为己子。仁宗十三岁继位,刘太后垂帘摄政,打发仁宗生母李氏为真宗守陵。李氏卒于明道元年(1032),临死才得到宸妃的封号。次年刘太后去世,仁宗从燕王口里得知李宸妃是自己的生母,号啕痛哭,下诏自责,尊李宸妃为皇太后。为报母恩,拜舅父李用和为"彰信军节度使、检校侍中",后来又将长女兖国公主(1038~1070)下嫁李玮。

李玮"以朴陋与主不协",婆媳关系也紧张,公主进宫告状,此后"屏居内廷",而李玮降职贬到外地,一度夺去驸马都尉。公主死后,李玮贬到陈州安置,神宗朝遇赦还京,官至建武军节度使,检校太师,元祐八年(1093)卒,哲宗"临奠哭之"。《宣和画谱》记载:李玮喜吟诗,才思敏妙。能章草、飞白、草隶诸体,为仁宗所知,而仁宗也喜欢写飞白书。李玮擅水墨画,作画凭兴致,故传世者绝少,世人亦不知其能画。

苏轼也曾前往李玮家观赏这卷晋人帖,他说:"余尝于李都尉玮处见晋人数帖,皆有小印'涯'字,意其为王氏物也。有谢尚、谢鲲、王衍等帖,皆奇。而夷甫独超然如群鹤耸翅欲飞而未起也。"(《东坡题跋》卷四《题晋人帖》)苏轼提到的晋贤有谢鲲,未见米芾提及。

米芾的眷念

米芾五十一岁那年为好友王涣之写过一首《太师行寄王太史彦舟》诗,记述他们同往太师李玮家鉴赏《晋贤十四帖》的旧事,"太师天源环赐第,自榜回鸾鸦雀避。好宾嗜古富图书,玉轴牙签捧珠翠","王郎十八魁天下,招我同延贵客星"云云。宋制:"驸马都尉宅,(公)主薨,例皆复纳入官,或别赐第。"李玮在公主死后回京,赐第天源河畔,故米芾谓"太师天源环赐第"。王郎指王涣之,字彦舟,米芾比他年长,所以唤"王郎"。去李玮家的情形,米芾《书史》也有记载:

> 余同王涣之饮于李氏园池,阅书画竟日,未出此帖,枣木大轴,古清藻花锦作标,破烂无竹模,晋帖上反安冠簪样古玉轴。余

寻制,掷枣轴池中,拆玉轴。王涣之加糊,共装焉。一坐大笑,要余题跋,乃题曰:李氏法书第一。亦天下法书第一也。

这次"太师行",米芾后来说是"元祐中",未详哪一年。曹宝麟《抱瓮集》有篇文章索隐米芾《太师行寄王太史彦舟》诗的本事,依据米芾的几则题跋,推定为元祐二年(1087)。但是,米芾著录《晋贤十四帖》的《宝章待访录》(列入"目睹")序言所署年份是"元祐丙寅",即元祐元年,米芾见到《晋贤十四帖》估计不会晚于此年。

《晋贤十四帖》让米芾大开眼界,回家"追写数十幅",却如邯郸学步,自谓"可笑可笑",恨不得弃笔砚。甚至神情恍惚,"磨墨终日,追想一二字以自慰"。有一年,薛绍彭写信给米芾,说他"新收钱氏子敬帖"。米芾建议绍彭"宜倾囊购取"李玮家所藏"二王以前帖",并寄诗怂恿:"二王之前有高古,有智欲购忘高贾。殷勤分治薛绍彭,散金购进重题跋。"薛绍彭父亲薛向是王安石变法时期的重要人物,做高官,有财力。

米芾很想得到《晋贤十四帖》,自知财力不足,"欲尽举一夜书易一二帖",有诗道:"当时倾箧换不得,归来呕血目生花。"(《太师行》)米芾看中的"一二帖"是晋武帝、谢安两帖。米芾说,晋武帝帖"纸糜烂而墨色如新,有墨处不破","书若篆籀",相比之下,二王书法"顿有尘意"。那件谢安帖的书法,米芾认为格调高于王献之,曾以奇玩博取,"议十年不成"。李玮去世五六年后的哲宗元符年间(1098~1100),蔡京得到谢安帖,他与米芾有"论文写字不相非"的友情,在徽宗建中靖国元年(1101)让给米芾。为此,米芾额其室为"宝晋斋",并将这件谢安行书刻入《宝晋斋法帖》,名为《八月五日帖》。

《晋贤十四帖》大卷,也许在元符年间割裂。部分帖的去向,可在著录徽宗内府藏品的《宣和书谱》里找到踪迹,如陆机章草《平复帖》、王珣行书《伯远帖》、陆玩行书《贺瑞星表》(帖名下附注"晋元帝批",与米芾的记载相合),都已割成单帖,各有帖名,各表一卷。米芾据几曾看、白首眷念的那卷《晋贤十四帖》,不复存在。

"兰亭之会"与《兰亭序》

古人"雅集"的场面,汉代画像石、汉晋墓室壁画以及北宋以来的卷轴画上都能见到。汉末,曹操父子和"建安七子"的邺宫"西园之会"是文人雅集的典范,"旨酒盈金罍","管弦发徽音","常闻诗人语,不醉且无归"的场景,只能从他们的诗歌里看到。

晋朝士人喜好大自然,集会移向山林。留名后世的两次,前有西晋石崇的"金谷之会",后有东晋王羲之邀集的"兰亭之会",依旧是饮酒赋诗。

当年的兰亭,王羲之《兰亭序》描写:"此地有崇山峻岭,茂林修竹,又有清流激湍,映带左右。"孙绰《兰亭后序》写道:"暮春之始,禊于南涧之滨,高岭千寻,长湖万顷。"北魏郦道元《水经注》(卷四十)记载:"浙江又东与兰溪合,湖南有天柱山,湖口有亭,号曰兰亭,亦曰兰上里。太守王羲之、谢安兄弟,数往造焉。"兰亭之会就在天柱山下的兰亭,而非今日之兰亭。

陈桥驿《水经注校证》(卷四十)对兰亭有一番考述:兰亭原是亭堠之亭,县以下的行政区划单位。作为名胜古迹的兰亭,东晋一代曾经三变:原在天柱山下的鉴湖湖口,后迁亭于湖中兰渚,又从湖中迁到天柱山顶。南朝陈、梁之间,兰亭又迁到湖中。北宋末叶,兰亭移建天章寺,并建鹅池、墨池,引溪流相注。明朝嘉靖年间,绍兴知府沈某在天章寺故址以北择地重建兰亭,此后亭址再未变迁,清朝又数次修建。这处兰亭,即我们今天所见的兰亭风景区,在绍兴市西南二十多里兰渚山下。

集会那天是永和九年（353）农历三月初三，古代的"修禊"之日。"修禊"源于先秦时期春秋两季在水滨设祭的"除恶"风俗，《后汉书·礼仪志》所谓"去宿垢疢为大洁"，意思是除旧疾，求健康。曹魏时代，民间的"修禊"活动才固定在三月初三。

王羲之召集的"兰亭之会"，四十一人参加，人数比石崇"金谷之会"多，有隐居当地的士族名士，有现任官员，王羲之和谢安、许询、支遁、孙绰都是当时的明星人物，五十一岁的王羲之携子赴会，可谓"群贤毕至，少长咸集"。那天"天朗气清，惠风和畅"，众人临流而坐，虽无"丝竹管弦之盛"，却有山川春风之助，"一觞一咏，畅述幽怀"。

这次"兰亭之会"，赋诗者二十六人，有四言有五言，南宋桑世昌《兰亭考》录有全部诗作。北京故宫博物院藏有一卷《兰亭诗卷》墨迹本，不全，传为唐朝书家柳公权的手抄本。

王羲之为兰亭之会写了一篇序，后人名为《兰亭序》，前半部分记述风流之盛，后半部分伤时感怀，悲叹人生不永。《兰亭序》有墨迹本传世，后来成了书法史上显赫的行书经典。文人雅集诞生旷世书作，这是仅有的一例。

王羲之所作《兰亭序》，最早名为《兰亭集序》或《临河叙》。宋朝时，《兰亭序》是尽人皆知的书法名作，异名别称甚多：欧阳修名为《修禊序》，蔡襄称《曲水序》，苏轼称《兰亭文》，黄庭坚称《禊饮序》，宋高宗题曰《禊帖》。元朝，郭天锡名为《兰亭宴集叙》。

《兰亭序》最初的名声，在文章而非书法。《世说新语·企羡篇》记载："王右军得人以《兰亭集序》方《金谷诗序》，又以己敌石崇，甚有欣色。"唐朝史臣编撰《晋书·王羲之传》，引录了这篇三百二十四字的序文。

石崇《金谷诗序》名扬晋朝，全文失传，只有部分文字保留下来，结尾一段："遂各赋诗，以叙中怀。或不能者，罚酒三斗。感性命之不永，惧凋落之无期。故俱列时人官号、姓名、年纪，又写诗箸后。后之好事者,其览之哉!凡三十人,吴王师、议郎、关中侯、始平武公苏绍字世嗣,年五十,为首。"《世说新语·企羡篇》的注文引录了王羲之《兰亭序》的另一个文本,名为《临河叙》,一百五十三字,是节略本,最后一段文字与《金谷诗序》相近:"右将军司马太原孙丞公等二十六人,赋诗如左。前余姚令会稽谢胜等十五人,不能赋诗,罚酒各三斗。"

《临河叙》所说赋诗、罚酒人数的文字,在传世的《兰亭序》里见不到,而且《临河叙》的篇幅比《兰亭序》短,显然是有同有异的两个文本。清朝末年,这篇《临河叙》引起了学者、书家李文田的注意,他说:《临河叙》多出的四十二字,"注家有删节右军文集之理,无增添右军文集之理",既然"文尚难信,何有于字"?对于这个疑问,启功《〈兰亭帖〉考》这样解释:"诗文草创,常非一次而成,草稿每有第一稿、第二稿以至若干次稿的分别。古人文集中所载,与草稿不相应和墨迹或刻石不相应的极多。且注家有对于引文删节的,也有节取他文或自加按语补充说明的。以当时的右军文集言,序后附录诸诗,诗前有说明的话四十二字,抑或有之,刘注多这四十二字,原不奇怪。"

《兰亭序》以书法名世,要晚到唐朝初年。唐太宗得到《兰亭序》,"尤为宝重",令宫廷搨书人做出摹本赐给近臣诸王,遂为世人所知。传说太宗去世后,真迹殉葬昭陵。唐玄宗开元天宝年间,出现了两篇记载《兰亭序》始末的文章:一篇是刘悚所记前辈的传闻,仅百余字,载于《隋唐嘉话》;一篇是何延之两千余言的《兰亭记》,唐朝张彦远辑入《法书要录》。

刘、何所记《兰亭》故事详略不一,且有出入。

其一,《兰亭》的流传线索。刘悚溯至梁朝,提到的经手人物较多,何延之只追溯到隋朝智永。李世民得到《兰亭》的时间,刘说在太宗做秦王的武德四年(621),何说在即位后的贞观年间(627~649)。

其二,太宗获取《兰亭》的方式。刘悚只是说太宗"见搨本惊喜,乃贵价市大王书《兰亭》,终不至焉。及知在辩师处,使萧翊就越州求之"。何延之笔下,"萧翊"写作"萧翼",用了上千字的篇幅记叙太宗获得《兰亭》的曲折经过：得知《兰亭》藏在辩才和尚手中，将他从越州请到长安，礼遇有加，前后三次索要，辩才谎称"坠失不知所在"，只好放他回家。太宗不甘心，派萧翼扮成书生，下越州，骗得辩才的信任，乘机窃走。这段故事，后人名曰"萧翼赚《兰亭》"，为皇上办事，盗窃不为盗。

其三，太宗命令宫廷搨书人摹搨《兰亭》的情况。这件事，刘悚说到具体时间和摹搨数量，"贞观十年，乃搨十本以赐近臣"。何延之未说摹搨的时间，却将四位"供奉搨书人"一一列出，所谓"帝命供奉搨书人赵模、韩道政、冯承素、诸葛贞等四人各搨数本，以赐皇太子、诸王近臣"。

其四，《兰亭》殉葬昭陵。刘悚说是褚遂良的主张："帝崩，中书令褚遂良奏：'《兰亭》，先帝所重，不可留。'遂秘于昭陵。"何延之说是太宗本人的要求，绘声绘色地描述了当时的场面："（太宗）临崩谓高宗曰：'吾欲从汝求一物，汝诚孝也，岂能违吾心耶？汝意如何？'高宗哽咽又涕，引耳而听，受制命。太宗曰'吾所欲《兰亭》，可与我将去。'及弓剑不遗，同轨毕至，随仙驾入玄宫矣。"

刘悚是唐朝史学家刘知几之子，供职史馆，他记述《兰亭》故事，取大要，是史家手法。何延之自称做过均州刺史，他的《兰亭记》写得生动曲折，近乎小说家的"传奇"。

何延之所述唐太宗派人智取《兰亭》之事，宋人颇有质疑。"苏门学士"晁补之说：《兰亭》再怎么宝贵，万乘之主也不至于为此失信于匹夫吧！以太宗之贤，近古所无，怎么会溺于小小嗜好而轻忽君王的大节！南宋王铚根本不相信这回事，他说：太宗始定天下，威震万国，一个风烛残年的老僧岂敢吝惜一纸！即使太宗想得到《兰亭》，也不至于"狭陋若此"，出此下策。

何延之《兰亭记》中还有一些经不起推敲的故事"细节"，说王羲之写《兰亭序》用"蚕茧纸，鼠须笔"就是一例。唐太宗时，见过《兰亭序》原迹的人很少，不外魏徵、虞世南、褚遂良这些近臣，宫廷摹搨《兰亭序》的那些搨书人也可能见过。即使亲见者，也只能知道纸质如

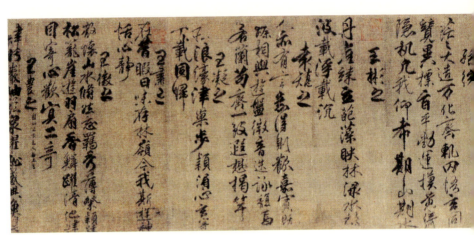

传唐朝柳公权抄写的《兰亭诗卷》（北京故宫博物院藏）

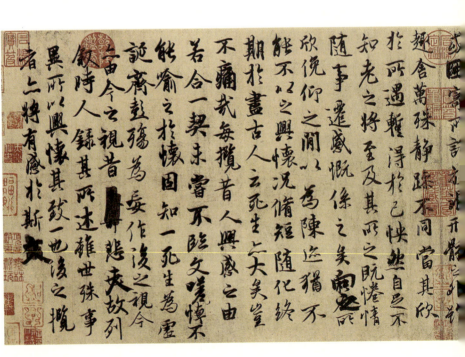

《兰亭序》（神龙本）

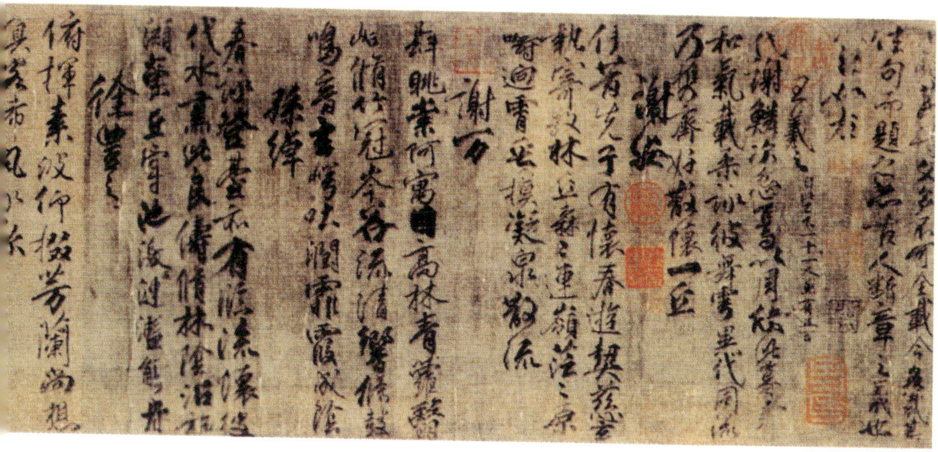

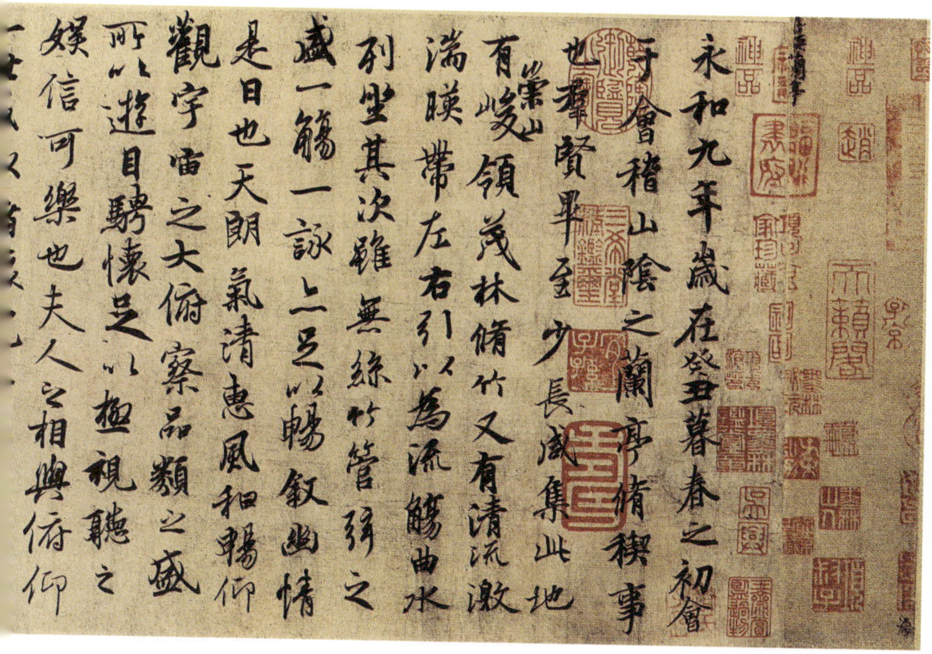

永和九年歲在癸丑暮春之初會
于會稽山陰之蘭亭脩禊事
也群賢畢至少長咸集此地
有崇山峻領茂林脩竹又有清流激
湍暎帶左右引以為流觴曲水
列坐其次雖無絲竹管弦之
盛一觴一詠亦足以暢敘幽情
是日也天朗氣清惠風和暢仰
觀宇宙之大俯察品類之盛
所以遊目騁懷足以極視聽之
娛信可樂也夫人之相與俯仰

何,岂能见到王羲之写《兰亭》是用"鼠须笔"！未见过《兰亭》真迹的何延之就更不用说了。

何延之为了强调《兰亭》的"唯一性",称王羲之"挥毫制序,兴乐而书",酒醒之后又写过"数十百本",都不如雅集那天所写。"酒"关联"书法",不是何延之的发明。他生活在盛唐时代,那时李白《草书歌行》、李颀《赠张旭》、杜甫《饮中八仙歌》都说到张旭酒酣之际作草书,有如神助。也许何延之以今人度古人,从兰亭雅集那天的"流畅曲水"推想王羲之写《兰亭序》也趁酒兴当场挥毫,便用"酒"来解释《兰亭》书法绝妙的由来。何延之说王羲之饮酒写《兰亭》,比说王羲之用"鼠须笔"写《兰亭》近乎情理。

何延之《兰亭记》叙述的故事,有许多令人生疑的破绽,却流传甚广。他盛赞《兰亭序》书法"遒媚劲健,绝代更无",是关于《兰亭序》书法的最早评语。何延之很细心,注意到《兰亭序》中二十个"之"字写得各不一样,谓为"变转悉异",以此说明《兰亭》书法的丰富性。这个书写现象,传世的唐摹《兰亭》神龙本尤为明显,估计何延之见过此类摹本。我统计了一下,《兰亭序》用字二百一十个,有一百六十字不重,有五十字重出。一篇三百二十四字的行书文稿,有三两个重出的字写得不同不足为奇,而二十个"之"字无一雷同就令人惊诧了。这个书写现象,何延之称之为"重者皆构别体",后来成了书家品评《兰亭》书法的"口头禅",也是书家作书的一条"金科玉律"。

《兰亭》名本

王羲之《兰亭序》由隐而显，为天下所知，书家奉为行书典范，此唐太宗之功。太宗临终要求将《兰亭》殉葬昭陵，从此真迹永绝，此又太宗之过，埋下后世学者书家聚讼《兰亭》真伪的根由。

1965年那场震动文博界的兰亭真伪论辩，曾有人说，待发掘昭陵，《兰亭》真迹重见天日，真伪之争可以了断。但《新五代史·温韬传》记载："韬在镇七年，唐诸陵在其境内者，悉发掘之，取其所藏金宝。而昭陵最固，韬从埏道下，见宫室制度闳丽，不异人间。中为正寝，东西厢列石床，床上石函中为铁匣，悉藏前世图书。钟（繇）、王（羲之）纸墨、笔迹如新。韬悉取之，遂传民间。惟乾陵，风雨不可发。"欧阳修说，温韬只重财，将昭陵"所藏书画皆剔取其装轴金玉而弃之"，一部分被宋太宗赵光义购募，刻进法帖，传于人间，"独《兰亭》真本亡矣"（《金石录跋尾·晋兰亭修禊序》）。

温韬是华原贼帅，盗墓狂人，将辖境内的唐帝诸陵"悉发掘之"，惟有高宗、武则天合葬的乾陵"风雨不可发"。我在电视节目中看到，某省考古人士说，《兰亭》在唐朝的名声很大，但《五代史》记温韬盗发昭陵竟未提到，大概高宗未将《兰亭》殉葬昭陵，很可能葬入乾陵。言下之意，《兰亭》仍有可能重见天日，让人燃起希望，却是没有依据的推测。

唐朝以前，《兰亭》一直秘藏私家，即使摹本世人也难见到。唐太宗李世民得到之后，令宫廷揭书人各揭数本，分赐皇太子、诸王，还有近臣房玄龄等八人，算来十数本。尽管限于上层小圈子，《兰亭》毕竟传出宫外。唐玄宗时代（712～755），始有记述《兰亭》的文篇，如何延之《兰亭记》，如刘悚《隋唐嘉话》。武平一《徐氏法书记》说到太宗宝重《兰亭》。这些迹象表明，8世纪时，《兰亭》已在士大夫阶层传开。

唐宋两朝流传的各种临摹本《兰亭》，行款都是二十八行，风格如一。这种现象表明，历代相传的《兰亭》源出一个共同的祖本。

岁月流逝，《兰亭》古本越来越少。今天所见《兰亭》墨迹名本，前三位依次是虞世南临本、褚遂良临本、冯承素摹本，都是北京故宫博物院的藏品。这三本《兰亭》的位次，在清朝乾隆朝排定，并和其他有关兰亭的书迹合为八种，分别刻在圆明园"坐石临流亭"的八根石柱上，名为"兰亭八柱"（民国初年移建于前清社稷坛改名的中央公园，今北京中山公园）。虞、褚、冯三本，依次称为八柱第一、第二、第三。

人们也用摹勒上石的方法复制《兰亭》，出现各种刻本，其中以"定武本"最著名。定武本据何人临摹本上石，宋人说法纷纭，提到智永、欧阳询、褚遂良、赵模、怀仁、王承规等。后以欧阳询临摹上石的说法占据上风。欧阳询上石的底本，又有不同的说法，或云欧阳询据右军真迹摹勒上石，或云据欧阳询《兰亭》临本摹刻。

这四种《兰亭》名本，或摹本，或临本，或刻本。这些复制品的本子，并无临摹者的名款，后世题在某人名下，都有一段故事。

虞世南临本

本幅白麻纸，纵24.8厘米，横57.5厘米。两纸拼接，接缝在十四行与十五行之间，行距匀称。历代屡经装裱，墨色晦暗。此卷卷首钤有元文宗"天历之宝"玺，人称"天历兰亭"。本幅末尾下端题"臣张金界奴上进"小字一行，又称为"张金界奴本"。启功说，张氏是宛平人，卑名"金界奴"，即僧家奴之意。他总管元朝染织杂造工匠，元文宗时主持奎章阁建筑工程。

明朝时，这本《兰亭》流入民间，晚明归大收藏家吴廷。吴廷字用

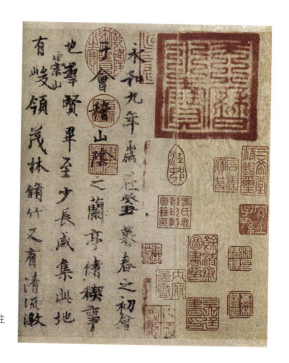

《兰亭序》虞临本（兰亭八柱第一，北京故宫博物院藏）

卿，号江邨，歙县（今安徽黄山市徽州区）人，富甲一方，书画收藏之巨可与明朝大收藏家项元汴（子京）相埒。吴廷广交文人书家，曾将这本《兰亭》借与董其昌，万历二十六年除夕（1599年初）索回。此卷后来又落到董其昌手中，约在万历四十六年（1618）转让给明末儒将茅元仪（止生）。清初为大收藏家梁清标所得，后进入清朝内府。卷中有乾隆帝题跋二则，其中一则写于乾隆十二年（1747）。

这本《兰亭》称为"虞世南临本"，缘于董其昌。他割让给茅元仪时写了一段题跋，有"此卷似永兴所临"一语。梁清标（蕉林，1620～1691）装裱时，在卷首贴了一条标签，题为"唐虞永兴临禊帖"。虞世南封为"永兴县公"，故称"虞永兴"。乾隆皇帝喜欢这个大名头，题跋说，"董其昌定为虞永兴摹"，还为董其昌的说辞找了一条理由，"以其与褚（遂良）法外别有神韵也"。而鉴定行家并不相信董其昌的信口之言，乾隆时期四大书家之一的翁方纲（1733～1818）精于鉴藏，写过一篇《苏米斋兰亭考》,他说"颍上、张金界奴诸本,则皆后人稍知书法笔墨者,别自重摹"。启功曾经屡观原卷,赞成翁方纲之说,进而怀疑此本"是宋人依定武本临写者"。但学者的"精识"不敌前朝流传的俗说,世人依然称此本为"虞世南临本"。

褚遂良临本

本幅淡黄纸本,纵 24 厘米,横 88.5 厘米。也是两纸拼接,接缝在十九行与二十行之间,行距匀称。因为后纸有米芾十行题诗,又称"米芾题诗本"。米诗全文曰:"永和九年暮春月,内史山阴幽兴发。群贤吟咏无足称,叙引抽毫纵奇扎。爱之重写终不如,神助留为万世法。廿八行三百字,之字最多无一似。昭陵竟发不知归,模写典刑犹可秘。彦远

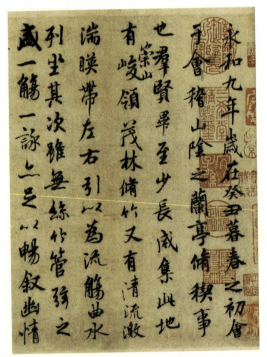

《兰亭序》褚临本(兰亭八柱第二,北京故宫博物院藏)

记模不记褚,《要录》班班纪名氏。后生有得苦求奇,寻购褚模惊一世。寄言好事但赏佳,俗说纷纷那有是。"北宋时,寻购"褚模"《兰亭》成为风气,往往指唐摹本为褚笔,流行的褚本《兰亭》渐多。米芾题诗讥讽这种风气,更没有说这本《兰亭》是"褚模"或"褚遂良临本"。后人未解米诗之意,以为类似褚法,竟题为褚本。

启功认为,这卷《兰亭》的字迹与后面米芾题诗的笔法相同,纸也一律,"实是米氏自临自题的"。米芾书法得益褚书,以精于摹古自豪,喜欢显示自己临摹乱真的本领,他来临写一本大有可能。米芾诗中说,"寄言好事但赏佳,俗说纷纷那有是",似乎在暗示世间好事者不要上当。

冯承素摹本

本幅白麻纸本,纵24.5厘米,横69.9厘米。两纸拼接,前纸十三行,行距较松;后纸十五行,行距偏紧。帖首前隔水上端有旧题"唐模兰亭"四字,左边骑缝处残留"神龙"小印左半,所以又称"神龙本"。此本递藏南宋内府、元朝郭天锡、明朝项元汴、清朝内府。全卷鉴藏印多达百数十方,后纸有宋朝李之仪、石苍舒,元朝赵孟頫、郭天锡、鲜于枢、邓文原,明朝李廷相、文嘉、项元汴诸家题识观跋十七则。

《兰亭序》神龙本(兰亭八柱第三,北京故宫博物院藏)

此卷所见"神龙"印，郭天锡至元癸巳（1293）的题跋指为唐中宗的年号印。中宗李显是太宗孙，高宗子，武则天所出，一生两次登基。第一次在嗣圣元年（684），两个月就被武后废为庐陵王。武后当政时期的圣历元年（698）召回，又立为皇太子。神龙元年（705）正月武则天病重，张柬之迎李显监国，逼武则天退位，李显再次即位，恢复唐朝国号。中宗"复辟"之初，仍然袭用武则天"神龙"年号，两年后改元"景龙"，又三年，被韦后鸩毒而死，年五十五。

郭天锡把此本《兰亭》定名为"神龙本"，他说"此定是唐太宗朝供奉榻（搨）书人直弘文馆冯承素等奉圣旨于《兰亭》真迹上双钩所摹"。郭天锡很谨慎，只说钩摹者是"冯承素等"。因为郭天锡知道，唐朝宫廷搨书人除冯承素之外，还有赵模、韩道政、诸葛贞、汤普彻等人，他无法确认究竟出自谁手，故谓"冯承素等"，是整体判断。明朝万历五年（1577），这本《兰亭》转到项元汴手中，他省复为单，题为"唐中宗朝冯承素奉勒摹晋右军将军王羲之兰亭禊帖"，指为冯承素所摹。不仅如此，项元汴还把冯承素和卷首的"神龙"年号半印联系起来，附会成中宗时代人。这样说，就更经不起推敲。我们知道，双钩摹搨是精细的活计，费眼力，如果贞观末年（649）冯承素三十岁，即使活到唐中宗神龙年间（705～706），当有80余岁，老眼昏花，岂能从事摹搨。

这本《兰亭》是公认的唐人摹本，比所谓虞临本、褚临本的影响大。启功《兰亭帖考》说，"这帖的笔法秾纤得体，流美甜润，迥非其他诸本所能及。破锋和剥落的痕迹，俱忠实地摹出"，行款前疏后密，行式上保存了王羲之原稿近边处挤写的状态。"从摹本的忠实程度方面来看，神龙本既然这样精密，可知它距离原本当不甚远"。但有些学者怀疑这本唐摹《兰亭》的真实性，以为是隋僧智永的临写本，理由是书法过于妍媚。

定武本

《兰亭》定武本现身于北宋，有界栏，宋朝文人书家公认它是唐朝刻本。

定武本的发现和流传，宋人那里有不同的说法，大体经过是：朱梁篡唐，原石移置汴都（今河南开封）。契丹破石晋，载石渡河而北，流落定州（今河北定县）。北宋庆历年间（1041～1048）被定州士人李学究得到，死后被官府索走，放在定州官库里。神宗熙宁年间（1068～1077），薛向守定州，离任时带走原石。徽宗大观年间（1107～1110），薛家交还原石，置于汴京宣和殿。因为刻石在宋朝北疆定武军发现，宋人习称"定武本"，又有"定武兰亭""定州本""定本""定帖"之称。

宋人喜好摹刻《兰亭》，特别是南渡之后，"江左好事者往往家刻一石"。就复制的对象而言，宋以来的《兰亭》刻本可以分为三类。

第一类是翻刻定武本。宋人记载，李学究得到定武《兰亭》未久，韩琦于庆历八年（1048）镇守定州，李学究献定武拓本，韩琦索原石，李学究别刻一石上交。李氏死后，其子以原石拓本售人，每本千钱。及宋祁守定州，李氏子欠赋税，宋祁以公帑换取刻石，藏于公库。神宗熙宁年间（1068～1077），薛向守定州，其子薛绍彭（后与米芾并称"米薛"）别刻一石留定州，换走原石，并在原石上凿损"湍、带、右、流、天"五字作为记号。因此，拓自原石的定武本遂有"未损本"与"损本"之别。金兵陷汴京，原石亡失，此后翻刻本，率是五字"不损本"。

第二类是传刻定武本以外的古刻本。徽宗时，米芾父子三人曾传刻杜宝成家传的唐刻本《兰亭》，"五日摹"，"善工十日刻"，号为"三米兰亭"。徽猷阁学士胡世将在豫章刻过两本《兰亭》，其中一本"出于钱氏贞观本"，也是唐刻本。

第三类是传刻唐人临摹墨本。南宋绍兴元年（1131），高宗在政事堂召见官员，枢密院属官辛道宗献出所藏唐人临本《兰亭》，说是出自唐朝内府，高宗令人刻于会稽。

《兰亭》刻本极多，桑世昌《兰亭帖考》著录了六十余种。唯有定武本声誉在其他刻本之上，为世所贵。宋人推崇定武《兰亭》，不但因为摹刻精工，又出自欧阳询，还在于书法。王安石曾孙王厚之说："自山谷嘉

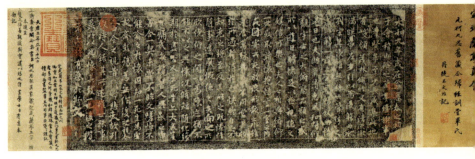

《兰亭序》定武本（柯九思旧藏本，台北"故宫博物院"藏）

定武本《兰亭序》
所见"僧"字押署

定武本，以为肥不剩肉，瘦不露骨，于是士大夫争宝之。"南宋藏书家、"四大诗人"之一的尤袤说："世贵定武本，特因山谷之论。"

黄庭坚这样评定武本，参照了另外两个《兰亭》刻本：一本"极肥"，传为唐朝开元时代书家褚庭诲所临；另一本"极瘦"，出土于地下，为宋朝龙图阁学士张景元所得，字画轻瘦劲健，说是褚遂良所临，号为"褚兰"。这两个本子，早已不存，但黄庭坚所谓"肥不剩肉，瘦不露骨"的评语却广为流传，成了鉴赏定武本的名言。

宋人收藏的《兰亭》刻本，好以定武本自雄；为人题跋《兰亭》拓本，则以定武本相夸。世传的定武《兰亭》拓本真赝混杂。赵孟𫖯在定武本《兰亭十三跋》中感叹："（定武本）石刻既亡，江左好事者往往家刻一石，无虑数十百本，而真赝始难别矣。"明朝王世贞不像赵子昂那样迷茫，他说："定武本有三，未损本，初拓也；损本，绍彭所留也；不损本，定武再刻也。缘不损本有真赝。而损本的然，故以为贵。"

宋元时代极其推重的定武《兰亭》，清初犹有多本流传。流传有绪的名本，现在仅有三本。日本东京国立博物馆藏有两本，一是吴炳旧藏本，属不损本；一是独孤僧本，曾被赵孟頫收藏，清朝嘉庆年间遭火烧，残存三小片，卷后有宋元诸家题跋。

还有一本定武《兰亭》藏在台北故宫博物院，名为柯九思旧藏本，属五字损本。卷后有宋朝至清朝题跋十余则，元朝名家鲜于枢、邓文原、赵孟頫、虞集、康里子山、袁桷都留下精彩的题记。此本墨拓较淡，可以察知石面不平且有裂纹。第一行末"会"字缺损，第七行、十四行泐损。屡经传拓，笔锋渐秃，字口不甚清晰。与冯摹墨本相比，柯九思定武本字画浑厚，特别是横向笔画，不是那么侧斜，更为古朴。

柯九思本第十四行和十五行之间的下端有一个"僧"字，这个押署的"僧"字，在墨迹古本中见不到，或许可以说，"僧"字是定武本的一个特征。南朝内府鉴书艺人，梁朝有徐僧权、江僧宝，陈朝有杜僧谭，其名都有一个"僧"字。传世的二王墨迹，徐僧权的押署较为多见。刘𫗧《隋唐嘉话》说《兰亭》真迹"梁乱出在外"，表明《兰亭》曾归梁朝内府，"僧"字押署也许可以印证刘𫗧的记载。

山阴好迹有《初月》

王羲之在京师建康（今江苏南京）任护军将军之后，多次请求外放，曾经明确提出到宣城郡任职，未获批准。东晋永和七年（351），会稽内史王述离职守丧，朝廷派四十九岁的王羲之接任会稽内史，并带右军将军的军号，他终于逃离京城官场的圈子。会稽是越国故都，有佳山水，晋室南渡，一时名士多居此地。羲之一到会稽"便有终焉之志"，在这里度过了人生最后的十年。

王羲之前四年任职，住在会稽郡治所在的山阴，这段日子过得舒畅适意。他是地方长官，琐屑事务一概打发属吏处置。羲之是名门子弟，也是朝野闻名的书家，在会稽，书法是他显示倜傥风流的道具，抄经换群鹅，为老妪题扇，到门生家里棐几上戏书，兰亭雅集书《兰亭序》，这些开心事，后来都被史家写进《晋书》，传为千古佳话。但开心的日子不长，永和十年（354），他的好友也是顶头上司的扬州刺史殷浩，因为北伐失败废为庶人，接任者是守制期满的王述。羲之一向看不起王述，耻居其下，次年称病辞职，归隐山阴以南的剡县，直至五十九岁去世。剡县现在改为嵊州市，王羲之墓就在该市金庭乡金庭山下。

羲之到会稽，是他人生的拐点，会稽时期也是他书法的高峰期。南朝书法鉴定家陶弘景说："逸少自吴兴以前诸书，犹未为称；凡厥好迹，皆是向在会稽时永和十许年中者。"唐朝书论家孙过庭更加发挥："右军之书，末年多妙，当缘思虑通审，志气平和，不激不厉，而风规自远。"而王羲之每每自称，"我书比钟繇，当抗行；比张芝草，犹当雁行"，估

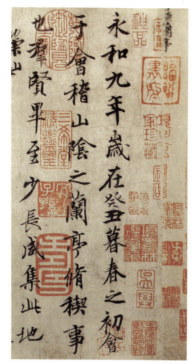
王羲之《兰亭序》神龙本

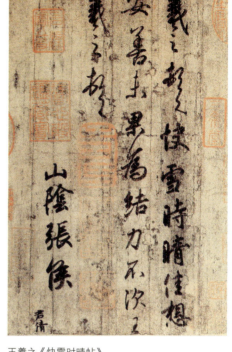
王羲之《快雪时晴帖》

计也在会稽时期。现在传世的王羲之尺牍名迹，学者考证出书写时间者，大多写于会稽时期，或可说是会稽时期的"王书"。

传世的王羲之书迹，有三件写着"山阴"字样。一件是人称"天下第一行书"的《兰亭序》，这篇文稿提到宴集地点在"山阴之兰亭"。清末李文田、当代郭沫若曾怀疑《兰亭》是南朝人所为，而且认为《兰亭序》本于《世说》注引的王羲之《临河叙》。这篇《临河叙》亦有"山阴"二字。第二件是行书尺牍《快雪时晴帖》，最后一行下端写有"山阴张侯"，"张侯"是收信人，"山阴"是他的住地或籍贯。第三件是草书尺牍《初月帖》，第一行的名款前署有写信地点"山阴"，王羲之尺牍墨迹中，这是仅见的一例。

这三件墨迹都是王羲之的书法名品。《兰亭序》是唐太宗宝重的两件

山阴好迹有《初月》　77

"王书"之一，此后声名鹊起，北宋以来，成为王羲之书法艺术的标志性作品，中国书法的著名符号。《快雪时晴帖》曾入藏宋、元、清三朝御府，乾隆皇帝得到后，把它供奉到"三希堂"里，由此名声大噪。《初月帖》也有入藏御府的经历，先后藏于唐朝、宋朝、清朝御府，知名度却不及《兰亭》和《快雪时晴》。这也不奇怪，《初月帖》一直与王氏家族其他书迹合装一卷，唐朝武则天时统称《宝章集》，合有王氏一门三十九人的书帖。宋朝时改称《万岁通天帖》，只存七人十帖（现藏辽宁省博物馆）。明朝嘉靖元年（1522），无锡华夏将这卷书迹刻入《真赏斋帖》，各帖分别命名，《初月帖》才有正式名称，那时叫《山阴帖》。

《初月帖》是王羲之在山阴写给友人的书信，八行六十字，内容完整：

初月十二日山阴羲/之报：近欲遣此书，停（济）/行无人，不办遣信。昨/至此，且得去月十六日/书，虽远为慰。过嘱卿佳/不？吾诸患殊劣劣，方/涉道，忧悴，力不具。/羲之报。

这件尺牍的格式很正规，首句所署写信日期和地点，名款和习语，一应俱全，帖末署"羲之报"。前后"羲之报"之间，即尺牍的正文部分。

"初月"是指正月，晋人避讳甚严，王羲之祖父名"正"，为避讳而改，属帖学常识。"山阴"出现在首句的书式，按魏晋尺牍的通例，是点明写信的地点。正文里，羲之将自己的行踪告诉收信人，说自己"昨至此"，而非表示回到家里惯用的"昨还""顷东游还"，可见"山阴"当时是王羲之的旅次之地。这个细节，过去的帖学家一直没有提及，1980年代被日本学者杉村邦彦"发明"出来，但他进而推断《初月帖》是王羲之任会稽内史之前游览山阴时所写，则失之无据了。我认为，《初月帖》是王羲之辞官迁居剡县之后所写，在某年正月出行到达山阴的第二天。

羲之和东晋那些名士一样，喜好郊游远足，辞官后更是自由自在，如闲云野鹤。他写给好友谢万的信中提到"东游山海"，"与亲知时共欢宴"，"顷东游还"云云。晚年出游的情况，《晋书·王羲之传》有一段生

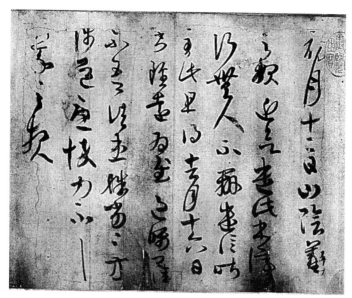

王羲之《初月帖》

动的记载:"羲之既去官,与东土人士尽山水之游,弋钓为娱。又与道士许迈共修服食,采药石不远千里,遍游东中诸郡,穷诸名山,泛沧海,叹曰:'我卒当以乐死。'"王羲之说的"东中诸郡",指东晋扬州境内的吴兴、会稽、东阳、新安、临海五郡,那里有天目、天台、四明、括苍等名山,而吴兴、会稽、临海三郡濒海,羲之所谓"穷诸名山,泛沧海"的范围,大致如此。那一带的城镇村邑,依山傍水,水路交通便利,估计羲之晚年远游多是乘舟走水路。

王羲之信奉道教,喜服食,远游也是为了"采药石",以供服食之需。服食是魏晋官僚名士圈的时尚,吃一种"五石散"的药,药力发作,全身发热,须外出行走,获得"身轻如飞"、飘飘欲仙的快感。"五石散"毒性强,服食类似今天的吸毒,损害身体。但魏晋名士相信服食是祛病养生之法,以为久服可以延年。羲之写《初月帖》的这次出游到山阴,在正月十五以前,并非采药石,也许为了上元节。这个节俗起于汉代,源于道教的"三元说":把一年中的正月十五称为上元节,七月十五为中元节，十月十五为下元节，合称"三元"。

羲之《初月帖》是典型的今草体式，也许写于旅途之故，运笔快捷，虽是匆匆写就，却保持着笔画浑厚的一贯风范。开篇的"初月"二字，一笔而成。第二行的八个字，都是一笔连写两字。这样钩锁连环的形态，行行都有，造成字与字之间的奇形离合，展现出"纵引"笔势的魅力。唐朝书论家张怀瓘说，汉末张芝的草书已经采用这样的写法："字之体势，一笔而成，偶有不连，而血脉不断，及其连者，气候通二隔行。"（《书断·草书》）张芝的草书墨迹唐朝业已失传，不知张怀瓘从何说起。考古出土的汉晋草书、东吴草书，还有刻帖所存的西晋草书，都没有一笔连贯几个字的写法。而王羲之草书里，还有他的行草书，屡屡见到。由此看来，大概东晋才出现笔势"纵引"形成的连笔形态，而王羲之笔下时常出现，成为王羲之行草书的一个重要特点。

《初月帖》的另一个显著特点是结字紧敛欹侧，也是王羲之书法的共有特征。我们今天看惯右军书法，不觉得有什么奇妙。魏晋时期，紧敛欹侧是一种新的结体姿态，东晋书家王洽夸为"变古形"，南朝书论家虞龢标为"妍媚"。

羲之五十九岁去世。《初月帖》是王羲之五十四岁之后所写，属于晚年手笔。人们常用"人书俱老""衰年变法""老辣"之辞评论书家晚年的手迹，书家的化境似乎与年老有着格外的缘分。

王羲之议婚尺牍《中郎女帖》

北宋学者沈括说:"晋宋人墨迹,多是吊丧问疾书简。唐贞观中,购求前世墨迹甚严,非吊丧问疾书迹,皆入内府。士大夫家所存,皆当日朝廷所不取者,所以流传至今。"(《梦溪笔谈》卷十七)是这样吗?我们看看唐朝的记载。唐太宗贞观年间,褚遂良鉴定内府收藏的王羲之书迹,录出《右军书目》,每卷的每帖都录有一段帖文,犹能见到"吊丧问疾"之辞。肃宗乾元年间,张怀瓘于唐肃宗乾元三年(760)所撰《二王等书录》说:"贞观十三年敕购求右军书,并贵价酬之,四方妙迹,靡不毕至。"可以说,唐贞观内府购求前世书迹,并无内容的限定。

王羲之的传世书迹,主要是尺牍书简,吊丧问疾之类确实不少,也有很多议政论事、酬答朋辈、报告行踪、袒露心迹、诉说家事的尺牍。《中郎女帖》则是少见的议婚尺牍,帖文四行三十二字:

中郎女颇有所向不?今时
婚对,自不可复得。仆往
意君颇论不?大都此亦
当在君耶。

此帖草书,第二行最后一字,宋人释为"德",明朝顾从义《法帖释文考异》认作"往";第三行第四字,宋人释为"冷",顾氏认作"论"。清朝王澍《淳化秘阁法帖考正》骑墙折衷:"俱未可据以为定,两存之。"

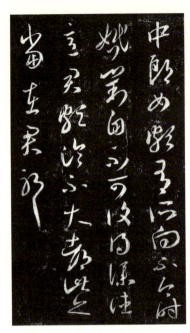

王羲之《中郎女帖》(《淳化阁帖》卷八)

对于这两个有异议的草字,按草法字形,宋人有据;若求文从句顺,当取顾从义所释。

把《中郎女帖》文转为白话文,大意是:"中郎的女儿出嫁大事定了吗?现在正当谈婚论嫁的年龄,这是不可复得的时机。我以前与您谈过的想法,不知与中郎商议否?此事还得由您决定。"

王羲之为子议婚

《中郎女帖》是王羲之为儿子议婚所写书简,议婚对象是"中郎"之"女"。此"中郎"是"中郎将"的简称。王羲之的亲友圈中,谢万、郗昙曾经官拜"中郎将",而且同年同月。《晋书·穆帝纪》记载,升平二年(358)"秋八月,安西将军谢奕卒。壬申,以吴兴太守谢万为西中郎将,持节,监司豫冀并四州诸军事、豫州刺史。以散骑常侍郗昙为北中郎将,持节,都督徐兖青冀幽五州诸军事、徐兖二州刺史,镇下邳(今江苏睢宁)"。因此,谢万、郗昙别号"中郎"。谢家、郗家都与王家联姻,谢万长兄谢奕之女谢道韫出嫁王羲之次子王凝之,郗昙的女儿郗道茂嫁与王羲之第七子王献之。

谢万、郗昙官拜"中郎将"的升平二年,王羲之五十六岁(三年后去世),当其晚年,他的"七儿一女",此时"唯一小者尚未婚耳"(王羲之《儿女帖》),未婚者是献之。《晋书·王羲之传附王献之》记载,"献之前妻,郗昙女"。那么王羲之《中郎女帖》提到的"中郎"只能是郗昙。帖中所称的"君",就是这件尺牍的收信人,应该是郗昙兄郗愔。

郗氏兄弟的父亲郗鉴，晋成帝时为太尉，掌管军事，他和丞相王导、司空庾亮为东晋前期三巨头。当年郗鉴派门生到王家求婚，选中"东床坦腹"的王羲之。郗鉴去世二十余年后，羲之为献之择婚，所向郗家，门当户对。大概王羲之看中"郗昙女"正当婚对年龄，而郗氏门户由郗愔主持，对郗家子女终身大事有发言权甚至决定权，所以王羲之直接向郗愔提亲。大概郗愔要与外镇江北的郗昙有所商量，或者其他什么原因，尚未回复，羲之又修书催促郗愔，这封信即是《中郎女帖》。帖中有"大都此亦当在君"一语，看来王羲之有些着急，期盼郗愔早点定夺。

羲之生前为献之议婚舅家，很可能定了亲而未成婚。因为郗昙在升平五年（361）一月卒于任所，时年四十二。郗道茂为父服丧，不可能办婚事。这一年羲之五十九岁，仍在向益州刺史周抚重申自己"一游汶岭"的心愿，希望周抚"但当保护，以俟此期，勿谓虚言"（《七十帖》）。羲之致周抚的另一件尺牍里说过，只要献之"过此一婚，便得至彼"（《儿女帖》）。岂料王羲之也在升平五年病逝，大约在冬季。十八岁的献之又要服丧。按守制三年（实际是二十七个月）计，献之与郗道茂完婚最早只能在王羲之去世后第三年的晋哀帝兴宁二年（364）。如果是这一年成婚，王献之二十一岁。

王献之与郗道茂结合，属近亲结婚，未育，也未携手白头。献之任秘书丞之后，"以选尚新安公主"，王命不可违，且必须是正室夫人，只好与郗氏离婚，弃旧以迎新。新安公主司马道福是简文帝（371～372在位）第三女，初嫁权倾国主的大司马桓温的次子桓济。孝武帝即位的宁康元年（373），桓温病危期间，桓济与长兄桓熙同谋，欲杀忠于王室的叔父桓冲，被贬到长沙，新安公主因此改嫁献之。献之与公主的这次婚姻，都是二婚，两人育有一女名神爱。王神爱在孝武帝太元二十一年（396）嫁与太子司马德宗，次年德宗继位，是为安帝，立神爱为皇后。

太元十一年（386）王献之去世，四十三岁。病重时，家人请道士为献之"上章"天神，祈求消灾除难，按道家法，应该自首其过，问其有何过失，献之答："不觉余事，唯忆与郗家离婚。"他与郗氏离异，何止亏欠发妻，也枉费父亲当年的一番苦心操持。

《中郎女帖》书迹并非"伪作"

王羲之五十六岁以后写的这件《中郎女帖》，是常见的那种草书风格，较为周正。《中郎女帖》先后刻入太宗淳化年间摹刻的《淳化阁帖》卷八、宋徽宗大观年间所刻《大观帖》卷八。宋仁宗朝潘师旦在绛州摹刻的《绛帖》（后卷四）、明朝嘉靖年间汤世贤摹刻的《二王帖》（卷上）、清道光年间耆英翻刻宋刻本的《澄清堂帖》（卷三），都收刻了《中郎女帖》，属翻刻本。

虽然《阁帖》保存了大量前贤书迹，但主持其事的王著缺乏鉴别力，故"真伪杂出，错乱失序"，为识者诟病。北宋米芾、黄伯思对《阁帖》辨真伪、纠纰缪，辨出不少伪迹，对《中郎女帖》却无非议。但清初帖学家王澍《淳化秘阁法帖考正》（卷八）说："此帖笔力散缓，当是伪作。"王澍（1668~1743）是康熙五十一年（1712）进士，工篆书，曾经"特命充五经篆文馆总裁官"。晚年"抱疴掩关"著书，积五年而成《淳化秘阁法帖考正》。王澍所见《阁帖》刻本的《中郎女帖》，是宋拓本还是冒充宋拓的五花八门翻刻本，不得而知。《阁帖》系统的翻刻本很多，翻之又翻，传摹走形。坊间常见明朝翻刻的"肃府本"，字画肥软，若以此种翻刻本论真伪，"笔力散缓"的伪作可谓多多。

《中郎女帖》所在的《阁帖》卷八，有四十八帖，都是草书尺牍。王壮弘《帖学举要》录前人所定伪帖，此卷中合有七帖，而王澍指摘的伪作有五帖。其中，黄伯思、米芾判《小大》《蒸湿》《月半》三帖为伪作，王澍无异词；米芾认为伪迹的《得凉帖》，王澍认作真笔；前人视为真笔的《中郎女》《日五期》两帖，王澍判成伪作。他说："此卷伪书最少，仅四五帖，钩模失误处亦比他卷为少。"

王澍是以目鉴所得的"笔力散缓"为据，判《中郎女帖》是伪作，如何"散缓"则未条列。为寻究竟，我把文物出版社2006年出版的《真宋本淳化阁帖》第八卷通读了数遍。这个本子，是明末清初孙承泽藏本，民国初年归李瑞清（清道人），后流失国外，为美籍犹太人安思远收藏，2003年被上海博物馆购藏。《阁帖》第八卷所收都是草书尺牍，对比卷中其他书帖，《中郎女帖》所异者：笔画上，第一行"郎""颇"两字左右部分相连的牵引之笔，"向"字环抱之笔，末行"耶"字盘曲的连转之笔，都无草书应有的掣笔态势，松软乏力。大约这些就是王澍所说的"笔力散缓"之处。再看笔势，《中郎女帖》草书笔势不是纵笔而下，字间笔画不牵连，只有第三行末"此亦"两字连笔。

王澍考证《阁帖》也许比勘过《大观帖》，故提及《大观帖》对《阁帖》的笔画有所"摹正"。启功曾说："以摹刻的技术论，任何宋拓《阁帖》，都比不过《大观帖》。"文物出版社在2001年出版过《大观太清楼帖》第八卷，为清朝山东海源阁旧藏本，现藏北京故宫博物院，也是宋拓善本。这本《大观帖》所刻《中郎女帖》，虽然行款改为三行，但刻工精细，笔画瘦劲见笔力，并无散缓之态。相比之下，《阁帖》本某些笔画或软或钝。如此说来，即使王澍所见是《阁帖》真宋本，《中郎女帖》也难逃"笔力散缓"的判决。

《中郎女帖》写得收敛，草书字形大小相近，风格遒媚。羲之的书法或可模仿，但此帖是议婚的尺牍，隔世者是很难伪造的。

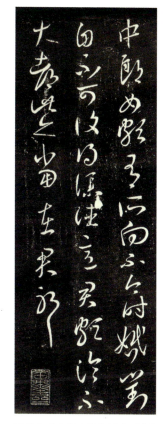

王羲之《中郎女帖》（《大观帖》卷八）

《游目帖》所见王羲之晚年心愿

王羲之常与好友周抚通音讯。那时，王羲之在浙东会稽，周抚在成都益州刺史任上，东西悬隔数千里。周抚字道和，东晋名将周访的长子，祖籍汝南安城（今属河南驻马店市），汉末迁居庐江寻阳（今江西九江市西）。周抚先后在王敦、王导麾下为将，得以结识王羲之，大约年长羲之十一岁。343年左右，周抚升任益州刺史，当时成都还是氐人所建成汉政权的首都，周抚的驻地在今天的重庆奉节县。347年，东晋挥兵西进，灭成汉政权，周抚坐镇成都。王羲之去世四年后的365年，周抚逝世。

王羲之写给周抚的尺牍，有多件，唐朝贞观年间收进御府，装为一卷。按当时"率以一丈二尺为卷"的规制，"取其书迹及语言，以类相从，缀成卷"，所装尺牍，长短不一，以卷首有"十七日"三字，总名《十七帖》。卷中各帖本无帖名，后有之，亦取帖内语词标为帖名。晚唐张彦远《右军书记》说：《十七帖》是"褚遂良监装背"的"贞观中内本"。20世纪敦煌石室发现唐人临写的王羲之草书《瞻近帖》《龙保帖》《旃罽胡桃帖》《服食帖》残纸，都是《十七帖》中的尺牍。

《十七帖》卷中各帖，一般分为二十九帖，但清朝包世臣《〈十七帖〉疏证》合为二十六帖。按包世臣的考证，《逸民帖》《瞻近帖》、《知足下帖》是王羲之写给妻弟郗愔的书简；《龙保帖》（含《丝布衣帖》）《胡毋帖》《药草帖》是写与群从子弟的书简，《谯周帖》（含《严君平帖》）是写给大将军桓温的尺牍。其他十九帖（将《来禽帖》《胡桃帖》视为一帖）都是写给周抚的书简。

《十七帖》是王羲之草书名帖,却有一件《来禽帖》是行楷书,因为此帖是写给周抚的,唐人"以类相从",也装入《十七帖》中。

王羲之的尺牍书多是候问感怀之类的话语,写给周抚的尺牍却言之有物。他提到周抚赠送蜀中特产,老人助步的"邛竹杖",服食所需的"旃罽、胡桃二药",还有"青李、来禽、樱桃、日给滕"的种子。王羲之常打探巴蜀风物,《盐井帖》问道:"彼盐井、火井皆有不?"四川盐井产的盐叫井盐,自古有名。火井就是现在所说的天然气井,汉代就有,古代用于煮盐。左思《蜀都赋》描写道:"火井沉荧于幽泉,高焰飞煽于天垂。"王羲之对蜀中的古代建筑也有兴趣,《成都帖》里问道:"往在都(东晋首都建康,今南京),见诸葛颙,曾具问蜀中事。云,成都城池门屋楼观,皆是秦时司马错所修。令人远想慨然,为尔不?"司马错是战国中后期秦国名将,公元前4世纪末率军灭蜀国、巴国,为秦国统一中国开疆辟土。《讲堂帖》还请求周抚为他摹取成都的古代壁画:"知有汉时讲堂在,是汉何帝时立此?知画三皇、五帝以来备有,画又精妙,甚可观也。彼有能画者不?欲因摹取,当可得不?"王羲之知道成都"汉时讲堂"画有三皇、五帝,可能也是周抚告诉他的。

王羲之不但多次向周抚打探西蜀物产名胜,羡慕他身处山川雄奇之地,《清晏帖》中情不自禁劝周抚:"山川形势乃尔,何可以不游目?"游目,随意游览远眺之意。《兰亭序》说:"仰观宇宙之大,俯察品类之盛,所以游目骋怀,足以极视听之娱,信可乐也。"这个词,战国时代屈原就用过,《离骚》曰:"忽反顾以游目兮,将往观乎四荒。"《十七帖》卷中的《游目帖》(又称《蜀都帖》)也是写给周抚的:

省足下别疏,具彼土山川诸奇。扬雄《蜀都》、左太冲《三都》,殊为不备悉。彼故为多奇,益令其游目意足也。可得果,当告卿求迎,少人足耳。至时示意。迟此期,真以日为岁。想足下镇彼土,未有动理耳,要欲及卿在彼,登汶领、峨眉而旋,实不朽之盛事。但言此,心以驰于彼矣。

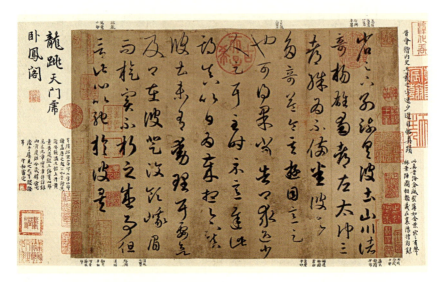

王羲之《游目帖》(北京文物出版社复原本)

　　帖文大意是:"看到你的来信,说及巴蜀山川种种奇异景象,觉得扬雄《蜀都赋》、左思《三都赋》的记述很不完备。你那里的山川如此奇异,令我产生前往一游的兴趣。如果能够成行,我会事先告知,并请派人接一下,少来几人就可以了。等待这一天,真有度日如年之感。我想趁你镇守成都的机会,登岷山、峨眉山而还,这将是我一生中不朽的大事。说及这些,我心已到你那里了。"

　　《游目帖》全文十一行,一百零二字,现在看起来是短篇信札,在传世的晋人尺牍书迹中却属长篇。帖中提到西晋左思《三都赋》,"三都"指三国时代的"蜀都"(今四川成都)、"吴都"(今江苏苏州)、"魏都"(今河北磁县邺城),各赋一篇。"汶领"即汶山,今天的岷山,长江黄河的分水岭,在成都平原以北,2008年"5·12"大地震就发生在这一带。清朝顾祖禹《读史方舆纪要》说:"岷山连岭而西,不知纪极。北望陇山,积雪如玉,南望成都,若在井底。""峨眉"是位于成都南面的名山。汶领、峨眉现在是著名的旅游胜地,人们乘坐舒适的大巴行驶在山区的国道上,"游目"高峻的山岭,深切的河谷,也许会有"登汶领、峨眉而旋,实不朽之盛事"的感受吧。但不会想到,一千七百年前"书圣"王羲之曾经为这里的山川形胜魂牵梦绕。

王羲之多次写信给周抚,表达远游西蜀的愿望和计划。

《儿女帖》里,他告诉周抚:"吾有七儿一女,皆同生,婚娶以毕,唯一小者,尚未婚耳,过此一婚,便得至彼。"子女中未婚的"唯一小者"指王献之,当时王羲之正在为他物色对象,中意的人选是羲之妻弟郗昙的女儿。羲之娶郗昙姊郗璇,献之与郗昙女属近亲,按今天的科学常识,近亲繁殖会增加下一代遗传病发生的机会,出现畸形、弱智,而且死亡率高,但古人没有这样的常识,士家大族结亲看重门当户对。羲之向周抚通报家庭情况,是解释尚未能成行的因由,但信中定出"过此一婚,便得至彼"的时间表,表示自己"游蜀"的决心。

《七十帖》大约是羲之五十八岁左右写的尺牍,还在与周抚相约远游之事:"足下今年政七十耶,知体气常佳,此大庆也。想复勤加颐养。吾年垂耳顺,推之人理,得尔以为厚幸,但恐前路转欲逼耳。以尔,要欲一游汶领,非复常言。足下但当保护,以俟此期,勿谓虚言,得果此缘,一段奇事也。"帖中,羲之说自己"年垂耳顺",即年近六十,这

内藤湖南《跋王羲之游目帖》

是王羲之唯一明确说及自己年龄的信函。他意识到自己人生"前路转欲逼",所余时间不多,仍然没有放弃远游西蜀的计划。

王羲之和东晋许多士人一样,居所游移不定。早年跟随叔父王廙从北方迁居江南,成年后出仕,随禄西东,先后在今天的江西九江、湖北鄂州、江苏南京、浙江绍兴等地做官。王羲之喜欢旅游,五十四岁辞去会稽内史之后,"遍游东中诸郡,穷诸名山,泛沧海",而晚年的宏愿是远游西蜀,"登汶岭、峨眉而旋",把这件事看作自己人生的"不朽之盛事""一段奇事"。但他必须了却为第七子王献之完婚的心愿。按《儿女帖》的表白,他把为父的责任置于首位,所以献之完婚成了他"游蜀"的先决条件。不幸的是,王羲之五十九岁那年去世,献之十八岁,未能看到幼子成婚,两大心愿都化为泡影。

《游目帖》是件草书尺牍,草法不苟,字态周正。卷后的明人题跋评道:"寓森严于纵逸,蓄圆劲于蹈厉。其起止屈折,如天造神运,变化倏忽,莫可端倪",认为是"右军真迹无疑"。其实这件《游目帖》墨迹是摹揭本。至于是哪个时代的摹本,意见却不一致。罗振玉认为是唐初揭本,即唐太宗时期的揭本。日本著名汉学家内藤湖南(内藤虎次郎)认为是更早的陈朝揭本。

《游目帖》有墨迹本,也有刻本,如果逐字对比,字态此阔彼窄,笔画此曲彼直、此长彼短,结构此敛彼纵,小异之处甚多。墨迹本中,第一行"疏具"、第五行"得果"、第六行"至时"、第七行"以日"、第八行"未有",上下两字都是连笔而就,笔势纵引而下;而刻本的"得果"与"以日"断开了。论笔势,墨迹本比刻本流畅。

北宋初年摹刻的《淳化阁帖》卷六收有《游目帖》。北宋后期徽宗朝《宣和书谱》著录的王羲之帖目,未见《游目帖》但有《山川帖》《三都帖》。而《游目帖》里有"具彼土山川诸奇"及"左太冲《三都》之语,当时另有帖名的话,也许这两帖的可能性较大"。读《游目帖》墨本卷后的题跋,最早一则题于明朝初年。《游目帖》在清朝初年才见于卞永誉《式古堂书画汇考》(卷六)著录,并录有明人的两段题跋。乾隆十二年

（1747），《游目帖》收入内府，重新装潢，加了引首，乾隆题写"得之神功"四个大字。

清朝后期，《游目帖》墨迹藏在恭王府。据说八国联军入侵北京时流出王府，被日本商人收购，后为广岛的安达万藏得到。1913年春，日本京都的文艺人士举行"兰亭诗会"，纪念东晋王羲之兰亭雅集1560年，他们仿学中国古代文人的风尚，将各自的藏品拿出来展示交流，安达氏带来了《游目帖》。1933年，八十一岁的安达氏携《游目帖》拜访日本汉学家内藤湖南，内藤为之题跋。次年，安达氏委托京都小林写真制版所用珂罗版技术印行《游目帖》。1945年8月6日8时15分，美军一架B-29轰炸机飞临日本广岛市区上空，投下一颗代号为"小男孩"的原子弹，《游目帖》化为尘埃。

前些年，北京文物出版社赵力华决心让《游目帖》这件名迹"起死回生"。在日本二玄社同行的协助下，找到了1934年珂罗版印刷的《游目帖》。当年是按原件大小单色印制，而且包括全部的题跋。赵力华和他的同事反复研究，多次尝试，利用高科技复原技术，终于将单色的《游目帖》还原为彩色，笔画、墨汁浓淡几乎和原帖一模一样。2007年7月，复原的《游目帖》呈现在人们面前。

《寒切帖》的"谢司马"

王羲之《寒切帖》墨迹是一件草书尺牍,唐摹本,本幅纵 26 厘米,横 21.5 厘米,约当现在 A4 复印纸的大小。幅面小,可是珍贵。现存的唐摹本右军尺牍约十五帖,散藏中、日、美三国。大陆地区有四帖,《寒切帖》藏在天津博物馆,行书《姨母帖》、草书《初月帖》装在《唐摹万岁通天帖》大卷中,藏在辽宁省博物馆。草书《上虞帖》则在上海博物馆。

《寒切帖》曾刻入《淳化阁帖》(卷七),与唐摹本相比,形态大体相同,笔画细节有异。唐摹本首行下方右侧有"僧权"二字,为南朝萧梁宫廷"鉴识艺人"徐僧权的押署,是藏品通过鉴定的标记。这两个字,刻本上见不到。唐人照摹的"僧权"押署,临帖的书家不会临写,也不会在意,对于鉴定家却是重要信息,表明《寒切帖》的原迹曾经是梁朝宫廷的正规藏品。鉴定家徐邦达先生依据《寒切帖》卷中所钤收藏印、明人题跋以及前代著录,理出了这件唐摹《寒切帖》的递藏线索:南宋入绍兴内府,明末归韩世能,又归王锡爵、王衡、王时敏三世递藏。清中期归李霨。民国初年归张勋,现藏天津市艺术博物馆(《古代书画过眼要录·寒切帖》)。

前些年天津市艺术博物馆与天津市历史博物馆合并成天津博物馆,新馆 2004 年建成,将镇馆之宝《寒切帖》陈列出来。2007 年 5 月的一个周末,我和周师道、秦大庆专程去天津博物馆观看《寒切帖》,在书法展厅隔出的一角,装成手卷的《寒切帖》平放在一个专柜里,卷子展开一

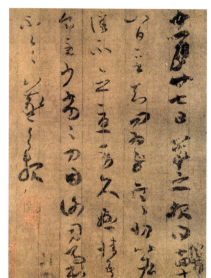

王羲之《寒切帖》墨本

王羲之《寒切帖》(宋拓淳化阁帖本,局部)

段约有一米，见到《寒切帖》以及后面晚明书家华亭董其昌、嘉定娄坚的题跋。董跋说《寒切帖》是"右军真迹"，这是他取悦收藏者的臆测，不足信。娄坚自称从"辰玉内翰索观"此帖，辰玉是王衡的表字，明朝杂剧作家，其父王锡爵为万历朝首辅，父子都曾高中"榜眼"。王衡曾授翰林院编修，故称"内翰"。娄坚把《寒切帖》称为《廿七帖》，后来清朝人又称《谢司马帖》，刻帖中或名为《二书帖》，都是截取帖中词语命名。早在南朝，陶弘景为梁武帝鉴定内府藏品，在《与梁武帝论书启》中提到的尺牍书帖，已采用这种命名方法。

徐邦达说："此帖双钩淡墨填，极为明显。"看到它的真身，才知道有些《寒切帖》的印刷品印得纸色深暗，墨色偏深，固然显得精神，看得顺眼，却失本色。《寒切帖》摹本，纸已残损，纸色黯淡，墨色浅淡，又有斑状的脱落，像古碑拓本上斑驳的石花。我仔细看了几遍，无意中发现，有些脱落"淡墨"的笔画，残留着双钩轮廓线，比填充的墨色深一些。古代制作摹本，用"廓填"之法：先双钩，再填以浓墨。按这种制作摹本的程序，先用笔锋勾勒笔画轮廓，固定字画形态，为了准确，运笔不会太快。双钩完成后，轮廓线的墨迹已干，大块填墨时，双钩的轮廓线又染了一次墨，墨色深。填墨须墨色均匀，铺毫抹，用笔稍快，笔墨入纸浅。历经岁月，反复开合的磨损，填墨部分容易脱落。

此帖草书，首行字迹偏粗偏大，"报"以下的正文部分，运笔流畅，上下字之间很少连笔，虽是欹侧的今草体，却有章草笔意。相比之下，同属王羲之晚年草书的《初月帖》，每行都有一些字上下连笔，笔势更为流便。

《寒切帖》是一件格式完整的尺牍，帖文五行五十一字，前后的署名、习语俱在："十一月廿七日羲之报：得十四、十八日二书，知问为慰。寒切，比各佳不？念忧劳，久悬情。吾食至少，劣劣。力因谢司马书，不一一。羲之报。"帖文道问候，诉近况。其中"一一"，或释为"具"。尺牍习语用"报"，表示回信，收信人应是王羲之的平辈亲友。写给谁？难以考证。此人五天之内写了两封信给羲之，书函如此密切，两人应该很熟悉。羲之念他"忧劳"，想是在官之身。

帖中提到的"谢司马"，是姓氏与官名组合的尊称。东晋的谢氏，有陈郡谢与会稽谢之分。当年参加"兰亭雅集"的前余姚令谢胜，就是会稽谢（见《世说新语》企羡篇第三注引王羲之《临河叙》）。1998年南京东郊仙鹤山东晋墓出土高崧夫妇墓志，其妻谢氏也是会稽人。陈郡谢氏与琅琊王氏是西晋末南渡的高门著姓，而且王谢两族世代通婚。因此，王羲之所说"谢司马"应是陈郡谢氏族中某人。

文献记载，陈郡谢氏有五人做过"司马"。有两人在王羲之生前任司马：一位是羲之的儿女亲家谢奕（？～358），他在桓温军府做了十三年的司马，当王羲之四十三岁至五十五岁期间。另一位是羲之的好友谢安（320～385），小羲之十七岁。谢安任司马只有一年多的时间，在王羲之去世前一年的五十八岁时。

晚清学者鲁一同认为，《寒切帖》所说"谢司马"是谢安，且将《寒切帖》名为《谢司马帖》。徐邦达、王羲之研究专家王玉池也指为谢安，但日本学者杉村邦彦认为"谢司马"指谢奕。

帖中的"谢司马"究竟是谁？只能向文献"调查"。前些年，我整理过《右军书记》所见的称谓，有三件尺牍出现"司马"这个称谓，其中两帖的内容，验证史籍，皆指谢奕，分别写于谢奕病重、去世之际。我以为，羲之称谢奕为"司马"在前，后来谢安出任司马，则以"谢司马"相称，以示区别。谢安出任司马在升平四年（360），第二年因其弟谢万去世而离职，时间很短，所以右军尺牍里仅在《寒切帖》出现"谢司马"的称谓。如果"谢司马"是指谢安，《寒切帖》就是王羲之晚年写的草书尺牍。

谢安"少有重名"，成年后"放情丘壑"。羲之赴任会稽的永和七年（351）前后，谢安来到会稽，初住上虞。王羲之尺牍里把谢安、谢万兄弟合称"二谢"，两人都参加了永和九年（353）"暮春之初"的"兰亭

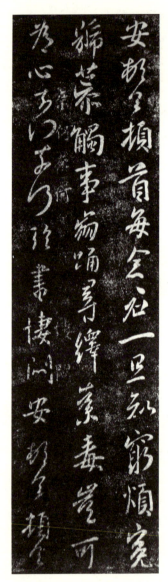

谢安《每念帖》(宋拓大观帖本)

雅集"。谢万由豫州刺史废为庶人之后,四十一岁的谢安才放下"累辟不就"的名士身段,出任征西大将军桓温的军司马。《晋书·谢安传》记载,赴任的谢安"将发新亭,朝士咸送"。新亭位于建康西南,西临长江,谢安从这里启程赴桓温镇守的荆州,应该是走水路。谢安隐居时就有"公辅之望",他的入仕成了头号新闻,朝中官员都来送行,一睹他的名士风采,唯有中丞高崧趁着酒兴调侃谢安:"卿屡违朝旨,高卧东山,诸人每相与言:安石不肯出,将如苍生何!苍生今亦将如卿何!"谢安"甚有愧色",无言以对。

谢安改变初衷,自有他的算计。田余庆《东晋门阀政治》分析,东晋是门阀社会,要维持家族的地位,不但"计门资",还要"论势位",必须有人在朝中做官居于实力地位。谢尚、谢奕、谢万相继守豫州据为方镇经营十余年,"谢氏门户有靠,无陨越之虞,谢安自可矜持不出以图名誉"。谢万被废之后,谢氏家族在朝中失去了代表人物。谢安为了家族利益,顾不得"高卧东山"的名士形象,毅然出山,以维持谢氏在官场的势力。高崧的那番话点破了这一点,所以让谢安羞愧。

谢安任桓温军府司马的时间很短,约年余。升平五年(361)谢万去世,他"投牋求归",改任吴兴(今浙江湖州)太守，后为吏部尚书。此时桓温势焰遮天，欲让朝廷为他"加九锡"。九锡是帝王尊礼大臣而赐给的九种器物，西汉王莽建立"新"朝之前，曾先加九锡，因而后来认为这是掌权大臣夺取政权的前奏。谢安见桓温病重，暗地抵制，借口修改表文，"历旬不就"，用拖延的办法成功阻止桓温的"锡命"之请。桓温在孝武帝宁康元年（373）七月去世，两个月后，谢安升任尚书仆射，主持朝政，内外屡建事功。孝武帝太元八年（383）的淝水之战，谢安运筹帷幄，其侄谢玄率领劲锐的北府兵打败压境的前秦大军，谢家势力达到顶点。

谢安是清谈名士，亦工书。他的草书、楷书师法王羲之，"尤善行书"。羲之曾经夸他是"解书者"。谢安的书迹，唐朝《述书赋注》著录"具姓名正书两纸三十行"。北宋初年《淳化阁帖》（卷二）收刻谢安的行书《每念帖》和楷书《六月帖》，后来许多丛帖都翻刻了这两件尺牍书帖，但《六月帖》被帖学家指为伪作。北宋后期，徽宗内府藏有谢安《中郎》《近问》《善护》三帖，都是行书。米芾所收谢安《八月五日帖》也是行书尺牍。谢安比较可靠的书迹是《每念帖》和《八月五日帖》，只存刻本。

王珣《伯远帖》与王僧虔《王琰帖》

两次到故宫博物院看东晋《伯远帖》原迹，都在故宫特别的日子举办的展览上，特别难得的机会。面对晋人的笔迹，展柜那层厚厚的玻璃，挡不住纸墨散出的古意。盯着四十七个信笔直书的行书字，一遍遍看，揣摩笔势，琢磨结字，感受笔墨的倜傥风流。

《伯远帖》是王珣（350～401）写给某人的尺牍。纸的幅面不大，纵25.1厘米，横17.2厘米。帖文第一行提到的"伯远"是王珣堂弟王穆的表字。宋朝汪藻《叙录·琅琊临沂王氏谱》记载："（王）穆，（王）劭子，字伯远，晋临海太守。"《晋书·王导传》说他出任过"临海太守"，育有"三子"，仅此而已。

王珣在《伯远帖》里夸伯远是"群从之宝"，堂兄弟中最为优异；体弱多病，只愿闲居优游，自从入仕，不能按自己的愿望生活了。这些内容，都不见文献记载。帖末"分别如昨，永为畴古，远隔岭峤，不相瞻临"四句，是对收信人而言，意思是：分别如在昨日，却类古今之遥；远隔崇山峻岭，不能前往拜望。王珣在尺牍中道家事，行文遣词亲而敬，推测收信人与他同辈。

王珣写行书，运笔多翻挑，顺势起落，萧散自然，但是结字不如王羲之那样遒劲。清朝书家景仰晋人书法，一概称赞，对《伯远帖》评价甚高，所谓"纵任自喜，古雅有余"；对于王珣不及王羲之的那一面，则说他"力变右军父子"，或曰"尽脱王氏习气"。

北宋时，王珣的墨迹尚存《伯远帖》和《三月帖》，藏于内府。《三

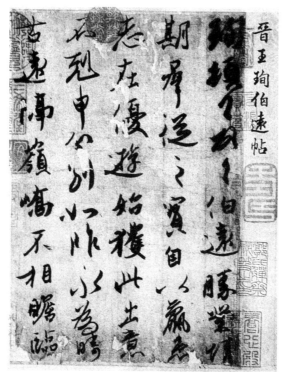
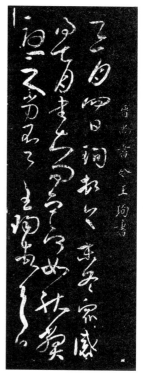

东晋王珣行书《伯远帖》　　　　　　东晋王珣草书《三月帖》
　　　　　　　　　　　　　　　　　（大观帖本）

月帖》是草书,笔势翻转连绵,颇似王献之,北宋初年的《淳化阁帖》（卷二）收刻,但不及徽宗《大观帖》本刻得精细。徽、钦二帝"靖康之难"以后,《三月帖》墨本销声匿迹,《伯远帖》则在民间辗转流传。几百年后的清朝,《伯远帖》献进宫里,成了乾隆帝"三希"之一,另两件墨迹是王羲之《快雪时晴帖》、王献之《中秋帖》,三人都出自琅琊王氏。乾隆皇帝以为得到的"三希之宝"都是真迹,事实上,《快雪时晴帖》是唐摹本,《中秋帖》是米芾节临王献之《十二月帖》的写本,今天鉴定家只认《伯远帖》是真迹。

　　说《伯远帖》是王珣的亲笔真迹,我有点怀疑。例如,第一行"远"

字的横捺，软而乏力，像描摹出来的笔画；第二行上端的"期"字，右边"月"的第二笔"丨"，正常的书写，转折后理应纵笔直下，但那竖笔却有错位的接笔，而且不像是正常书写的接笔。这个错位的接笔会不会因为纸张残破所致呢，我仔细观察展出的原件，此处纸面不残也未破。第四行"如"字的"女"旁，一横作点状，孤立在字外，也很奇怪。这些反常的迹象，显出摹写的破绽。

王珣写行书，运笔很快，怎么会出现这样的反常之笔呢？为此，先后与几位同行商讨。有的说，王珣写到这里迟疑了一下；有的说，是纸皱造成的。两种解释都未消除我的疑窦。进而揣测，《伯远帖》是摹本，大概摹写的底本有残缺，后人一摹，才出现错位的接笔。后来读到清初吴其贞《书画记》，说《伯远帖》是"唐人廓填"。我的看法与其不谋而合。这个问题，至今还没有人深究。

王珣生活在东晋中后期，一代名臣王导之孙，王洽之子。王洽小王羲之二十岁，是隔了几房的同辈。王洽推崇王羲之书法，曾经说，要不是王羲之"俱变古形"，恐怕我们还在师法钟繇和张芝。这句话，王珣的孙子王僧虔写到《论书》里，是我们确认王羲之书法"变古制今"的重要依据。王羲之投桃报李，回信夸王洽："弟书遂不减我。"王洽能写多种书体，尤善草书，他的墨迹，唐朝中期的李嗣真见过"十纸"，说"体裁用笔全似逸少"。

王珣以"才学文章"见称，虽能书，但书法名望不及其弟王珉。王珣、王珉兄弟又和同辈的王献之保持着良好关系。谢安去世，王珣不计谢安绝婚的前嫌，入都吊唁，先到从兄王献之那里征询意见，然后才到谢家"哭谢公"。王献之和王珉都做过"中书令"，是前后任，年龄一大一小，献之因此有"大令"的徽号，王珉则称"小令"。书法上，王献之擅长行草书，王珉以行书见长。献之把王珉当"竞争对手"，调侃他："弟书如骑骡，骎骎恒欲度骅骝前。"献之以骑乘的骡马，喻指彼此书法名望的差别。"骎骎"，跑得很快的样子。王献之这样说，好像王珉意欲超过他。王珣之孙王僧虔说，王珉的笔力胜过献之。

王僧虔（426～485）生活在南朝宋齐时代，是当时的大书家。其父王昙首（394～430）是王珣幼子，王珣五十二岁去世那一年，昙首才八岁。王珣有过婚变，原配夫人是陈郡谢氏，与琅琊王氏一样，也是东晋的高门士族。后来两家闹矛盾，经谢安干预，谢氏与王珣离异。王昙首当是王珣另娶之后所生。

王僧虔所藏汉晋名家书迹甚多，能识读古篆，著有《论书》《书赋》。他擅长楷书，书法名望极高。名气大也招来麻烦，宋孝武帝喜好书法，欲擅书名，王僧虔不敢显迹，但做官要写奏文，书写之事常有，只好用拙笔写字，如此自残其书，长达七八年之久。

传世的王僧虔书迹，有三件楷书帖。《刘伯宠帖》《谢宪帖》刻

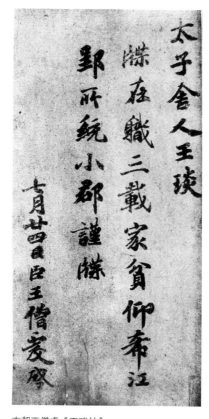

南朝王僧虔《王琰帖》

入北宋《淳化阁帖》(卷三)得以流传。这两帖，皆以"臣僧虔启"开篇，末有"谨启"，前后呼应，属于"启"一类的公文。南朝刘勰《文心雕龙·奏启》说，曹魏的公文中始云"启闻"，或在奏表的末尾云"谨启"，此种公文形式是由汉朝"奏""表"这两种公文书变异而来。晋朝以至南朝，盛行"启"这类文书，用于"陈政言事"，或者"让爵谢恩"。《刘伯宠》《谢宪》两帖都是"陈政言事"之"启"。

还有一件唐摹本《王琰帖》，文字不多，四行三十三字。装在辽宁省博物馆藏收的《唐摹万岁通天帖》卷中，纵26.3厘米，下端有火烧的焦痕。此帖本无单独帖名，明朝无锡华夏将《唐摹万岁通天帖》刻入《真

王珣《伯远帖》与王僧虔《王琰帖》　　101

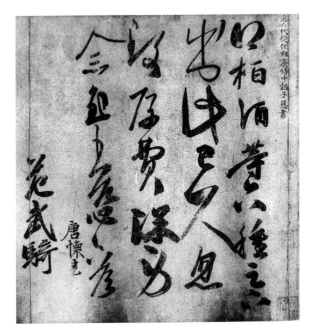

南朝王慈《柏酒帖》

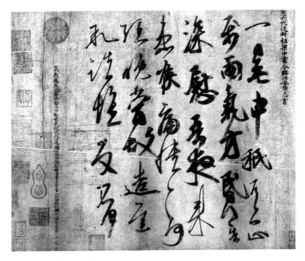

南朝王志《一日无申帖》

赏斋帖》才名为《王琰帖》,后来称《太子舍人帖》《在职帖》。此帖第一行顶格写"太子舍人王琰",按现在的书信格式,很容易误解王琰是受件人,其实这是一件荐(授)官的文牒。

《王琰帖》说,"太子舍人王琰"因为"家贫",希望外放到江州或郢州所辖的"小郡"任职。东晋南朝,官员因为"家贫"而要求外放地方做官的例子,史书中时有所见。东晋江夏李充(卫夫人之子),南齐吴郡张融,都是出身名门的知名文学家、书家,都以"家贫"为由请求上司外放,李充如愿到剡县(今浙江嵊州市)做了一任县令,张融因缺乏行政能力而受阻。

《南史·范缜传》载有齐武帝永明年间(483~493)那场围攻范缜"神灭论"的争论,有位王琰讥刺范缜:"呜呼范子!曾不知其先祖神灵所在。"机锋甚健的范缜毫不客气:"呜呼王子!知其祖先神灵所在,而不能杀身以从之。"这位王琰出身太原王氏,不知是否就是王僧虔在《王琰帖》里提到的那位王琰。

《王琰帖》姿态秀整,有横张之势,笔调接近王献之行楷《廿九日帖》,但笔力柔和,不及王献之方峻。王僧虔的楷书祖述王献之,时人常把他和王献之相提并论。宋文帝看到他写的素扇,夸他"非惟迹逾子敬(王献之),方当器雅过之"。但唐朝张怀瓘认为:王僧虔书法"丰厚淳朴,稍乏妍华,若溪润含冰,冈峦披雪,虽甚清肃,而寡于风味"。

《王琰帖》是文牒,须用楷体书写,笔势不如王珣行书《伯远帖》有风神。"二王称英"时代的名家楷书墨迹极少,所以《王琰帖》尤为珍贵。

王僧虔一门善书,其子王慈草书《柏酒帖》、王志行草书《一日无申帖》有唐摹本传世,同在《唐摹万岁通天帖》大卷中。

智永和他的先辈

智永,人称"永禅师"。据说活到隋朝,高寿近百岁,按此算来,他生于梁末,历经陈朝、隋朝,但唐人称他为陈朝人。唐朝何延之《兰亭记》说,智永与兄惠欣"初落发时,住会稽嘉祥寺,寺即右军之旧宅也。后以每年拜墓便近,因移此寺,自右军之坟及右军叔荟以下茔域,并置山阴西南三十一里兰渚山下"。但今存的王羲之墓在会稽南境的嵊州(古剡县)金庭乡,方位与何延之所言不合。孰是孰非,难解之谜。《兰亭记》还说:"梁武帝以欣、永二人皆能崇于释教,故号所居之寺为永欣焉。"王氏世代信奉天师道,智永生当南朝佛教兴盛之际,落发皈依佛门,或许是为自己选择一种隐逸的生活方式。

智永是王羲之的七世孙,出自王羲之第五子王徽之这一房。王羲之的七个儿子中,徽之名士习气最重,一副"蓬首散带"不修边幅满不在乎的样子,兴致来了就长啸,晋人叫作"啸咏",即抑扬顿挫、宛转连绵的口哨声。徽之"雪夜访戴"最能显示他卓荦不羁的性情。居山阴时,值雪夜初霁,独自酌酒,咏叹左思《招隐诗》,想到隐居剡县的戴逵(安道),乘小船夜航前往,天亮到了戴家门口,却不见而返。人问其故,徽之答:"本乘兴而行,兴尽而返,何必见安道!"

王徽之先后在大将军桓温、车骑将军桓冲府中做参军,却不干事,白拿俸禄,用汉朝人的话说叫"尸位素餐",这在东晋却是名士的一种做派,名曰"不以事务自婴"。有次开会议事,桓冲客客气气对他说:"卿在府日久,比当相料理。"要他尽职尽责。徽之不接话茬,两眼望天,将记事用的手版支着脸说:"西山朝来致有爽气耳。"那时桓氏掌握兵权,但门第不及琅琊王氏高贵,喜欢任用王谢子弟装点门面,只好听之任之。后来徽之调任清贵之职的黄门侍郎,侍从皇帝传达诏命。在天子跟前不能随便,要衣冠整齐,要随叫随到,徽之散漫成性,受不了这样的约束,弃官跑回会稽。386年王献之卒,徽之与献之感情深,哭灵,伤心过度,个把月后也去世了。

王徽之善书,有一件《新月帖》现在还能见到,装在唐摹《万岁通天帖》中,现藏辽宁博物馆。这是一件吊丧慰问的尺牍,末署"徽之等书","等"去的人当是王徽之的兄弟。《新月帖》是行书体势,却兼真带草,体态欹侧,笔画厚阔,笔力劲健。《万岁通天帖》中还有王献之行楷书《廿九日帖》,对比一看,一家眷属,但徽之的笔画要比献之直劲一些。王家兄弟中,徽之"才位"和书法名望都不及献之,他的裔孙智永

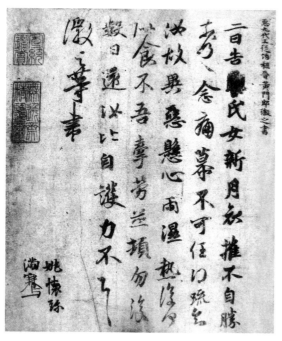

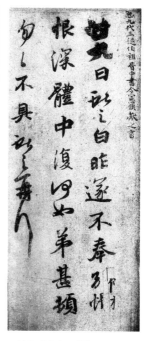

王徽之《新月帖》(唐摹本)　　　　　　　　王献之《廿九日帖》

智永和他的先辈

却成了书法名家,而且是王羲之后代中最著名的一位书家。

智永托命佛门,私心所好是书法,他作书"全守逸少家法",以工夫著称。何延之《兰亭记》说智永"常居永欣寺阁上临书,所退笔头置之于大竹簏,簏受一石余,而五簏皆满"。古人说的"退笔"是指换笔头,把用坏的笔头从笔腔里取出来,换上新笔头继续使用。智永"退笔"的故事,和张芝"墨池"轶事一样,流传很广,成了临书勤奋,工夫深厚的象征。这个故事,北宋人添枝加叶,说智永把几瓮用废的笔头埋了,名曰"退笔成冢"或"笔冢",还写了一篇铭文,像是举行一场毛笔葬礼。北宋还盛传智永"铁门限"的故事:说他成名之后,求书者纷至沓来,踏穿门槛,智永用铁皮加固,包裹门槛。宋朝人写诗爱引典故,"铁门限"和"退笔成冢"时被引用。南宋范成大《重九日行营寿藏之地》云:"家山随处可行楸,荷锸携壶似醉刘。纵有千年铁门限,终须一个土馒头。三轮世界犹灰劫,四大形骸强首丘。蝼蚁乌鸢何厚薄,临风拊掌菊花秋。"诗中转用两个典故,"铁门限"比喻人生荣耀成就,"土馒头"比拟人的归宿,道出一种通脱的人生观。

《真草千字文》是智永的传世名作,一行楷书、一行草书,两体对照。《千字文》是梁朝出现的字书,当年周兴嗣按梁武帝指定的韵脚,将摹集的一千个"王字"韵成四言一句的"千字诗",名为《次韵王羲之书千字》。他以"天地玄黄,宇宙洪荒"开篇,由天地自然说到人,历史、伦理、器物、建筑,无不涉及,典故特别多。梁武帝非常欣赏,命令摹出一些副本,"分赐八王"。这八位宗室王,估计是梁武帝的五位兄弟和三个皇子。这篇《千字文》既是一篇文学作品,又是集的"王羲之书",不但是开蒙的字书读本,而且是学书的字帖。

唐人说,智永住永欣寺"凡三十年,临得真草《千字文》好者八百本,浙东诸寺,各施一本"(何延之《兰亭记》)。每本是真草两体,加起来是两千多字。一位书家,几十年专心写一种文本,数量如此惊人,也属"前不见古人,后不见来者"的奇事。以"三十年"和"八百本"这个数字计算,智永平均一年写二十七本,十三天写一本,成了"闲人的忙事"。梁朝《千字文》本是集王字楷书,智永的写本用"真草"两体,草书是后配的。智永师法远祖王羲之而且"精熟过人",所以后世书家追踪王书多以智永《真草千字文》为津梁。玄宗时代,《真草千字文》真迹已经稀少,价值昂贵,一本"值钱数万"。宋徽宗宣和内府收藏的智永书迹有二十三本,其中《草书千字文》七本、《真草千字文》七本、《小字真草千字文》一本,合有十五本,是否全是真迹,就不知道了。

古代许多名家也乐于抄写周兴嗣次韵的《千字文》,篆书、隶书、草书、行书都有。唐朝的欧阳询、陆柬之、贺知章、孙过庭、李阳冰、张旭、怀素、颜真卿、于僧翰,宋朝的徐铉、周越、米芾、高宗赵构,他们都是用某一种书体抄写《千字文》。元朝赵孟頫曾用六种书体写《千字文》,一体一卷,献给元帝。明朝文徵明受友人请求,写过四体《千字文》,也是一体一卷。历代书家留下了的《千字文》书迹,在书法史上形成了一个奇特的"《千字文》现象"。

智永的《真草千字文》墨迹全本,现在世上仅存一本,流失日本,为小川氏所藏,俗称"小川本"。20世纪初,敦煌藏经洞发现了上万件古代写本,其中有一卷唐人临写的《真草千字文》残本,存三十四行,后有题记:"贞观十五年七月临出,蒋善进记。"这件残卷现藏法国巴黎国立图书馆(编号P.3561)。初唐临本的发现,可知智

智永《真草千字文》墨迹(小川本)

智永和他的先辈

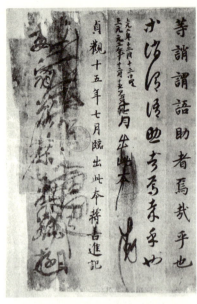

唐朝贞观年间蒋善进临写的智永《真草千字文》(敦煌本)

北宋摹刻的智永《真草千字文》拓本(关中本)

永《真草千字文》在初唐已经传开。宋徽宗大观三年（1109），薛嗣昌在陕西做官，将长安崔氏所藏智永《真草千字文》真迹摹刻上石，人称"关中本"。这三个本子，都是十字一行，真、草两体对应，书法风格一致，只是个别字略有不同。

智永擅长楷书和草书。他写楷书笔势连贯，笔法与神龙本《兰亭序》的相近，据说他收藏过《兰亭序》，所以有学者怀疑《兰亭序》神龙本出自智永之手。智永临写的王羲之草书帖，更是达到"乱真"的水平。宋朝苏轼、黄伯思曾经指出，《淳化阁帖》卷七收刻的草书《从洛帖》和《还来帖》，并非王羲之的尺牍，而是后人临仿智永的书迹。好事家不能辨别，把他的草书当作"王书"收藏。

智永的草书和楷书，唐人分别对待，草书列为"妙品"，楷书入"能品"。李嗣真批评智永"无奇态"（《后书品》），徐浩更不客气，批评"永师拘滞"（《论书》）。用王羲之这把尺子衡量，智永的书法确实少了"天然"的品格，但苏轼为智永辩护："永禅师欲存王氏典型以为百家法祖，故举用旧法，非不能出新意求变态也。然其意已逸于绳墨之外矣。"（《东坡题跋·跋叶致远所藏永禅师千文》）当年智永锐意临写《真草千字文》是为了传播王羲之书法，是为那些学书者示范王家字样，所以写得匀称合度，讲究笔法的一招一式。即使草书，每个字也是独立的，不作连笔映带。古代书家正是看中智永恪守家法，才把《真草千字文》奉为学习"王书"的正宗范本。

收藏"王书"

王羲之的书法，人称"王书"。今天所见"王书"，墨迹有三十余帖，包括20世纪初敦煌石窟藏经洞发现的几件唐人临本；刻本有二百六十帖上下。刻本与墨迹相重者，有十余帖，再剔除刻帖中的伪作，"王书"犹有二百余帖。

今天世所楷模的"王书"，没有一件是王羲之的亲笔真迹。早在宋朝，北宋"靖康之乱"以后，"王书"真迹已难见到，宋高宗赵构曾说："余自渡江，无复钟、王真迹。间有一二，以重赏得之，褾轴字法亦显然可验。"（《翰墨志》）宋高宗所谓"褾轴"，指徽宗宣和内府的装裱形制。南宋以来，书家只能向前代的临摹本、刻帖之类的复制品学"王书"。

"王书"的显赫名迹有四种：行书《兰亭序》是书写自己的文章，小楷《乐毅论》《黄庭经》《东方朔画像赞》是抄写前人的文章，皆长篇。其余都是尺牍，一帖数行数十字，有行书，有草书，就像寸锦片玉。

"尺牍"之名起于西汉。那时书函写于一尺之长的简上，汉代一尺约为公制23厘米，短于今尺的33厘米。尺牍书疏属于据事直言的"应用文"，有一套体现"礼仪"的程式用语。汉朝以来，"以书代辞，因辞见意"的尺牍交往渐盛。东汉后期，公私尺牍讲究辞令优美，尺牍成为一种"词有专工"的文学形式。《后汉书·蔡邕传》记载："（灵）帝好学，自造《羲皇篇》五十章，因引诸生能为文赋者。本颇以经学相招，后诸

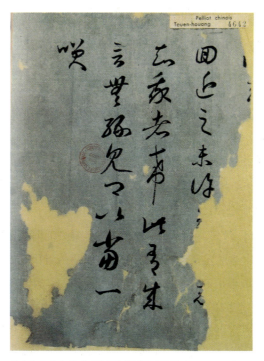

唐人临王羲之草书《旃罽胡桃帖》（敦煌本，P.4642）

为尺牍及工书鸟篆者，皆加引召，遂至数十人。"因为尺牍文翰的兴盛，出现了《月仪》这样的文范。史学家周一良考证，此类书仪文范可以上溯至西晋大书家索靖的《月仪帖》。这篇现存最早的尺牍文范，专叙节候、朋友之情，按十二个月编排，每月一首。例如一月的那首：

正月具书君白：大蔟布气，景风微发，顺变绥宁，无恙幸甚！隔限遐塗（途），莫因良话，引领托怀，情过采葛。企伫难将，故及表问，信李鹰鹰，俱蒙告音。君白。

君白：四表清通，俊乂濯景，山无由皓之隐，朝有二八之盛。斯诚明珠耀光之高会，鸾皇翻鬐之良秋也。吾子怀英伟之才，而遇清升之祚；想已天飞，奋翼紫闼，使亲者有迩赖也。君白。

收藏"王书"

《月仪》每首分上下两通，为复书形式；上一通每句四言，下一通为四六骈偶句，文词工丽，易于记诵。索靖是著名的草书家，用章草写《月仪》，后人作为章草书法的典范，故称《月仪帖》。

西汉已有收藏名人书迹的风气，所藏者即是私人间的尺牍书。《汉书·游侠传》记载，陈遵以豪侠闻名，封侯居长安。那时犹存尚侠之风，列侯、近臣、贵戚都成了陈遵的"粉丝"。《汉书》特别提到陈遵"赡于文辞，性善书，与人尺牍，主皆藏去以为荣"，说明"文辞"和"善书"是世人所藏尺牍之书的两个观赏点。

东汉皇帝也喜好收藏名人尺牍。汉明帝时，北海王刘睦能文辞，擅书法，他病重的消息传来，明帝遣人赶往刘睦的封国，令其"作草书尺牍十首"，了却收藏的心愿。

魏晋时期，"工尺牍"和"善书"是世所称道的才能，士人"言尺牍而专重书法"，"言书法则不离尺牍"（吴丽娱《唐礼摭遗——中古书议研究》72页）。魏晋是书家辈出的时代，士族书家都擅长尺牍之学，而尺牍之迹因书法见重于世的情况越来越普遍。由汉入魏的胡昭隐居不仕，其书法与在朝为官的钟繇、邯郸淳、卫觊、韦诞齐名，"尺牍之迹，动见楷模"（《三国志》卷十一）。汉末已有行书，汉魏之际，胡昭、钟繇两家为行书立法度（卫恒《四体书势·隶书序》）。西晋时，行书盛行起来，秘书监"立书博士，置弟子教习，以钟、胡为法"（《晋书·荀勖传》）。行书主要用于尺牍，又称为"相闻书"，钟繇是最早用行书写尺牍的书家之一。

王羲之平日作字多是尺牍之书，他也擅长尺牍之书。《晋书·王羲之传》记载羲之"尝以章草答庾亮"，以及他与伯父王导的书信联系。本传中录有王羲之《与殷浩书》《与会稽王书》《与谢尚书》《与谢万书》，这些辞采文理兼具的尺牍书疏，占了《王羲之传》篇幅的五分之二。史家编撰《晋书·王羲之传》引录王羲之的尺牍文，意在反映他的生平事迹，政治主张，思想倾向，也显示了王羲之的文辞修养。唐朝徐坚《初学记》引有羲之所作尺牍文范的《月仪书》,为一月的一段:"日往月来,元正首祚。太簇告辰,微阳始布。罄无不宜,和神养俗。"文句与索靖《月仪帖》一月那首不同。当年晋人收藏王羲之的尺牍书迹是"文辞""书法"并重,后人却专重他的书法了。

读王羲之尺牍书迹,率是讯问,吊丧,婚对,约会,索物,答谢,可谓"家庭琐事,戚友碎语,随手信笔,约略潦草"。当年王羲之尺牍的收藏者,限于羲之的亲戚朋友。他写给好友益州刺史周抚的一些尺牍,唐初收入宫廷,装为一卷,名为《十七帖》,历来是右军草书名帖。东晋末年,篡位的桓玄也搜罗了一些羲之书迹。郗昙是王羲之妻弟,女儿嫁给王献之,他藏有不少"王书",估计多是羲之的尺牍。

皇家收藏王羲之书迹,则始于南朝刘宋时期。帝王搜罗古代法书名迹,通常是赏赐酬金,委以官位,故"四方妙迹,靡不毕至",效果显著。刘宋时,王献之与羲之齐名,人们将"二王"书迹一并收罗。刘宋后期,中书侍郎虞龢奉命整理御府的法书藏品,写过一份详细的工作报告《论书表》,谈到重新装治的"二王"书迹合有二十六帙,二百四十七卷。此前装裱的卷子有大有小,"卷小者数纸,大者数十,巨细差悬,不相匹类",改装之后每卷"以二丈为度"。虞龢未说一卷之中装有多少纸(帖),估计在十纸(帖)以上,再按二百四十七卷计算,"二王"书迹约有三千纸(帖),则王羲之书迹不会少于一千纸。

梁朝御府收藏的"王书"数量更加可观,据唐朝张怀瓘《二王等书录》记载:梁武帝收藏的"二王书大凡七十八帙七百六十七卷,并珊瑚轴,织成带,金题玉躞",又说"大凡一万五千纸"。如果其中半数是王羲之书迹,当有七千余纸,远多于刘宋御府收藏的数量,但多是复制品。"侯景之乱"以后,梁朝御府的图书名迹由建康(今江苏南京)运抵梁元帝所在的江陵(今湖北荆州)。554年12月2日,西魏将领于谨攻陷江陵城前夜,梁元帝将亡国之咎归于读书藏书,令内官高善宝将"古今图书十四万卷并大小二王遗迹"付之一炬。于谨进城后,"捃拾遗逸,凡四千

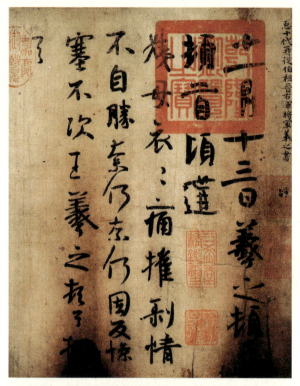

王羲之行书《姨母帖》

王羲之草书《远宦帖》

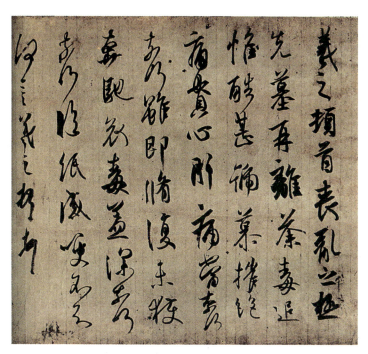

王羲之行草书《丧乱帖》

王羲之草书《行穰帖》

卷",其中二王书迹有多少不详。

唐太宗不惜重金购募王羲之书迹,散在民间的"王书"又一次聚敛到御府。褚遂良整理御府的王羲之书迹,录存一份《右军书目》,记载的王羲之正书、行书合有二百六十余帖,应该是他甄别后的真迹之数。那时士大夫家还藏有一些"王书"真迹,武则天神功元年(697)五月,王导后裔王方庆又向武后进献了"王氏一门书",其中也有一卷王羲之书迹(现在只存《初月》《姨母》两帖的摹本)。玄宗时代,张怀瓘《二王等书录》、韦述《叙述录》以及《唐朝叙书录》记录的羲之书迹数量,都是正书五十纸、行书二百四十纸、草书二千纸,合计二千九百纸。晚唐张彦远《右军书记》说贞观年间购求的"大王草有三千纸",应该是指"大王书"的总数约而言之,并非专指草书。唐朝贞观内府聚藏的王羲之书迹,包括前代的临摹本,最高数量约三千纸。

王羲之的书迹因时间推移而增值,所谓"历久弥珍"。但王羲之书法真迹却日见稀少,有些也毁于收藏者之手。羲之妻弟郗昙收藏的"王书",后来用作陪葬品。唐太宗喜爱的《兰亭序》,陪葬昭陵。此外,还有出于独占心理而故意毁灭者。东晋桓玄随身携带的一帙"王书",篡位败亡途中尽投于江。王羲之《王略帖》真迹,后为米芾收得,据说米芾去世前焚毁自家藏品。私家收藏带来"王书"之厄,数量有限,比不过梁元帝的江陵之焚。

唐太宗聚藏的大量"王书",在他孙子中宗(705~709年在位)时就开始流出宫外。此前武则天时,"韶龀之岁"的武平一"见养宫中",见过"于亿岁殿曝之"的法书藏品,他说:"中宗神龙中,贵戚宠盛,宫禁不严,御府之珍,多入私室。先尽金璧,次及法书。嫔主之家,因此擅出。"睿宗时,命薛稷将散失的宫中藏品"择而进之",薛稷"留佳者十数轴"。玄宗时,薛稷牵涉太平公主政变密谋,赐死,所藏"为簿录官所盗"(《徐氏法书记》)。玄宗御府所藏王羲之法书锐减,"凡一百三十卷","右军真行唯有《黄庭》《告誓》等四卷存焉"(韦述《叙书录》)。

安史之乱，潼关失守，"内库法书皆散失"。肃宗时，徐浩充使搜访图书，"收获二王书二百余卷"，史惟则奉使晋州搜访书画，赵城仓督为赎罪而献"扇书《告誓》等四卷并二王真迹四卷"，说是安禄山部将所赠（徐浩《论书》）。

北宋初年所刻《淳化阁帖》，第六卷至第八卷为"王羲之书"，凡一百六十帖，但并非全是御府所藏，有些借自大臣，而且历代指认的伪帖有六十九件之多。北宋末年徽宗御府收藏的"王书"数量，敕编的《宣和书谱》著录的帖目是二百四十三帖，估计杂有摹本和赝品。如果加上私家所藏，不会超过三百之数。"靖康之难"，徽钦二帝被掳，聚于御府的"王书"又一次失群星散，不知踪迹。所以，宋高宗赵构南渡之后有"无复钟、王真迹"之叹。

现在流传的"王书"都是复制品，历代书家看重墨迹本。藏于大陆博物馆的《兰亭序》《寒切帖》《初月帖》《姨母帖》，藏于台北故宫博物院的《远宦》等帖，以及流失日本的《丧乱》等帖及流失美国的《行穰帖》，都是名帖，而以唐摹本最为宝贵，如启功所说的那样，"便与真迹同等了"。

"王书"的收藏史，也是"王书"真迹的销亡史。从东晋中期到北宋末年，七百余年间，"王书"真迹数量由多而少，以至于无。正如《老子》所说："甚爱必大费，多藏必厚亡。"（《第四十四章》）

收藏"王书"

书法鉴定之初

收藏名人书迹的风气，始于西汉。那时到东晋，收藏活动无赝品之虞，亦无鉴定之烦。五世纪的南朝，有人悬金购买"二王"书迹，趋利之徒伪造名迹牟利，由此生出真赝的是非，才有了鉴定之举。

鉴定家与作伪者的较量，隔着收藏者这一层，往往是收藏家购进赝品之后，鉴定家才登场。所以，早期的鉴定不是事前的风险控制，而是事后的正本清源。

刘宋虞龢是最早的书法鉴定家之一，最初的鉴定家都服务宫廷。他在《论书表》揭露了当时伪造"二王"书迹的手段：

> 新渝惠侯雅所爱重（二王书迹），悬金招买，不计贵贱，而轻薄之徒锐意摹学，以茅屋漏汁染变纸色，加以劳辱，使类久书，真伪相糅，莫之能别，故惠侯所蓄，多有非真。

新渝惠侯是刘宋宗室刘义宗，他是《世说新语》作者刘义庆之弟。420年刘宋建国后，刘义宗由新渝县男晋爵为侯，444年卒，谥"惠侯"。虞龢的《论书表》作于宋明帝泰始六年（470），时任中书侍郎，奉命鉴定、整理御府收藏的名家书迹，《论书表》是他上奏的"总结报告"。

南朝时，有伪字，无伪画，鉴定活动只是针对书法。那时鉴定之事称为"科简"，包括两个方面：首先区分"字之美恶，书之真伪"，然后"评其品题,除猥录美,供御赏玩"。"科简"的两个作业,后世收藏家和鉴定家另有所称:唐朝张彦远分为"鉴识"和"阅玩";明朝张丑称为"鉴"与"赏"。张丑说:"赏鉴二义,本自不同。赏以定其高下,鉴以辨其真伪,有分属也。当局者苟能于真笔中力排草率,独取神奇,此为真赏者也。又须于风尘内屏斥临模,游扬名迹,此为真鉴者也。"(《清河书画舫》)

刘宋御府的法书藏品,鉴定之后还要重新整理。第一,"补接"卷轴中的"败字",做到"体势不失"。第二,将原来长短不齐的卷轴剪裁皆齐,二丈为度,以便整齐装治的形制。第三,装裱在一卷之内的各帖,好者在首,下者次之,中者最后。虞龢解释,这样编排次序符合人们赏玩的心理,"人之看书,必锐于开卷,懈怠于将半,既而略进,次于中品,赏悦留连,不觉终卷"。第四,按藏品的质地、书体分类,分别装为珊瑚轴、金轴、玳瑁轴、旃檀轴。

将藏品登记造册是御府鉴定工作的最后一项作业。虞龢编制了四种名家书迹目录:《钟张等书目》(一卷)、《新装王羲之镇书定目》(六卷)、《新装王献之镇书定目》(六卷)、《羊欣书目》(六卷)。这是文献所见最早的书法名迹目录,但早已失传,后人无法知道著录了哪些项目。稍后的南齐,郁林王侍书马澄抄有《逸少正书目录》,乃御府藏品目录,著录帖名、卷数,还有简短的注文。唐朝褚遂良的《右军书目》现在还能见到,分正书、行草书两门,著录卷号,抄录每卷书帖的首段文字,注明帖文的行数。估计虞龢所编的名家书迹目录,不会超出马澄、褚遂良的著录范围。

最早讨论书法真伪的文献是"梁武帝与陶弘景《论书启》九首",即九篇往来的书信,梁武帝四篇,陶弘景五篇。我们知道,梁朝聚藏的"二王"书迹数量居历代之首,多达"七百六十七卷",即使按每卷十纸(帖)的装治规制计算,"二王"书迹合有七千六百余纸(帖)。刘宋内府收藏的名迹数量居南朝第二,"二王"书迹有二百四十七卷,不足梁朝的半数。梁武帝博览群书,虽然自谦"吾少来乃至不尝画甲子,无论于篇纸"，但他并不相信内府所藏的王羲之书迹都是真笔，派人将藏品送到隐居茅山的陶弘景那里，请他鉴定把关，两人通过书信交流各自的鉴定意见。他们辨真识伪，主要是依据书家的书法特征，例如笔画之粗细，笔力之老嫩，结构体态，甚至书家书迹的阶段性特征。这种识别真伪的鉴定方法，即为"目鉴"，鉴定者必须见到某一家及其同时代其他书家的大量书迹才能奏效。

陶弘景、梁武帝甄别出来的伪作，并非全是为牟利而故意造假的那类赝品，还有相当数量的赝品属于张冠李戴的无意混淆，成因比较复杂，约可分为三类。

第一类，代笔的赝品。陶弘景指出：王羲之晚年有人代笔，笔迹"缓异"，世人不能分辨，"呼为末年书"。羲之亡后，年方十七八的献之全仿此人书，遂与之相似。

第二类，因书家笔迹相近而混淆。王献之学王羲之，父子书法相近，献之《不复展》帖就混在梁内府编号第二十四的王羲之卷中。王羲之好友谢安的书迹，王羲之从子王珉的书迹，也被认在王羲之名下。此外，南朝人康昕、王僧虔、薄绍之、羊欣摹学王献之，他们的书作也混在"二王"书迹中（唐朝张怀瓘《二王等书录》）。类似情况唐朝依然存在，张怀瓘《书断·中》记载，南齐张融擅草书，多骨力而有古风，人们误"以为张伯英（芝）书"。

第三类，将临摹本混同为真迹。南齐内府曾经复制了一批"王书"藏品，名为"出装书"，赐予皇室诸王与朝廷重臣。宫内传出的摹本又会广泛复制，由此衍生大量摹本。梁朝的藏品中，这类赝品最多。经陶弘景鉴定，王羲之书迹第二十四卷中，《便服改月》一纸"是张翼书"。张翼"善学人书"，东晋穆帝时，仿写王羲之奏表，羲之也难分辨，感叹"几欲乱真"。还有"摹王珉书"的《五月十一日》一纸，甚至"后人学右军"的《黄初三年》一纸，都认作王羲之书迹。大量临摹本进入御府，梁朝收藏的"王书"数量远远多于刘宋御府，也就不足为怪了。

御府鉴定的真迹，须由宫廷"鉴识艺人"在宫廷藏品上署名，作为秘藏、鉴定的标记,叫作"押署"。南朝宫廷的书法鉴定,一直实行这种"押署"之制。唐朝《历代名画记》卷三载有南朝"鉴识艺人押署"的名单:宋三人、齐二人、梁十四人、陈二人。各朝御府押署人数之多寡,应该与各朝藏品数量相当,或者说,各朝藏品数量之多少,可以由押署人数之多寡探得消息。

现存的东晋法书名迹,虽是古摹本,还能见到一些南朝押署的面貌。例如辽宁博物馆收藏的《唐摹万岁通天帖》(《王氏一门书卷》),天津博物馆藏王羲之《寒切帖》,台北故宫博物院藏王羲之《平安·何如·奉橘三帖》,这些珍贵的唐摹本、古摹本,前人也将押署照摹下来,有"唐怀

王慈《柏酒帖》
所见"唐怀充"
押署

王羲之《寒切帖》
所见"徐僧权"押署

王徽之《新月帖》
所见"姚怀珍""满骞"
押署

王羲之
《何如帖》所见
"唐怀充"
"姚察"押署

王羲之《丧乱帖》　　　王羲之《平安帖》　　　王献之《廿九日帖》
所见"徐僧权"押署　　所见"徐僧权"押署　　所见"徐僧权"押署

充""徐僧权""姚怀珍""满骞",都是梁朝宫廷鉴识艺人的押署,有的姓名全署,有的只署名。《平安·何如·奉橘三帖》上,既有梁朝唐怀充的押署,还有隋朝"姚察"的押署,表明这个制度延续到隋朝。借助押署,后世鉴定家可以考察某一书迹(原迹)的流传经过。

押署题于这些名帖的首尾,有的并排联署,后人割裂重新装裱之后,位置贴近纸边,在帖的首尾接缝处,后人再加裁割,有的残留半个字。王羲之《丧乱帖》《平安帖》王献之《廿九日帖》的首行下方外侧,都残留"徐僧权"押署的半字痕迹。古摹本上见到"半字"押署,即可知道该帖曾经裁割拼接。

南朝御府沿袭的押署制度,在唐朝发生了一些变化。贞观年间,御府装治王羲之法书,开始在卷中接缝处钤盖"贞观"小印。后世收藏家在藏品上钤盖私印、收藏印的风气,肇端于此。也是在唐朝初年,名迹又有"跋尾"(后来演变为书画题跋)。唐人在藏品上钤印、跋尾的做法,皆属南朝押署的变制。

南朝、唐朝鉴定书法的真伪,都是"目鉴"。宋朝黄伯思(长睿)集书家、鉴定家、收藏家于一身,他也依据帖文,结合文献考辨古代法帖的真伪,这种"考订"的鉴定方法,将传统的"目鉴"引入学术的轨道。

结合"书迹"与"文本"来考察法帖,只要文本伪,即使书法酷似,也属赝品。罗振玉《贞松堂藏历代名人法书》影印的《其书帖》(现在下落不明),即属此类,尽管罗氏称其"出敦煌石室"。另一类如《三月帖》,帖文虽无明显破绽,而草法卑俗,笔力怯弱,亦伪。还有一类更是等而下之,如现藏北京故宫博物院的《雨后帖》,文本既不可卒读,字迹亦拙劣猥琐。

文论且当书论读

——由张融《门律自序》思考书法

张融（444~497）字思光，南朝文学家，吴郡吴（今江苏苏州）人。吴郡张氏是江左著姓，南朝的张氏子弟佼佼者八人，所谓"前有敷、演、镜、畅，后有充、融、卷、稷"（《南齐书·张融传》），张融名列其中。

知名于世的张氏子弟，个个做官。张融早有名誉，"家贫愿禄"，宋孝武帝因其家贫，出为交州封溪（今越南河内西北）县令，上任途中为獠贼所执，差一点把他杀而食之，浮海至交州，不久回京。这次遇险后，张融为获"佳禄"，还是想做地方官，先是写信给征北将军从叔张永，求守南康郡（今江西赣州），后来致信吏部尚书王僧虔，但"时议以融非治民之才"，皆未果。张融"风止诡越（举止怪诞），坐常危膝（坐时高耸膝部），行则曳步（走路拖沓缓慢），翘身仰首（翘着身体仰着头）"。身着官服，却是"革带垂宽，殆将至髀髂（骨盆两端上部）"，张融不但举止失常，毫无官仪，而且"形貌短丑"，这些恐怕也是他不宜做治民官的原因吧。

此后，张融历官议曹郎、太傅掾、司空谘议参军、中书郎，这些僚属之类的职位，皆非所好，张融"乞中散大夫，不许"。齐武帝永明八年（490），张融迁司徒右长史，这是他最后也是最高的职位，秩千石，品级不高。

张融"文辞诡激，独与众异"，词藻之外，擅长书法。《南史·张邵传附张融传》记载："融善草书，常自美其能。帝曰：'卿书殊有骨力，但恨无二王法。'答曰：'非恨臣无二王法，亦恨二王无臣法。'"南朝宋齐时期，风靡"二王"，齐高帝萧道也是以"二王"衡量张融，张融反以自己为标准来论"二王"。

齐高帝与张融有故旧之交。《南齐书·张融传》记载："太祖（齐高帝）素奇爱融，（刘宋）为太尉时，时与张融款接，见融常笑曰：'此人不可无一，不可有二。'即位后，手诏赐融衣曰：'见卿衣服粗故，诚乃素怀有本；交尔蓝缕，亦亏朝望。今送一通故衣，意谓虽故，乃胜新也。是吾所著，已令裁剪称卿之体，并履一量。'"

张融不买二王的账，自有他的道理。吴郡张氏也是书法世家，大约更多东汉相传的旧法，与传扬洛下新书风的"二王"书法相异，齐高帝用王书衡量张融的吴士书，他哪里能服气？要是比张、王书门的历史，张融更有骄人的资本。吴郡张氏成为书门，可以追溯到东吴的张弘，他"特善飞白"，好学不仕，常著乌巾，人号"张乌巾"。而琅琊王氏在王廙、王导一辈才在书艺方面崭露头角，比吴郡张氏晚出几十年两三代人。

司马氏南渡以来，江左书门唯有吴郡张氏，而人们盛称的书法世家王谢郗庾都是南渡的北方士族。尤其琅琊王氏，自王廙而羲献父子，都是东晋书坛的领袖人物。南朝刘宋时期，当道书家几乎都出自王献之门下，南齐书法第一人王僧虔仍出自琅琊王家。大概张融对此早怀不满，借机说"恨二王无臣法"，出口怨气。

吴郡张氏还是文学世家，张融的文名很盛，据说"文辞诡激"，"独与众异"。青年时代，浮海至交州，在北部湾海上写了一篇《海赋》，现在还能读到，全文收录在《南齐书·张融传》中。自古以来，文学的地位高于书法，张融不在乎"二王"，大概也恃仗自己的文才。

齐武帝永明年间（483～493），张融重病一场，以为大限将至，写下《门律自序》留付子孙。这篇总结作文经验的文章，《南齐书·张融传》有节录，张融说：

> 吾文章之体，多为世人所惊，汝可师耳以心，不可使耳为心师

也。夫文章岂有常体，但以有体为常，政当使常有其体。丈夫当删《诗》《书》，制礼乐，何至因循寄人篱下。且中代之文，道体阙变，尺寸相资，弥缝旧物。吾之文章，体亦何异，何尝颠温凉而错寒暑，综哀乐而横歌哭哉？政以属辞多出，比事不羁，不阡不陌，非途非路耳。然其传音振逸，鸣节竦韵，或当未极，亦已极其所矣。汝若复别得体者，吾不拘也。吾义亦如文，造次乘我，颠沛非物。吾无师无友，不文不句，颇有孤神独逸耳。义之为用，将使性入清波，尘洗犹沐。无得钓声同利，举价如高，俾是道场，险成军路。吾昔嗜僧言，多肆法辩，此尽遊乎言笑，而汝等无幸。

这篇《门律自序》虽是传授作文经验，也与作书的道理相通，可当书论读。

关于文体，张融说："文章岂有常体，但以有体为常，政当使常有其体。"这番话看起来有些绕，其实很好理解。这里说的"体"有双重含义：一是文章的体裁，如诗、赋、碑、序之类，仿佛字之体势有篆书、隶书、草书；一是文学家的文笔风格，近似书家有钟书、有王书。不管是文学家还是书法家，每一具体的作品，必属一种文体、书体，这就是"有体为常"。由书法而言，同是楷体，钟繇、王羲之绝不一样；同是草书，张芝、王羲之相异。即使某个书家，同体的作品未必一致，亦即张融所谓"岂有常体"。而且古今众多书家兼工诸体，这也是"岂有常体"的本领。当个人面目形成之后，人们一看就能知道是某家的字，则是书法家"政当使常有其体"的风格了。

文学写作，张融的文笔"变而屡奇"，故异于众人共作的"常体"。他鼓励子孙，"丈夫当删《诗》《书》，制礼乐，何至因循寄人篱下"，如果"造次乘我"，"若复别得体者，吾不拘也"。用现在的话说，发挥个人的想象力创造力，另树个人风格，我不会限制。这是主张"变通无方"，自由地施展才能。梁朝文论家刘勰总结说，"名理相因，此有常之体也"，"文辞气体"，"无方之数也"（《文心雕龙·通变篇》）。这番话，与张融之说相通。

张融是文章高手，也饱览文籍，深知文章体裁可以变通损益，却很难翻新独造。他又告诉子孙："中代之文，道体阙变，尺寸相资，弥缝旧物。"

文章从来没有全新的创造，书法也是如此。钟繇、王羲之那里，何尝没有前贤的旧物，只是后人看不到，因为弄不清钟、王"弥缝"的"旧物"，所以夸大了他们的创造性，误以为某一书体可以由一人于一时独造。

古人有归宗认祖的习惯，比如文字的发明，就有"仓颉造字说"，

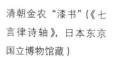

清朝金农"漆书"（《七言律诗轴》，日本东京国立博物馆藏）

东汉《诏书签牌》（居延汉简）

后来文字体势因为实用的需要而发生种种演变，形成许多书体，书论家也要为各种书体立一个祖宗牌位。张怀瓘《书断》叙述十种书体的源流，指认仓颉是古文之祖，史籀是大篆、籀文之祖，李斯是小篆之祖，王次仲是八分之祖，程邈是隶书之祖，史游是章草之祖，刘德升是行书之祖，蔡邕是飞白之祖，张芝是草书之祖。事实上，张怀瓘所说的九位名家，只是某一书体的整理者或者杰出贡献者，绝非某种书体的发明人。即使后世以个性著称的郑板桥，那笔"六分半书"的体段，看似前无古人的新造，仍是"弥缝旧物"的拼装之作，所谓"板桥书法以汉八分杂入楷、行、草，以颜鲁公《座位稿》为行款，亦是怒不同人之意"，这是板桥的自道。金农的"漆书"亦新亦怪，惊世骇俗，两百年后发现的汉朝《诏书木牍》，早有此种写法，证明奇笔的新体还是逃脱不了"旧物"规约的宿命。

张融坦率承认："吾之文章，体亦何异，何尝颠温凉而错寒暑，综哀乐而横歌哭哉！"他不在体裁上翻跟头、耍把戏。那么，掀墙破篱之道何在？他的经验是："政以属辞多出，比事不羁，不阡不陌，非途非路耳"，"吾义亦如文，造次乘我"。可见张融凸现"我"的独立之处是发于心声的文辞，是他的文思，至于采用哪一种体裁，则便宜从之，所谓"变文之数无方"。文章的体裁是常数，文辞则是变数。只有忠实于情思的自由表达，才能骋无穷之路，饮不竭之源，"不文不句""无师无友"而酌于新声。文学如此，书法也难例外。

古代文辞的奥美寓于乐感。张融深深懂得文辞音乐性的功用，他说："传音振逸，鸣节竦韵，或当未极，亦已极其所矣。"张融从父张演即好谈玄，而张敷不仅"好读玄言，兼属文论"，而且"善持音仪，尽详缓之致，与人别，执手曰：'念相闻。'余响久不绝。张氏后进皆慕之"。所以"张氏自敷以来，并以理音辞、修仪范为事"（《南史·张邵传》）。自南齐永明以来，文士作文注重声律已成时尚，刘勰《文心雕龙》专立《声律篇》，当时僧侣的"唱导"，贵在"声、辩、才、博"四端，之所以首先强调"声"，是因为"非声则无以警众"，所谓"至若响韵钟鼓，则四众惊心,声之为用也"。那时,不但诗供吟咏,而且文辞也可诵唱,作者以文传音,听者赏音知义,我们的先人就是这样"以文会友"。

文辞有声调韵律,文辞的写作近乎乐音的组合,"辞韵相属"、"言味流靡",乐感也是文学的重要审美内容。而现在作家的炼字炼句,专注于"义",忘记了推敲的对象还有文辞的"音"。当今的读书是用眼废口,退化为望文悟义的阅览,与其说是"读书",不如说是"看书"。即使诗,也失掉了"歌诗"的传统,诗人轻忽唱诵,成了哑巴诗人。张融重视文辞"传音"的功能,自有家传和时风的影响在,但他还有另一份清醒,告诫子孙道:"汝可师耳以心,不可使耳为心师。"这是强调"心"的主导作用,以"心"率"耳"。张融善写草书,或许与他重视文辞的音律关通。

梁朝袁昂《古今书评》始用音乐比拟书法的美韵,说"皇象书如歌声绕梁"。唐朝李嗣真《书品后》称王羲之的正体若"铿锵金石"之"声鸣",古人由挥运的"笔势"及字画形态的"意象"而通感音乐。当代美学家宗白华说,书法是"运用单纯的点画而成其变化","像音乐运用少数的乐音,依据和声、节奏与旋律的规律,构成千万乐曲一样",这是从二者生成的相似性而言。书法的审美是诉诸视觉而感于心灵,乃无声的音乐。

书法毕竟是"形"的艺术,与绘画也有许多相似之处。较于绘画,书法的"形"是无实的可名的"象",其表现的本源或精髓,在于互相引发、投射和凭"空"维持的"势"。这个"势",是一个不可逆转的连续的时间过程,"发而中节",形成"显乎微"的"气"和"见乎隐"的"韵",亦如张融所说,能"鸣节竦韵,或当未极,亦已极其所",从而达于孤神独逸、朦胧悠远的书境。书法艺术的博大,最终不在表象的形式,而是借"象"而显的势能、旋律、神采、气韵、意境。从这个角度审视,书法的大美更接近音乐。

今天的书家大多是"眼为心师",特别是急于求成的书家,自张一帜的"焦虑"将自己引向书法形式的表层上，迷恋作品的刺激效应，此种"形式至上"的"艺术创作"，正是张融所不为的"颠温凉而错寒暑，综哀乐而横歌哭"。一些热衷搬用西方绘画中的形式构成来"设计"书法作品的艺术家，长期专注形的操作，书法的意识停滞在眼所感知的形式上，成了形之奴而不自知。为形所累，结果只能是形式空洞、气韵败散。书家既无鸣远叩悠的神思，笔下的书法岂有意境可言。

  书法的特质，在于文字与书写。现在的书画家喜欢谈论"书画同源"，将画法引入书法，却很少关心二者的差异："绘画只表达空间里的平列，不表达时间上的后继"；而书法既能表达空间的平列，也能表示时间的后继。若把书法异化为"观念""主题"之下的拼装之作，就是将书法引入仅仅表达空间平列之途。当我们奉形式的奇巧新异为至尊，以肢解变形为要务，书法就丧失了往复流动、无穷引发的能量。

魏碑：楷书新经典

从古至今，人们写字都是由正体入手。汉字字体，人们习常分为篆、隶、草、行、楷五大类型，其中篆书、隶书、楷书充当过"正体"的角色。如果以正体划分文字书写的时代，大体说，商周到秦朝是篆书时代*，西汉到三国是隶书时代，晋朝以来是楷书时代。

曹魏钟繇、东晋王羲之是公认的最早楷书名家，后人习称"钟王"。钟繇的楷书名作有《贺捷表》《荐季直表》《宣示表》《力命表》，都是上书朝廷的奏表，人称"四表"。王羲之传世的楷书名作有《乐毅论》《黄庭经》《东方朔画像赞》，都是抄写前人的文章。"钟王"的楷书都是小楷。还有一篇王献之小楷《洛神赋》，也是楷书名篇，宋朝已经残缺，俗称"十三行"。钟繇及"二王"父子的楷书，一直是书家学习小楷的经典范本。

唐朝是楷书艺术的又一个高峰期。若论楷书名家之多、楷书名迹之盛，唐朝胜过魏晋。唐楷名书家有欧阳询、虞世南、褚遂良、颜真卿、柳公权五家，他们的楷书各有特点，都留在"唐碑"上。唐楷以法度严密著称，适宜初学者学习用笔法、结构法，锻炼书法的基本功。所以人们习字多由唐楷入门，就像学童读书识字从"三百千"启蒙。唐楷之重要，正如清朝乾嘉时期书家钱鲁斯总结的那样："不学唐人，终无立脚

---

* 商周到秦朝的各种文字书迹，文字学家一般以材质类属、时代名之，如殷商甲骨文、商周金文、楚系简帛文字等等。那个时代，文字学界称之为"古文字阶段"。

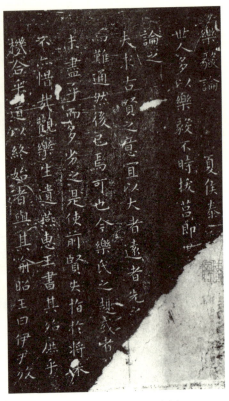

曹魏钟繇楷书《宣示表》　　东晋王羲之楷书《乐毅论》越州石氏本）

处。"（吴德璇《初月楼论书随笔》引）

楷书经典分为"钟王"和"唐碑"两个系统。一般说来，习小楷取法"钟王"，学大楷则临摹"唐碑"。两者都是黑底白字的拓本，按清朝学者所谓"碑"与"帖"的分类，"唐碑"楷书属于"碑"系，"钟王"楷书属于"帖"系。但人们习惯把这些书法范本统称为"字帖"。

南朝已有椎拓古今名碑的风气，多是用作学书范本。北宋兴起的金石之学，一些学者收集前代金石拓本，"轴而藏之"，并非仅为区区玩好之具，亦因石本以正史传之阙谬。宋人藏纳的拓本，大宗是唐碑。几百年后的清初,那些立在荒郊坟冢之旁、寺庙园林之中的古代碑刻,或毁佚不存,或改作他用,存者日少。幸存者,历经风雨剥蚀,又人工椎拓不已,大多漫漶。有的名碑经过后人剜刻,不独失去笔意,字形亦随之失真,唐人翻刻秦朝《峄山刻石》,宋初王彦超重刻虞世南《孔子庙堂碑》,都是著名的例子。

清初,金石学复兴,一些学者搜访古碑,借助金石文字考证文献。阎若璩(1636~1704)说:"枣梨文字,南方为胜;金石文字,北方为多。"(《潜邱劄记》卷六)前人刻书刻帖用坚硬细密的枣木梨木,此以"枣梨文字"指代刻帖。"金石文字"指古代青铜器铭文和石刻文字。稍晚的王澍(1668~1743)也说:"江南足拓,不如河北断碑。"(包世臣《艺舟双楫·历下笔谈》引)所谓"河北断碑",指唐以前的古碑。

白谦慎《傅山的世界》指出,清初学者的访碑活动主要在北方的河北、河南、陕西、山东、山西诸省。据说,傅山在平定山中访碑,误坠崖谷,意外发现了北齐刻经。朱彝尊在太原风峪山有过打着火把在洞穴里查看古代刻经的经历。对于身经亡国之痛的遗民学者来说,访碑固然可以发思古幽情怀念故国江山抚慰心灵,"利用古代金石文字来考订文献所载或失载的历史事件"则是学术的诉求。对朱彝尊、傅山这样的学者兼书法家来说,古碑的拓本也是研习古代书法的新资料,而且影响了他们的书法观念。

清朝出土的"金石文字""河北断碑",多是出自无名书家之手的北朝碑志和造像记。乾嘉学者型大吏阮元(1764~1849)自称"所见所藏北朝石碑,不下七八十种",他写过一篇《北碑南帖论》,率先将"北碑"与"南帖"相提并论,各表其胜:"短牋长卷,意态挥洒,则帖擅其长;界格方严,法书深刻,则碑据其胜。"阮元还有一篇《南北书派论》,欲以南北分书派。包世臣(1775~1855)接踵其后,赞赏"北朝人书,落笔峻而结体庄和","字有定法而出之以自在"(《艺舟双楫·历下笔谈》)。

清朝学者所说"北碑"是个泛称,包罗北朝时代所有刻石书迹,有隶书，有篆书，更多是楷书。阮、包提倡的北碑主要指楷书。北朝碑版又可按时代分为魏碑、周碑、齐碑。按石刻的形制和用途分类，则有碑、墓志、造像记、摩崖等。

清朝后期，出土的北朝、南朝碑刻日见其多，康有为（1858～1927）《广艺舟双楫》公开提出"尊碑"的观点，理由有五条："笔画完好，精神流露，易于临摹，一也；可以考隶楷之变，二也；可以考后世之源流，三也；唐言结构，宋尚意态，六朝碑各体毕备，四也；笔法舒长刻入，雄奇角出，迎接不暇，实为唐宋之所无有，五也。"北碑书迹，以北魏数量最多。康有为极言"魏碑无不可学"，认为隋唐的楷书形态体格、风格意态，都可以在魏碑中寻得渊源，所谓"北碑莫盛于魏，莫备于魏"，"凡魏碑，随取一家，皆足成体，尽合诸家，则为具美"（《广艺舟双楫·备魏第十》）；康有为所说的"魏碑"，泛指北魏的刻石书迹，并非专指碑版。

北魏是鲜卑人于386年建立的国家政权，到534年分裂为东魏、西魏，历时149年。其间，北魏太武帝拓跋焘于439年统一北方，结束了北方长达百余年的"十六国时期"，中国北部进入北朝时代。北魏前期九十余年，首都在今天的山西大同，当时叫平城。那一时期，北魏人书刻碑志沿袭旧制，采用隶书体。也有"平划宽结"的楷书碑刻，如书刻于488年的《晖福寺碑》，但楷书碑极少。孝文帝元宏亲政之后，楷书碑志多了起来。特别是494年迁都洛阳的后期四十年间，北魏实行"汉化"，书法上看齐南朝的"二王"书法，确立了新的楷书正体，显著特点是"斜划紧结"和"方严峻挺"。可以说，北魏的官样楷书是吸收"二王"楷法产生的一种楷书样式。

康有为条列的魏碑名品，大多是北魏后期的书迹。出于宣扬魏碑的意图，康有为极力称说"一碑有一碑之奇"，从书法形态上看，大体不差。《始平公造像记》（498）方厚雄强，《郑文公碑》（511）稳重含蓄，《张猛龙碑》（522）峻整挺拔，《元详墓志》（508）优雅端庄，《崔敬邕墓

北魏《始平公造像记》

北魏《张猛龙碑》

北魏《元详墓志》

北魏《崔敬邕墓志》

北魏《石门铭》

志》(517)劲挺饱满。北魏碑志的书写者各有自己的书写习惯,刻工的刻法也不一样,故而同中有异。

康有为论书是文学之笔、美学手法,形容夸张,引人入胜。比如他推崇《石门铭》(509)"飞逸奇浑,分行疏宕,翩翩欲仙"(《广艺舟双楫·体系第十三》),"若瑶岛散仙,骖然跨鹤"(《广艺舟双楫·碑评第十八》)。这些审美感受,出自后人追认,并非书写者本人的主观追求。《石门铭》书写者王远是官府办理文案的书吏,他在石崖上题写称颂长官功德的文辞,当然想写得端端正正、规规矩矩,因为是在崖壁上写字,又是平常很少写的大字,当然不如平时在纸上写小楷那样娴熟自如,"斜划"做到了,体态却不够"紧结",出现了那种散漫开张的"奇逸"模样。如果我们以为北魏王远心存造奇设险之想,意欲显示与众不同,那是夸大了古人的胆量。

乾嘉学者倡导北碑书法,缘于清初学术界的朴学之风,伴随篆隶书法而盛行。随着北碑特别是魏碑的大量出土，书家浸淫其间，尚古的风气蔓延开来。"道光以后，碑学中兴"，"迄于咸同，碑学大播，三尺之童，十室之社，莫不口北碑，写魏体，盖俗尚成矣"（《广艺舟双楫·尊卑第二》）。晚清张裕钊、赵之谦、陶濬宣都吸收了魏碑楷法而自成一家。康有为1889年撰写的《广艺舟双楫》，极力宣扬魏碑书法的价值，从学术上确立了魏碑楷书的地位，魏碑也进入楷书经典的系列。

取法北魏楷书是晚清书坛兴起的一种风气，但当时官场、科举之书，仍然通行以唐楷为根底的馆阁体，世人习书仍重唐楷。康有为所谓"莫不口北碑，写魏体"，似乎夸大了碑学书风的普及面。

清朝学者重视新出土的北碑书法（主要是魏碑），归结为两个字："古"与"真"。北朝去魏晋不远，当时的楷书比唐碑楷书更多古意，而且北碑楷书晚近出土，字画完好，比历代反复翻刻的"钟王"楷书法帖更为真实。

欧阳询和虞世南

欧阳询和虞世南,唐朝书法史的开山人物,初唐书坛双峰并峙的老书家,在书法史上享有极高声望。

他们的一生,前三十多年生活在江南。南方书风自东晋以来一直宗尚王羲之,欧、虞早年都学"王书",但是成年之后的书法取向大不一样。欧阳询初学王羲之,后渐变其体,风格不类王羲之。虞世南师从王羲之七世孙智永,登堂入室,妙得其体,终身厮守"王书",是王羲之书法的正宗传人。

欧阳询年长虞世南仅一岁,两人都出生陈朝的官宦家庭。欧阳询籍贯湖南长沙,十四岁那年,父亲在广州刺史任上谋反被杀,遭遇"家口籍没"的变故,他被父亲的好友著名文学家江总收养,"教以书计"。欧阳询"聪悟绝伦",读书数行俱下。虞世南是浙江余姚人,"性沉静寡欲,笃志勤学",少年时代投师陈朝著名学者顾野王门下,求学十余年,精思不倦,专心读书,到了顾不上梳洗整容的地步,所谓"累旬不盥栉"。欧、虞的知识结构,各有所长,欧阳询精于史学,后来编撰了专供帝王备览的类书《艺文类聚》(一百卷)。虞世南长于文辞,也编过一部类书,名为《北堂书钞》(一百六十卷)。

隋朝灭陈的 689 年,欧阳询三十三岁,虞世南三十二岁,正当盛年。隋朝统一全国,江南失去文化中心的地位,欧、虞像当年陆机兄弟一样"北漂"京城长安,揣着满腹才华,凭着受业名师的学历,如愿"售与帝王家"。欧阳询仕隋为太常博士,职司礼乐之事;虞世南做过秘书郎、起居舍人。欧、虞的书碑活动大约始于隋炀帝大业年间，欧阳询写过《隋尚书左仆射元长寿碑》，虞世南写过《隋高阳郡隆圣道场碑》，都在五十六岁。这两通碑刻，北宋还能见到，赵明诚《金石录》有著录。

唐朝建国那一年，欧阳询和虞世南都已是年逾六旬的老人。入唐之后的二十多年，在他们的生命历程中，只占四分之一的长度，却是他们书法人生光彩丰满的一段，两人的传世楷书名作都写于唐朝，后人称为"欧体""虞字"。

虞世南一直担任唐太宗的侍从秘书，后来官拜秘书监，人称"虞监"。太宗称许虞世南有"五绝"：一曰德行，二曰忠直，三曰博学，四曰文辞，五曰书翰。"书翰"是指书法。唐太宗是王羲之的顶级"粉丝"，常与虞世南讨论右军书法。虞世南身后的哀荣特别隆重，而且"图其形于凌烟阁"，进了唐朝的名人堂。虞世南去世之后，太宗向魏徵诉苦："无人可与论书。"那时欧阳询还在世，年事已高，书法不类虞世南，太宗没有把他看作可与"论书"的知己。

欧阳询

欧阳询（557~641）本是高祖李渊的亲信，太宗继位后，礼遇而不亲近，安排他到东宫任太子率更令。在东宫，欧阳询时有写碑的差事，且多是丰碑巨制。按北宋金石家的著录统计，欧阳询在唐朝写的碑志有上十通，有大臣、名僧的墓碑和墓志，也有皇家宫馆陵园的铭刻文字。他写的隶书《房彦谦碑》、楷书《化度寺碑》《皇甫诞碑》《九成宫醴泉铭》《虞恭公碑》，现在还能见到。欧阳询还能写篆书，《九成宫醴泉铭》的篆额是其遗迹。

欧阳询以楷书著称。他的楷书，笔画方锐挺直，字形瘦削，结构森严，书论家比为"矛戟森列"。结字的重心偏低，却有高耸的态势，既"稳"且"险"。唐朝就有人说欧阳询"笔力劲险"，宋朝米芾称之为"险绝",清朝梁巘说他敢用"险笔",一致称"险"。欧体的"劲险"赢得了书家的赞叹,也因"劲险刻厉"而失于温秀,寡于润色,被人喻为"金刚瞋目,力士挥拳"。

《旧唐书》记载,欧阳询"貌甚寝陋",不是一般的难看。他的书法名声大,"人得其尺牍文字,咸以为楷范"。高丽国派遣使臣来唐朝,专款求购欧阳询的字,唐高祖为之惊叹:"不意询之书名,远播夷狄,彼观其迹,固谓其形魁梧耶!"这段话透露,欧阳询不仅丑陋,而且个子矮,人和字正相反。苏轼评欧体,也曾联系欧阳询的相貌,却是取相合的角度,"今观其书,劲险刻厉,正称其貌",有点幽默,暗含贬义。

欧阳询行书墨迹,传世者四种,清初顾复《平生壮观》(卷一)即有著录。记史事之三帖,顾复云:"《梦奠帖》,于嘉禾李玺卿家见之,丰棱凛凛。题跋最佳。吴肯仲从京都来,云涿州冯相国所见率更书《卜商读书帖》《张季鹰帖》,差胜于《梦奠》,且有宣和内府收藏,相国亦不轻

欧阳询楷书《九成宫醴泉铭》

欧阳询篆书《九成宫醴泉铭》碑额

欧阳询楷书《化度寺邕禅师碑》(敦煌本)　　欧阳询行书《仲尼梦奠帖》

易示人者。观宋元人极称率更史事帖,若三帖者,皆史事也。"这三帖,《仲尼梦奠帖》是真迹,《卜商读书帖》与《张翰思鲈帖》是古摹本。还有一卷《千字文》,是古代临摹本。欧阳询作行书,下笔重,铺毫行笔,笔画见棱见角,结字是纵斜的姿态,令人动色,但是"惊奇跳宕,伤于清雅之致"。米芾学过欧字,三十八岁在湖州写的行书《苕溪诗帖》《蜀素帖》,结字都有欧体行书的纵斜之势。

虞世南

　　虞世南(558～638)很少写碑,贞观初年写过《孔子庙堂碑》,刻成不久毁于火。武周长安三年(703),武则天命相王李旦重刻。西安碑林保存的那通《孔子庙堂碑》是北宋初年"检校太师兼中书令京兆尹"王彦超重修文庙时重刻,俗称"西庙堂碑"。北宋文学家欧阳修学过虞世南

虞世南楷书《孔子庙堂碑》

虞世南行书《汝南公主墓志铭》(传)

《孔子庙堂碑》,他在1063年写的一段题跋中回忆:"余为儿童时,尝得此碑以学书,当时刻画完好。后二十余年复得斯本,则残缺矣。"(《六一题跋·唐孔子庙堂碑》)欧阳修少小生活在湖北随州,家贫,也能见到《孔子庙堂碑》拓本,可以想象此碑在北宋的影响。但《孔子庙堂碑》原石拓本在北宋已是稀世之宝,黄庭坚有诗叹道:"孔庙虞书贞观刻,千两黄金哪购得。"欧阳修所见《孔子庙堂碑》,估计是宋初的翻刻本。

虞世南的楷书,笔力内敛,体段平稳优雅,含蓄柔和,气色秀韵,有如得道的高僧,举止有礼,不动声色。虞世南的行书作品也很少,有两件题在他名下的"近似"之迹。一件是现藏上海博物馆的《汝南公主墓志铭》,这篇墨迹,无名款,末署"贞观十年十一月"。明朝以来,鉴藏家多认为这件行书非虞世南真迹,或怀疑是米芾的临本。北京故宫博物院藏有一卷《兰亭序》古临本,旧题虞世南临本,亦属推测。

欧、虞楷书之评

欧、虞的书法,彪炳书史,历代书家皆有评说。宋朝人评书直率而随意,元朝以来的书家尽是礼赞,不如看看唐人对欧、虞楷书的评点。

中唐书论家张怀瓘说:"欧之于虞,可谓智均力敌。"对于欧、虞楷书的各自特点,张怀瓘采用对比的手法显示,一看就明白:"欧若猛将深入,时或不利;虞若行人妙选,罕有失辞。虞则内含刚柔,欧则外露筋骨。"他认为,"论众体,则虞所不逮","君子藏器,以虞为优"。君子藏器这个典故见于《周易·系辞下》:"君子藏器于身,待时而动。"意在劝人稳重收敛,不要轻易显露。虞世南书法是内敛型,唐人才有这样的评价。

欧体具有强烈的形式感和视觉的刺激性,更适合写碑。虞字写到碑上,显得柔弱,也许这是虞世南很少写碑的原因之一。

褚遂良楷书之变

唐朝前期,从高祖、太宗到高宗永徽、显庆年间的半个世纪里,欧阳询、虞世南是老名家,褚遂良(596~659)是后起之秀,三人并名书坛,后人号为"初唐三家"。

最早将"欧虞褚"并列的文献是李嗣真《后书品》。此书仿南朝庾肩吾《书品》的书分九品之法而作,但在"上上品"之上加列"逸品",故有十品。李嗣真评论的书家,自秦而唐"凡八十一人",入列的唐朝书家约十一人,唐书家品等最高者,为第四品的"上下品",欧虞褚三家并列。李嗣真这样点评"初唐三家":

> 欧阳草书,难于竞爽,如旱蛟得水,馋兔走穴,笔势恨少;善于镌勒及飞白诸势,如武库矛戟,雄剑森森。
>
> 虞世南萧散洒落,真草唯命,如罗绮娇春,鹓鸿戏沼,故当子云之上。
>
> 褚氏临写右军,亦为高足,丰艳雕刻,盛为当今所尚,但恨乏自然,功勤精悉耳。

《唐书》记载,李嗣真"博学晓音律,兼善阴阳推算之术,弱冠举明经"。高宗调露元年(679)任始平(陕西咸阳以西)县令。后来入朝在太清观奏乐,徵拜司礼丞。武后时,拜官右御史中丞,得罪酷吏来俊臣,流配岭南。万岁通天这一年(696)召还,行至桂阳(湖南郴县)暴卒。李嗣真的生年，应该在褚遂良去世的659年之前。李嗣真的品评著作，《后书品》之外，还有《诗品》《画品》。

欧虞褚三家的书法特点，盛唐书家徐浩《论书》里引有时人评语，以王羲之为标准，说得更为简明扼要："虞得其筋，褚得其肉，欧得其骨。"

褚遂良与欧、虞相差近四十岁。虞、欧去世之后，褚遂良独擅大名，成为唐朝新生代书家的翘首，有很大的影响力，李嗣真所谓"丰艳雕刻，盛为当今所尚"。8世纪后期的代宗朝，窦臮说褚遂良书法"价重衣冠，名高海内，浇漓后学"（《述书赋》）。清朝前期帖学家王澍认为褚遂良的书法"陶铸有唐一代"，"稍险劲则为薛曜，稍痛快则为颜真卿，稍坚卓则为柳公权，稍纤媚则为钟绍京，稍腴润则为吕向，稍纵逸则为魏栖梧，步趋不失尺寸则为薛稷"（《竹云题跋》）。言下之意，这些唐朝名家的楷书都得益褚字。清朝后期，文论家刘熙载将褚遂良书法称为"唐之广大教化主"（《艺概·书概》）。

褚遂良生于长安，排行第二。父亲褚亮是秦王李世民招纳的"十八学士集团"成员之一。唐朝建国时，褚遂良二十三岁。二十六岁在秦王府做铠曹参军，管理武器装备。太宗贞观年间，由秘书郎做到中书令。他以骨鲠著称，敢于直谏，是魏徵一流的人物。太宗临终托付后事，委为顾命大臣。高宗继位之后，褚遂良官至宰相。高宗移情别恋，废王皇后改立武昭仪（武则天，原是太宗侍妾），褚遂良执意反对，到了"解巾叩头流血"的地步，结果被贬到地方任职。初贬潭州（今湖南长沙），再贬桂州（今广西桂林），最终贬到当时唐帝国最南端的蛮荒之地爱州（今越南清化），六十三岁客死该地。几年后，他的子孙也被流放爱州。高宗临死前想及这位老臣，下诏"放还本郡"，这本郡不会是褚氏的祖籍地河南阳翟（今河南禹县），而是《唐书》所说的钱塘（今杭州）。

仕途上的褚遂良，转折关口在四十三岁许，填补虞世南去世后的空缺，兼任唐太宗的"侍书"。举荐人是唐太宗也要敬畏三分的魏徵。魏徵的推荐词是："褚遂良下笔遒劲，甚得王逸少体。"侍书帝王，俨然首席御用书家。那时,宫廷里也有一批擅长书法的"供奉搨书人",如赵模、韩道政、冯承素、诸葛贞之流,太宗赏赐皇子和近臣的王羲之《兰亭序》摹本,都由他们复制,赵模还写过昭陵大碑。这些搨书人仅仅是宫廷驱使的善书者,地位不及褚遂良。贞观年间,一些善书的官员如殷令名、于立政也写过碑,太宗近臣长孙无忌、杨师道写过《唐太宗登逍遥楼诗碑》。但书法上的声望不如褚遂良。

唐太宗留心翰墨,推崇右军,与"侍书"褚遂良闲聊书法,当然围绕王羲之。《旧唐书》记载:"太宗尝出御府金帛购求王羲之书迹,天下争赍古书诣阙以献,当时莫能辨其真伪,遂良备论所出,一无舛误。"史家特意记录这件事,表示褚遂良不仅"甚得王逸少体",且有书法鉴识能力。褚遂良鉴定御府的藏品,编过"王书"目录,按正书、行书分门,每帖节录帖前一两行文字,注明行数,名为《右军书目》,被晚唐学者张彦远编入《法书要录》,至今仍是研究王羲之传世书迹的重要文献。

褚遂良的书法师承,唐人的说法不一。李嗣真《书后品》记载:"太宗与汉王元昌(高祖第七子,因党太子承乾图大位,贞观十七年赐死家中)、褚仆射遂良等皆受之于史陵。褚首师虞(世南),后又学史(陵)。"李嗣真还说,褚遂良为了私秘史陵所授之法,嘱咐史陵"此法更不可教人"。看来,史陵之法仅传于太宗兄弟与褚遂良之间。张怀瓘在玄宗开元十五年(727)完成的《书断》记载,褚遂良"少则服膺虞监,长则祖述右军","亦尝师授(受)史陵"。

史陵写过《隋禹庙残碑》,北宋赵明诚藏有拓本,《金石录》卷三著录:"史陵正书,(隋)大业二年(606)三月。"史陵楷书已失传,虽不能从书迹窥知其法,却可以借助文献留下的记录来了解。张怀瓘《书断·褚遂良传》附记史陵书法,言其"有古直,伤于疏瘦"。师法史陵的汉王李元昌,《旧唐书》说他"善隶书(楷书)";李嗣真《后书品·中上品》称他"作献之气势,或如舞剑,往无邻几"。史陵之书的"疏瘦",元昌作书的"气势",都与王献之书法相合。褚遂良后期楷书"增华绰约"的"媚趣",也近献之的特点。我看唐人所言褚遂良师事史陵一段,大概婉转表达了褚遂良后期楷书运用了献之的笔势,或者说,他的楷书变法手段得益王献之。

虞世南、欧阳询与褚遂良的父亲褚亮是同僚,因为这层关系,他与这两位父执辈的书家早有交往。《旧唐书·褚遂良传》记载,褚遂良擅长楷书,"父友欧阳询甚重之"。玄宗朝史官刘𫗧的《国史异纂》记载了褚遂良与虞世南一段书法对话:

> 褚遂良问虞监曰:"某书何如永师?"曰:"闻彼一字,值钱五万,官岂得若此?"曰:"何如欧阳询?"曰:"闻询不择纸笔,皆能如志,官岂得若此?"褚恚曰:"既然,某何更留意于此?"虞曰:"若使手和笔调,遇合作者,亦深可贵尚。"褚喜而退。(《太平御览》卷二〇八引文,亦见《隋唐嘉话》卷中)

褚遂良攀比的书家,一位是虞世南的老师智永,另一位是初唐写碑高手欧阳询,若有其事,应该发生在褚遂良四十三岁以前,也就是侍书太宗之前。褚遂良传世的不多的楷书碑刻,都写于此后。

褚遂良的书法,《旧唐书》谓其"尤工隶书",《新唐书》谓为"工楷隶",都是说他擅长楷书。褚遂良和许多唐朝名家一样,书写碑铭。今存《伊阙佛龛碑》(641)、《孟法师碑》(642)、《房玄龄碑》(约650)、《太宗文皇帝制三藏圣教序》(653年孟冬月)、《大唐皇帝述三藏圣教序记》(653年暮冬月)。这五通楷书碑铭,时间跨越十三年,可以见出褚字变化的过程。

《伊阙佛龛碑》写于贞观十五年(641)十一月,这一年褚遂良四十六岁。此碑又名《三龛记》,"龛"是佛龛,太宗第四子魏王李泰为母亲长孙皇后而造,雕刊在洛阳龙门山宾阳洞内。佛龛旁边石壁上刻有题记,类似造像题记,因为仿制碑形,铭文篇幅较长,所以称为"碑"。书写《伊阙佛龛碑》这一年,欧阳询以八十五岁高龄去世,虞世南已去世三年,老一

褚遂良四十六岁写的《伊阙佛龛碑》　　褚遂良四十七岁写的《孟法师碑》

辈凋谢之后,褚遂良开始在碑版上施展书法才艺。

褚遂良初试碑版之作的《伊阙佛龛碑》,笔画求其方挺,笔力外耀;架构求其方,字形周正。研究唐朝书法史的朱关田推测,褚遂良"或当受欧阳询的影响"。欧阳询楷书方锐森严适合写碑,故褚遂良写碑仿学欧体的峻整风格,虽然颇似欧体,但结体宽博,不像欧字那样紧结高耸。

《孟法师碑》写于贞观十六年(642)五月,年份上比《伊阙佛龛碑》晚一年,实际只有半年之隔。比起《伊阙佛龛碑》,《孟法师碑》笔调柔和一些,结体变为欹侧,引进了虞字的遒丽,显出一些"王书"的意思,却仍有欧体的骨力。

中年的褚遂良,碑版楷书还在欧、虞两家之间游移徘徊。这时,他侍书太宗已经数年,得以亲见大量"王书",这样的眼福,时人谁也不能与他相比。可是，他写的碑铭楷书竟不类"王书"，总觉得有些蹊跷。遥想事势，褚遂良也有为难之处。王羲之的楷书，向来只有小楷传世，后人要想展为寸大的字，用笔和结字的方法都会有所改变，对于初试碑铭大字的褚遂良来说，恐是一个面临的书法难题。效仿当时的写碑胜手欧阳询，或许是直接便当的做法，即使不学欧体，只是遵循铭石书"结字欲其充实，行毫欲其饱满"的通行手法，想与"王书"同调也难。

《房玄龄碑》写于高宗永徽初年（650），此碑是褚遂良自立家法的标志性作品。他舍弃了《伊阙佛龛碑》的方板，化解了《孟法师碑》的矜持，笔体为之大变。这时的褚遂良，写字用笔锋，锋尖入纸浅；运笔速度也快，转折翻挑，曲直向背，活脱自然。这样写出的笔画，灵动而且细劲，仿佛画人透衣见骨。点画的气质一变，宽博的结构随之疏朗起来。

褚遂良五十七岁写的《房玄龄碑》，褚字自成家的标志性作品

褚遂良五十八岁写的《雁塔圣教序》，褚字的完美样式

褚遂良楷书之变　149

《同州圣教序》

这一年,他已五十五岁。

褚遂良的巅峰之作是永徽四年(653)书写的《太宗文皇帝制三藏圣教序》(太宗撰文)和《大唐皇帝述三藏圣教序记》(高宗为太子时撰文)。《圣教序》完成于阴历十月十五日,《圣教序记》完成于阴历十二月十日,都在冬季。后人把两碑的拓本装为一册,名为《雁塔圣教序记》,俗称《雁塔圣教序》。这一年,褚遂良五十八岁,书法已是炉火纯青。前一年,褚遂良已经官至相位,登上他的仕途顶峰。

这两通碑,褚遂良写得自信老练。运笔灵动,笔画清劲而又舒展,结体疏朗而又欹侧多姿。比较而言,先写的《圣教序》经意一些,风姿绰约,风韵十足;后写的《圣教序记》,用笔沉实,结构开张,更加自然。这两通碑,立在西安慈恩寺大雁塔,那里是长安名胜,各地文士骚客、善男信女云集之地,碑铭既是父子皇帝推奖佛法的圣作,又是名家重臣抄写上石,自是游人争睹的一道景观。今天碑前围有栅栏,不能靠近,游人难以近观碑上的字迹。

褚遂良去世五年之后的唐高宗龙朔三年(663),有人在褚遂良曾经做官的同州(今陕西大荔)翻制《太宗文皇帝制三藏圣教序》和《大唐皇帝述三藏圣教序记》,合刊一碑,立于同州府学,名为《同州三藏圣教序记》,俗称《同州圣教序》。这通石碑"摹刻特精",现存西安碑林博物馆。好事者摹刻京师《雁塔圣教序记》,虽是看重御制的崇佛之文,却也推广了褚字。碑帖专家张彦生说:"雁塔本,拓损,又剜损,有失原体。此同州本拓者少,字完好,唐精摹本,有谓胜雁塔者。"(《善本碑帖录·唐同州三藏圣教序记》)

《倪宽赞》（台北"故宫博物院"藏）

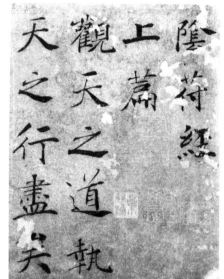
《大字阴符经》册（美国旧金山亚洲艺术博物馆藏）

楷书自南朝引入碑版，一路下来，以方硬直劲为主流。褚遂良的碑版楷书，前后风格大不一样。起初借鉴"欧虞"，五十岁以后一改旧法，节制铺毫，主用笔锋，笔势连贯而笔力沉着，虽是楷书，却是行书笔势，自然洒脱，已非右军书写小楷的手段。结体多姿多态，遒俊华美。盛唐书论家认为褚遂良的楷书有"媚趣"，"增华绰约，欧虞谢之"，主要依据他五十岁以后所写的三通碑铭。

传世的褚遂良墨迹，有些是后人"追认"到他的名下，例如，台北故宫博物院收藏的楷书《倪宽赞》《临王献之飞鸟帖》、草书《临王羲之长风帖》。还有一册楷书《大字阴符经》，笔法结构很像褚遂良晚年风格，也是后人所写。我学褚字曾临过《阴符经》，坊间所出印刷品皆未著录藏所，友人薛龙春庚寅访美期间，传来直接摄自此册的照片，告知现藏美国旧金山亚洲艺术博物馆。

褚遂良楷书之变

孙过庭《书谱》

唐朝名家墨迹,如果不计古摹本,可信无疑的真迹不过几十件。孙过庭《书谱》不但是真迹,而且篇幅长,全卷三百五十一行,三千七百余字,由二十三张纸接成(每纸纵 26.5 厘米),长达 900.8 厘米,比怀素《自叙帖》长出 150 厘米。首行写篇名"书谱序",俗称《书谱》。此卷藏台北故宫博物院,最近的一次公开亮相,在 2008 年 10 月 10 日至 11 月 20 日台北故宫博物院举办的《晋唐法书名迹展》上。

《书谱》用草书写成,卷中补改十六处,又有十九处点去八十字,符合稿本的特征。观其书写,前半部分写得从容,运笔平缓内敛;后半部分急促,笔势奔放。

孙过庭字虔礼,生前计划写一部论书著作,打算"撰为六篇,分成两卷,第其工用,名曰《书谱》",只完成了序言部分,就是我们今天见到的《书谱》墨本。《书谱》里有一段孙过庭学书自述:"余志学之年,留心翰墨,味钟张之余烈,挹羲献之前规。极虑专精,时逾二纪,有乖入木之术,无间临池之志。"这段话含有一些重要信息:"志学之年"为十五岁,"时逾二纪"即二十四年以上,相加则四十岁上下,此即孙过庭写作《书谱》的年龄。《书谱》末行署有书写日期:"垂拱三年(687)",上推四十余年,其生年约在太宗贞观二十一年(647)前后。按此,孙过庭"志学之年"在高宗龙朔元年(661)前后,"无间临池之志"的"二纪",也在高宗朝(650~683)。

张怀瓘在唐玄宗开元十五年(727)完成的《书断》提到,孙过庭

"尝作《运笔论》,亦得书之旨趣"。如果张怀瓘见过这卷《书谱》,应该称为《书谱》,估计他未见过。《书谱》中论及运笔,也许有人节抄为单篇,题为《运笔论》。张怀瓘还说,孙过庭"博雅有文章,草书宪章二王",《书谱》墨稿草书证实了这一记载的可靠性。对于书家来说,这篇手稿既是书论名篇,也是草书名迹。孙过庭的草书曾是唐人上攀王羲之的阶梯,现在仍是如此。

《书谱》讨论的范围,几乎囊括了书法的方方面面,概括精当,而且文笔优美。这里选录几段,领略他的精辟见解。

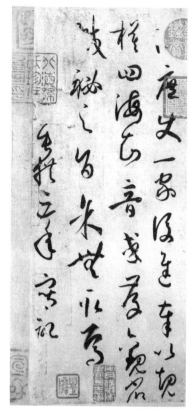

《书谱》卷尾所署的书写时间

"真以点画为形质,使转为情性;草以使转为形质,点画为情性。"——论真、草书体的"形质""情性"之异

"若思通楷则,少不如老;学成规矩,老不如少。思则老而愈妙,学乃少而可勉";"至于初学分布,但求平正,既知平正,务追险绝,既能险绝,复归平正。初谓未及,中则过之,后乃通会。通会之际,人书俱老"。——论学书规律

"一时而书,有乖有合。合则流媚,乖则凋疏。略言其由,各有其五。……乖合之际,优劣互差。得时不如得器,得器不如得志。"——论作书贵在"得志"

"偏工易就,尽善难求。虽学宗一家,而变成多体;莫不随其

性欲,便以为姿。质直者则俓挺不遒,刚狠者又倔强无润,矜敛者弊于拘束,脱易者失于规矩,温柔者伤于软缓,躁勇者过于剽迫,狐疑者溺于滞涩,迟重者终于蹇钝,斯皆独行之士,偏玩所乖。"——论风格倾向之利弊

孙过庭论书鞭辟入里,在于他擅长书法,并能细心体察,明晓书理。他推崇的汉晋书家,成就都在草、行、真楷范围。孙过庭也擅长这三体,但"真行之书亚于草"(张怀瓘《书断·孙过庭》)。孙过庭也曾授徒:"尝有好事,就吾求习,吾乃粗举纲要,随而授之,无不心悟手从,言忘意得,纵未穷于众术,断可极于所诣矣。"玄宗朝书法名家卢藏用(约662~713)"幼尚孙草,晚师逸少"(《书断·卢藏用传》)。他晚孙过庭一辈,青年时代隐居终南山,与陈子昂(约661~702)、赵贞固是同辈好友。陈子昂写过一篇祭孙过庭文,提到同祭者有"数子",估计包括卢藏用、赵贞固。这几位当时不得意的"文学青年",曾是孙过庭的平生知己。

张怀瓘是第一位记载孙过庭的书论家,比孙过庭约小三十余岁。他对孙过庭草书的评价是:"宪章二王,工于用笔,俊拔刚断,尚异好奇。然所谓少功用,有天材。"前四句,对照孙过庭《书谱》,像是量身定做,妥帖合身。其中,"少功用"指孙过庭擅长的草书无用于事功,在唐朝,考科举重楷书,选拔官吏的要求"楷法遒美"。写公牍用楷书,书碑版重楷书。褚遂良编《右军书目》,顺序是先楷书,后行草书。但草书最容易现出人的才性,故赞许孙过庭"有天材"。

孙过庭的隔世知己是米芾。米芾尊晋卑唐,评论唐朝书家向来苛刻,但他佩服"孙过庭草书《书谱》甚有右军法","凡唐草得二王法,无出其右"。米芾细心,敏锐地察觉到孙过庭草书异于右军者,在于"作字落脚差近前而直",称为"过庭法"(《书史》)。这句话,为历代书论家所未道,也很少有人结合《书谱》墨迹探其究竟。鉴定家徐邦达著录《书谱》时对此有过议论:"实际上,右军书也大都是这样的。只有米芾自书则往往笔向右方斜落。"(《古书画过眼要录——晋隋唐五代宋

书法》湖南美术版）徐邦达并不赞同米芾的意见，却道出了孙过庭与米芾的不同。

所谓"作字落脚差近前而直"不太好懂，就字面意思而言，"落脚"指字的下端落笔或收笔处；"差"是略为的意思；"近"指偏向；"前而直"是说收笔之势偏左侧或向下。这样写草书，结字周正而纵长，而且字势偏于直，不如王羲之那样欹侧洒脱。王羲之写字姿势是跪坐单钩斜执笔。孙过庭生活的唐朝有高桌高椅，执笔偏直，这些都会影响运笔的"落脚"。当代人写字的坐姿与执笔姿势与孙过庭近，与王羲之远，所以，今人学孙过庭草书易，学王羲之则难。

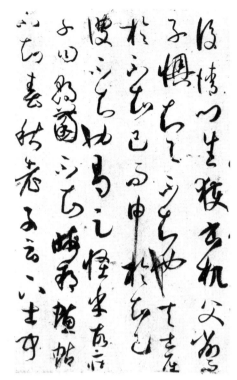

《书谱》后半卷连笔形成的"字组"形态

当今书家把孙过庭的草书称为"独草"。《书谱》里一字一断的草字居多，但也有大量的字间笔画相连的"字组"形态。我专门统计了《书谱》中连笔的"字组"，结果令人意外：有二百二十行出现连笔"字组"，占总行数的62.6%。另一组数据是，两字连笔的字组二百七十五处，三字连笔的字组二十九处，四字连笔的字组九处。这些字组形态，实质上展示了草书的笔势之美，后人学则难度高。

写草书，笔势须有一个快慢相济的节奏。慢曰"迟留""淹留"，是控制下的"能速不速"；快曰"迅疾""劲速"，以尽纵逸之势。两者的书写效果各有其妙："劲速者，超逸之机；迟留者，赏会之致。"这是孙过庭的精彩总结。他写草书，笔势的一字一断为"迟留"，一笔连写二三个字为"劲速"。《书谱》首行的十个字，就把笔势的节奏变化展现出来："孙过庭"三字一笔写成，"吴郡"两字之间是映带，其余的字，上下字不连笔。总体而言，他的笔势偏于劲速，所以张怀瓘有"此公伤于急速"之评。

日本学人松本芳翠发现，《书谱》卷中存在一个奇怪的"节笔"现象。部分字行里，横斜的笔画中间陡然由粗而细，像有顿挫，如竹之有节。而且一行中各字的"节笔"处，同在一条垂直线上。他认为，这是写在折纸为行的折痕上造成的。古人写长篇文稿，为了行距整齐，事先画出界栏，或者折纸为行。估计孙过庭写《书谱》是折纸为行，前段尚

《书谱》卷首孙过庭自署的籍贯

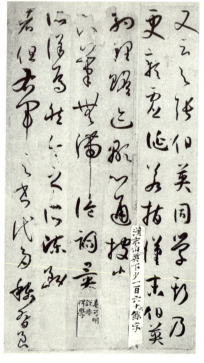

贴有浮签处是《书谱》上下轴合装一卷后的接缝处

在折痕之间的行中写，草书笔势放开之后，字渐大，为保持行距，换行就骑在凸棱不平的折痕上写，如写折扇扇面那样，笔画就有了竹节状。

孙过庭去世七十年后，他的草书遭到批评。窦臮《述书赋》贬斥："虔礼凡草，闾阎之风。千纸一类，一字万同。如见疑于冰冷，甘没齿于夏虫。"以知暖不知冷的"夏虫"比喻狭隘浅薄，典出《庄子》秋水篇"夏虫不可语于冰者，笃于时也"。窦臮讽刺孙过庭甘愿做夏虫，是针对《书谱》卷末"岂可执冰而咎夏虫哉"而言。孙过庭发此语，表示一种平等观，也是自辩，他还引用老子"下士闻道，大笑之；不笑之则不足以为道也"这段话，为自己设防，杜人口舌。不料身后还是被人反唇相讥。启功认为，窦臮的态度"代表当时豪贵门第之见"，我想应该还有书法风尚的因素。唐人中期，张旭、怀素大开大合大起大落的狂草异军突起，为文人墨客所好，相比之下，孙过庭的草书是习见的今草，而且"妍之分数居多"（刘熙载《书概》)，意趣不及狂草动人，所以窦臮觉得孙过庭草书是"闾阎之风"的"凡草"。

孙过庭出身寒微，相关资料极少，人生经历比较模糊。陈子昂撰有《祭率府录事孙君墓志铭并序》《祭率府孙录事文》，由此知道，孙过庭幼时"不及学文"，长而闻道又"不及从事禄"。四十岁才出仕，在太子左右卫率府（东宫武卫机构）任录事。这个"从八品"的低卑职位没做多久，遭谗言解职，转而从事著述以求不朽。述作未成，"遇暴疾卒于洛阳植业里之客舍"。去世的时间，大约在武则天登基的690年前后。陈子昂说，孙过庭"忽中年而颠沛，从天运而长徂"，大概去世时才四十余岁。孙过庭的籍贯，《书谱》自署"吴郡"（今江苏苏

宋徽宗的题签

州地区），当是祖籍。窦蒙注《述书赋》说是"富阳"（今浙江富阳），东汉顺帝分会稽郡西境置吴郡，富阳属吴郡，晋朝依然。张怀瓘《书断》指为"陈留"（今河南开封东南），未知何故。

　　孙过庭只完成了《书谱》上卷部分。北宋时，《书谱》递藏王巩、王诜两家，两人都是苏轼好友，都卷进"乌台诗案"贬官。宋徽宗收得这卷《书谱》之后，改装为两轴，所以著录徽宗御府藏品的《宣和书谱》题为"《书谱序上下》二"。《书谱》墨卷前有徽宗题签"唐孙过庭书谱序"，故后人又称为《书谱序》。后来两轴失散，各有藏主。启功《孙过庭〈书谱〉考》说，两轴落入明朝奸相严嵩家才合装一轴，卷中第一百八十四、一百八十五行之间是当年两轴合装的相接之处。因为下轴的前段残损，失了十数行，后人在合装的接缝处贴了一条浮签，写明"汉末伯英下少一百六十六（余）字"。现在《书谱》卷首签条，还是徽宗题签原物。按《宣和书谱》记载，书谱上下两轴应该都有题签。我们现在所见合装一轴的题签"唐孙过庭书谱序"七个字清晰，下面还有一字之空，笔痕模糊，被刮去，2005年台北故宫博物院将《书谱》送到日本作光学摄影检测，确认为"下"字，是当年下轴的题签。

张旭"饮酒辄草书"

张旭自署籍贯"吴郡",《新唐书》记为"苏州吴人"。其母陆氏为初唐书家陆柬之侄女,虞世南外孙女。张旭官位不高,初为常熟尉(掌管本县治安刑狱),后任东宫左率府长史(府内事务主管),人称"张长史"。张旭善文词,传世诗作不多。

盛唐文人圈里,张旭(675~759)与贺知章(659~744)同列"吴中四杰",都是草书名家。贺知章长张旭十余岁,常一起游览吴越名胜,见人家厅堂好墙壁及屏障,即兴而书,"落笔数行如虫篆鸟飞,虽古之张(芝)、索(靖)不如也"(宋释适之《金壶记》)。唐朝大画家吴道子曾经"学书于张长史旭、贺监知章,学书不成,因工画"(张彦远《历代名画记》卷九)。

贺知章是会稽永兴(今浙江萧山)人,官至秘书监。"性放旷,善谈笑,当时贤达皆倾慕之";"善草隶书,好事者供其笺翰,每纸不过数十字,共传宝之"(《旧唐书·贺知章传》)。他的草书,有《草书孝经》传世,笔势放达,今草体势。张旭草书狂放,求其笔法者多,颜真卿曾师事张旭,看到这样的情景:"人或问笔法者,张公皆大笑,而对之便草书,或三纸,或五纸,皆乘兴而散,竟不复有得其言者。"(《述张长史笔法十二意》)

张旭"饮酒辄草书"

张旭和朋友聚会喝酒的时候,写草书是另外一副样子。《旧唐书·贺

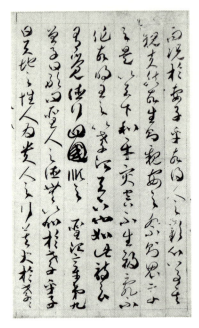

贺知章《草书孝经》(日本宫内厅藏)

知章传》记载:"时有吴郡张旭,亦与知章相善。旭善草书,而好酒,每醉后号呼狂走,索笔挥洒,变化无穷,若有神助,时人号为'张颠'。"《新唐书·李白传附张旭》所记更是奇异:"嗜酒,每大醉,呼叫狂走,乃下笔,或以头濡墨而书,既醉自视,以为神,不可复得也,世呼为'张颠'。"张旭醉后狂走乃下笔,已是颠,时或将头发浸墨作书(古代男性束发绾结),更是颠。两唐书这类记载,取资唐朝李肇《唐国史补》(卷上):"(张)旭饮酒辄草书,挥笔而大叫,以头揾水墨中而书之,天下呼为张颠。醒后自视,以为神异,不可复得。后辈言笔札者,欧、虞、褚、薛或有异论,至张长史,无间言矣。"

自古文人多好酒。汉晋时代,"对酒当歌"是宴饮的常态,仿佛今日酒吧的卡拉OK。酒徒的故事多,徽号也多。书家酒后作书,东汉已有。西晋卫恒《四体书势·隶书序》记载:"灵帝好书,时多能者,而师宜官为最,大则一字径丈,小则方寸千言,甚矜其能。或时不持钱诣酒家饮,因书其壁,顾观者以酬酒直(值),计钱足而灭之。"师宜官常在酒家当众作书,但他清醒,是让观众为他付酒账,而且"计钱足而灭之",自贵其迹。

王羲之写《兰亭序》,按唐朝何延之《兰亭记》的说法,也是酒后作书,"其时乃有神助,及醒后,他日更书数十百本,无如被禊所书之者"。王羲之好服食,服食后须喝温酒助发药力,和亲朋聚会也少不了助兴的杯中之物。

汉晋时代,师宜官酒肆书壁,王羲之雅集写《兰亭》,这样的酒后挥毫,未必常有,书写之迹,皆非草书,行为举止未逸出常态。

张旭好饮,"饮酒辄草书",看来经常如此。唐人饮酒,元稹《酬乐天劝醉》道:"半酣得自恣,酩酊归太和。"看来古人和今人一样,宴集则劝酒、劝醉。草书本是"赴急之书",可以"变态无穷"。张旭酒后写草书,"挥笔而大叫",原始的本能爆发出来,潜藏的情绪鼓荡起来,快笔草迹恍若天纵之笔。酒醒后再看,"以为神异,不可复得"。古人不能知道,醉态是酒精抑制中枢神经的结果,人不能完全自制,却以为酒之于草书有如"神助",视为一种神奇的能量。所以,熊秉明先生把张旭的狂草比做"酒神的"艺术(《中国书法理论体系》67~69页,香港商务版)。

诗人笔下的张旭

张旭是书法史上第一位狂草名家。最早用"狂"字赞张旭草书的诗人,就我有限之见,是唐朝诗僧皎然,他是南朝文学家谢灵运的后代,活动于唐中期大历、贞元年间。皎然《张伯高草书歌》写道:"先贤草律我草狂,风云阵发愁钟王,须臾变态皆自我,象形类物无不可。"世人所说"狂草",大概本于此。

"先贤草律"有两种类型:一种是汉朝通行的草书,谓为"章草",带有隶书笔意,字字独立。另一种是损革章草而来的"今草",草法更为简易,笔势流便,定型于王羲之。

南朝还有一种杂体"笔戏"的"一笔草书",梁武帝东宫学士"孔敬通所创",特点是"一行一断,婉约流利",却非日常所写的草书,而且"特出天性",当时"莫有继者"(庾元威《论书》)。

张旭打破汉晋的草书规则,变为狂草。其草书似乎近于梁朝孔敬通的"一笔草书",也是"特出天性",也是笔画连绵的"一行一断",也有"笔戏"表演的况味,但张旭狂草笔势奔放,变化莫测,不是孔敬通那样的"婉约"优雅。

盛唐诗家李颀（690～751）、高适（700～765）、杜甫（712～770），都为张旭狂草写过喝彩的歌诗。

李颀、高适的诗篇皆以"赠张旭"为题。李颀云："张公性嗜酒，豁达无所营。皓首穷草隶，时称太湖精。露顶据胡床，长叫三五声。兴来洒素壁，挥笔如流星。"（《赠张旭》）高适云："世上漫相识，此翁殊不然。兴来书自圣，醉后语尤颠。"（《醉后赠张旭》）

杜甫《饮中八仙歌》写到张旭。诗题所称"饮中八仙"，《新唐书·李白传》名为"酒八仙人"，指天宝年间声闻长安的八位聚在一起饮酒之名士。杜甫笔下，"八仙"的"饮中"状态各不同：贺知章"眼花落井水底眠"，李适之"饮如长鲸吸百川"，李琎"汝阳三斗始朝天"，崔宗之"举觞白眼望青天"，苏晋"醉中往往爱逃禅"，焦遂"高谈雄辩惊四筵"，而"李白一斗诗百篇，长安市上酒家眠"；唯有张旭饮中写草书："张旭三杯草圣传，脱帽露顶王公前，挥毫落纸如云烟。"

张旭"脱帽露顶王公前"的那位"王公"，是宗室汝南王李琎，小字"花奴"。唐玄宗说："花奴姿质明莹，肌发光细，非人间人，必神仙谪堕也。"（南卓《羯鼓录》）李琎善击羯鼓，人称"花奴鼓"。后世《蒙学丛书》的对句，以"花奴"对"草圣"，兼指李琎、张旭的徽号、特长，成了典故。

当年张旭"饮酒辄草书"，仿佛上演一场场"醉笔狂草"的节目，是文人圈里一道奇特景观。文人纷纷题诗夸赞，出于好奇，取看客的眼光，于是"张旭三杯草圣传"。众口之下，定格了张旭的形象：醉酒，人颠，草狂。

李白（701～762）也写过一首赠张旭的乐府诗《猛虎吟》，不说酒，不说草书，却是惺惺相惜的同情。

肃宗至德元年（756），李白躲避"安史之乱"，由宣城往剡县，在溧阳遇见张旭，宴饮酒楼。李白宴别赋《猛虎吟》，诗中忧虑国家动乱的惨状，自诉"有策不敢犯龙鳞，窜身南国避胡尘"的无奈，后面一部分盛赞老友张旭的才能："楚人每道张旭奇，心藏风云世莫知。三吴邦伯皆顾盼，四海雄侠两追随。萧曹曾作沛中吏，攀龙附凤当有时。"张旭做过常熟县尉，汉初大臣萧何、曹参也曾做过沛县吏，故李白以此拟比。此时张旭年高八十二，"攀龙附凤当有时"不过是李白赠送的安慰。张旭名声在外，一生仕途"栖迟卑冗"，而李白自道"蹭蹬遭谗毁"（《赠张相镐》其二），才高八斗也不得意，两人苦闷相通，都是"心藏风云世莫知"。

张旭呼叫狂走写草书的状态，何以至此，同代诗人捧场看热闹，未深究。张旭去世后，韩愈（768～824）依循"书为心画"的思路，解读得体贴入微："张旭善草书，不治他技，喜怒窘穷，忧悲愉佚，怨恨思慕，酣醉、无聊、不平，有动于心，必于草书焉发之。观于物，见山水崖谷，鸟兽虫鱼，草木之花实，日月列星，风雨水火，雷霆霹雳，歌舞战斗，天地事物之变，可喜可愕，一寓于书。故旭之书变动犹鬼神，不可端倪。"（《送高闲上人序》）

"三绝"与"剑舞"

盛唐开元年间（713～741），奇技冠世称圣者，有"三绝"之称。晚唐文籍所载，"三绝"有两说，民间所传的版本是裴旻剑舞，张旭草书，吴道子画，朱景玄《唐朝名画录》（《唐画断》）记载：

> 开元中，驾幸东洛，吴生（吴道子，又称吴道玄）与裴旻将军、张旭长史相遇，各陈所能。时将军裴旻厚以金帛召致道子于东都天官寺，为其所亲将施绘事。道子封还金帛一无所受，谓旻曰："闻裴将军久矣，为舞剑一曲足以当惠。观其壮气，可以助毫。"旻因墨缞为道子舞剑。舞毕，奋笔俄顷而成，有若神助，尤为冠绝，道子亦亲为设色。其画在寺之西庑。又张长史亦书一壁。都邑士庶皆云："一日之中，获睹三绝。"

唐玄宗"驾幸东洛"，指开元十三年（725）封东岳泰山途经东都洛阳,吴道子以内廷供奉画师从行,与裴旻、张旭遇于洛阳,"裴剑舞一曲,张书一壁,吴画一壁",各献其技,演成奇观。当时贺知章任礼部侍郎加集贤院学士,扈从玄宗也到了洛阳。

另一个"三绝"的组合是官方版本,由唐文宗(827~840在位)钦定。晚唐裴敬《翰林学士李公(白)墓碑》记载:"太和初,文宗皇帝命翰林学士为三绝赞,公之诗歌,与将军剑舞,泊张旭长史草书,为三绝。"所谓"将军"即指裴旻,他是裴敬的曾叔祖。这件事,宋朝史家采入《新唐书·李白传》:"文宗时,诏以白歌诗、裴旻剑舞、张旭草书为'三绝'。"《新唐书》中,史家把张旭、裴旻的事迹附记于《李白传》,史家也许考虑到他们的"三绝"关系。

"三绝"的两种组合,书、画、剑舞一组是民间版,诗、书、剑舞一组是官方版,都有剑舞。名列"三绝"的四人,论社会身份,诗仙李白、草圣张旭、画圣吴道子,都是动笔的文人,唯有裴旻是武将,人称"裴将军"。《新唐书》记载,裴旻北伐,为奚人所围,裴旻"舞刀立马上,矢四集,皆迎刀而断,奚大惊引去"。李亢《独异志》记裴旻耍剑:"掷剑入云,高数十丈,若电光下射,漫引手执鞘承之,剑透空而入,观者千百人,无不惊栗。"颜真卿《赠裴将军》诗云:"剑舞若游电,随风萦且回。"

裴旻的"剑舞"世人皆知,却不知李白、张旭、吴道子都喜欢"剑舞"。

李白曾学剑于裴旻,裴敬《翰林学士李(白)公墓碑》记载,李白"常心许剑舞",尝投书裴旻:"白愿出将军门下。"李白能剑舞,有诗自状,"三杯拂剑舞秋月,忽然高咏涕泗涟"(《玉壶吟》),"抽剑步霜月,夜行空庭遍"(《江夏寄汉阳辅录事》)。

吴道子是以剑舞助绘画,晚唐画录、笔记著作多有记述。朱景玄《唐朝名画录》叙述甚详。另有两则记载较为简略,郑处诲《明皇杂录》云:"吴道玄善画,将军裴閔[旻]请画天宫寺壁。道玄曰:'閔[旻]将军善舞剑,愿作气以助挥毫。'閔[旻]欣然为舞一曲。道玄看毕,奋笔立成,若有神助。"张彦远《历代名画记》所记更简要:"开元中,将军裴旻善舞剑,道玄(吴道子)观旻舞剑,见出没神怪,既毕,挥毫益进。"

张旭的狂草技艺,唐人都说与他观看公孙大娘舞"剑器"有关。杜甫说:"昔者吴人张旭,善草书帖,数常于邺县见公孙大娘舞'西河剑器',自此草书长进,豪荡感激。"公孙大娘舞"剑器"颇有气势,杜甫形容:"㸌如羿射九日落,矫如群帝骖龙翔;来如雷霆收震怒,罢如江海凝清光。"(《观公孙大娘弟子舞剑器行·序》)剑器,古武舞之曲名,其舞用女伎,雄装空手而舞。开元年间,唐玄宗"始以诞圣日为千秋节,每大酺会,必于勤政楼下使华夷纵观,有公孙大娘舞剑,当时号为雄妙"(郑嵎《津阳门诗》自注)。张旭所观公孙大娘舞剑器,虽非裴旻的剑舞,但公孙大娘能舞"裴将军满堂势",恐是裴将军剑舞的改编版。

沈亚之(781~832)说:"昔张旭善草书,出见公孙大娘舞'剑器浑脱',鼓吹既作,言能使孤蓬自振,惊砂坐飞。而旭归为之书,则非常矣。"(《叙草书送山人王传乂·序》)杜甫幼时(开元三年,715)在郾城(今河南漯河)也见过公孙大娘"舞剑器浑脱",此乃剑器与浑脱结合的舞蹈。浑脱,亦属武舞,舞态跟剑器舞一样壮观。

杜甫、沈亚之都认为,张旭观公孙大娘舞"剑器"之后草书大进一步。张旭醉中作狂草,剧烈的肢体动作,形迹与公孙大娘的剑舞相似。

非常之书得于非常之道

晚唐卢携《临池诀》引有一段张旭笔法传承的自述:"吴郡张旭言:自智永禅师过江,楷法随渡。永禅师乃羲、献之孙,得其家法,以授虞世南。虞传陆柬之,陆传子彦远,彦远仆之堂舅,以授余。不然,何以知古人之词云尔。"后人据此推测,张旭的笔法出自虞、陆,属王书一派。但张旭所言是"楷法",而他更以草书名世。即使他的草法得之智永,他的狂草却是前无古人的"非常"之书。

张旭取资的对象,和寻常书家大不一样。唐人李肇《唐国史补》(卷上)记载,张旭自言:"始吾见公主担夫争路,而得笔法之意;后见公孙

氏舞剑器,而得其神。"《新唐书》所记张旭草书笔法的来源,较唐人所记更系统,更有传奇色彩:

> 初,仕为熟县尉,有老人陈牒求判,宿昔又来,旭怒其烦,责之。老人曰:"观公笔奇妙,欲以藏家尔。"旭因问所藏,尽出其父书,旭观之,天下奇笔也,自是尽其法。旭自言,始见公主担夫争道,又闻鼓吹,而得笔法意,观倡公孙舞"剑器",得其神。

这段记载,就像张旭升华草书的"三部曲"。笔法,不是取资名家,而是无名氏的"奇笔"。笔法意,即书家常说的"笔意",悟于公主担夫争道的态势、鼓角声的悠扬。神,即神采气势,接通公孙大娘舞"剑器"的飞动之势。张旭重意象而"联类无穷",如此成就自己的狂草之道,故谓为"教外别传"。

张旭意气而成的狂草,观物象而寓于书,乃得于非常之道的非常之书。所以张旭说:"笔法玄微,难妄传授。非志士高人,讵可言其要妙?"(颜真卿《述张长史笔法十二意》)

张旭的书迹

张旭以草书名世,传世的书迹却很少。过去题在他名下的草书名迹,有墨迹本《古诗四帖》、刻本《肚痛帖》。

《古诗四帖》是用五种色纸连接而成,写的是南朝诗人庾信的两首诗、谢灵运的两首赞,此卷现藏辽宁省博物馆。宋朝到明朝,好事者将《古诗四帖》定为谢灵运书,但是庾信在谢灵运去世多年之后才出生,岂有预写之理。董其昌见到之后,改题张旭书,现在仍沿袭此说。其实也不可信。启功对照庾信原诗,发现帖中将原文的"玄"改为"元"或"真",把原文的"朗"改为"明"。"玄""朗"两个字,都是宋帝先祖的名讳,只有宋人抄写才会避讳而改用他字,因此断定此帖为北宋人所写。

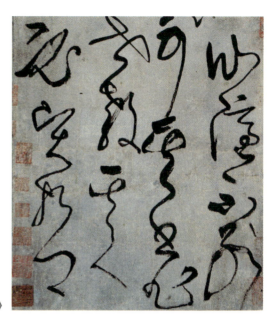

传张旭草书《古诗四帖》

张旭草书《肚痛帖》

单就书法而言，《古诗四帖》笔画纠缠，看似连绵，但笔势不遒，格调低俗，不及《肚痛帖》用笔多变，遒劲有力，气势壮阔。

　　《肚痛帖》刻石存西安碑林博物馆。帖文六行三十字，像简短的便条："忽肚痛不可堪，／不知是冷热所／致，欲服大黄汤，／冷热俱有益。／如何为计，／非临床。"

　　此帖前后六变，首行的六个字就现出两种笔调：前三字"忽肚痛"有晋人草书的风范，字字独立，笔墨浓重而刚断，豪壮有力，大约落笔之初还未进入颠草的状态，仿佛拳法的"起势"，乐章的"序曲"；接着的"不可堪"三字开始奔驰起来，迅疾而下，圆细的笔画环曲牵引。这一笔调，延续到第二行"不知"两字。而后提笔蘸墨，写到"是冷热所"四字，笔势连属，字画复归粗壮。第三行"致欲服大黄汤"六个字细笔纠结，一泻而下，乃"一笔书"的草法。第四行"冷热俱有益"，似再次蘸墨后而书，依然是一气呵成的"一笔书"，字画粗壮，笔调与第二行下段的"是冷热所"四字呼应。第五行"如何为计"四字，笔势接续上一行，但笔势急而字形大，可谓第三行笔调的放大。第六行"非临床"三字，字形更比前一行壮大，笔势急如狂风骤雨，戛然而止，乃整幅草书的高潮。第六行笔势是第五行的继续，形态却是第四行的放大。

　　《肚痛帖》行行有别，自"不可堪"起，连绵的笔势一泻而下，笔墨之变，形态之异，恰如张怀瓘《书断·草书》所说的那样："往往继前行之末"，"气候通而隔行"。在迅捷的书写中，笔形有粗细，笔力有强弱，笔势有疾徐，字形有大小，字间有连断，意象有刚柔，种种笔墨变化，淋漓尽致地自然展现出来。

　　张旭能楷书。世传《尚书省郎官石记序》(《郎官石记序》)，开元二十九年（741）立于长安，原石早已毁佚，上海博物馆藏有"宋拓孤本"。宋时有重刻本，明代董其昌曾刻入《戏鸿堂帖》。

　　《郎官石记序》是张旭六十七岁的楷书书作，楷法近乎虞世南，精劲而自然。张旭与虞世南，笔法的传承与亲缘连在一起，他说自己的楷法"得之于老舅（陆）彦远"（颜真卿《述张长史笔法十二意》），彦远的父

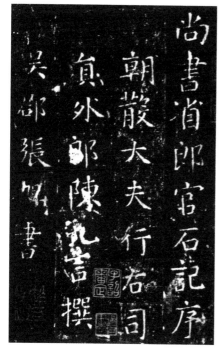
张旭楷书《尚书省郎官石记序》

张旭楷书《严仁墓志》

亲是陆柬之,柬之舅父是虞世南。

　　1992年洛阳出土一方楷书《严仁墓志》,书于天宝元年(742),与《郎官石记序》一样,署款"吴郡张旭书"。《严仁墓志》书写时间仅晚《郎官石记序》一年,而不及《郎官石记序》严整。颜真卿称张旭"楷法精详,特为真正"(《怀素上人草书歌序》),用这个标准衡量,《严仁墓志》招致一些怀疑。我以为,《严仁墓志》是埋入地下之物,墓主是龙门县尉,官位低,张旭写得不够讲究,且刻工粗糙,故不及《郎官石记序》精整。

唐僧怀素与《自叙帖》

唐朝书僧，耸动当世的人物都擅长草书。唐僧学草书，以著名的书僧为例，师承分为两途：詧光、贯休取法陈朝书僧智永的"今草"，而智永书法固守右军；怀素、亚栖、高闲楷模本朝张旭的"颠草"，即我们现在习称的狂草。北宋收藏家刘泾品评唐僧五家，"以怀素比玉，詧光比珠，高闲比金，贯休比玻璃，亚栖比水晶"(《书诂》)。这五位书僧，怀素成名最早，而且和张旭齐名。晚唐诗人裴说称怀素为"草书星"。

怀素最初学欧阳询楷书，青少年时代迷上草书，曾经师从张旭的弟子邬彤，可以算作张旭的再传弟子。怀素学书极刻苦，茶圣陆羽《僧怀素传》说他早年"贫无纸可书，尝于故里种芭蕉万余株，以供挥洒。书不足，乃漆一盘书之；又漆一方板，书至再三，盘板皆穿"。

怀素的"故里"，陆羽未说。怀素名作《自叙帖》开篇写道："怀素家长沙，幼而事佛，经禅之暇，颇好笔翰。"有人据此认为怀素籍贯"长沙"（今湖南长沙）。但是，怀素《藏真帖》又称"怀素字藏真，生于零陵"（今永州市零陵区）。怀素出家也在零陵，唐朝诗人苏涣《怀素上人草书歌》前四句曰："张颠没在二十年，谓言草圣无人传。零陵沙门继其后，新书大字大如斗。"黄庭坚有"永州僧怀素"之称。怀素的故里，应该是今天的湖南零陵。唐朝，零陵属永州，长沙属潭州，两州南北相望，皆属江南西道。传世的怀素《小草千字文》卷末署有"贞元十五年（799）六月十七日于零陵，书时六十有三"，按此推算，他生于唐玄宗开元二十五年（737）。

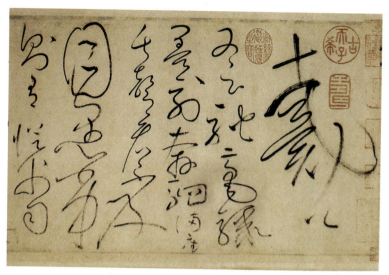

怀素草书《自叙帖》(台北"故宫博物院"藏)

误称怀素为"长沙人",始见宋徽宗敕编的《宣和书谱》,而且称怀素是"玄奘三藏之门人"。明朝陶宗仪《书史会要》记怀素仍沿袭此误。其实玄奘门人的怀素另有其人。赞宁《宋高僧传》记载:"释怀素,姓范氏,其先南阳人也",父辈"为京兆人"。这位怀素十岁出家,当玄奘贞观十九年(645)自西域回京后,"誓求为师",成为"专攻律部"的高僧,他比书僧怀素早出百余年。

书僧怀素,俗姓钱。陆羽《僧怀素传》提到,他的家族有位法号惠融禅师的伯祖,怀素自幼剃度出家大概是他决定的。据陆羽说,"怀素疏放,不拘细行","饮酒以养性,草书以畅志。时酒酣兴发,遇寺壁、里墙、衣裳、器皿,靡不书之"。贯休《怀素上人草书歌》有句道:"师不谈经不坐禅,筋骨唯于草书妙。"怀素不但好酒,还喜好荤腥,怀素《食鱼帖》说:"老僧在长沙食鱼。及来长安城中,多食肉,又为常流所笑。"

据考证,怀素在二十五岁前后离开故里,最初几年在湖南各地游历,喜欢为官吏豪绅之家题写草书,李白《草书歌行》说,怀素在湖南七郡,"家家屏幛书题遍",诗歌夸张,但他到处为人写字应该不假。怀

怀素草书《食鱼帖》（古摹本）

素并不满足自己在湖南民间的名声，曾经专程到广州拜谒徐浩。知情者苏涣在《怀素上人草书歌》里透露："忽然告我游南溟，言祈亚相求大名。"诗里提到的"亚相"指徐浩，时任岭南节度使兼御史大夫，而御史大夫有亚相之称。徐浩是当时的大书家，善草隶，"书翰凌献之"。怀素曾为徐浩表演草书，所谓"尽日花堂书草障"。

唐朝的岭南、湖南是边远之地，怀素又"怀书西入秦"，远游京师。他在《自叙帖》里说及此行的动机："经禅之暇，颇好笔翰。然恨未能远睹前人之奇迹，所见甚浅，遂担笈杖锡西游上国。"在京城，怀素"谒见当代名公，错综其事，遗编绝简往往遇之，豁然心胸略无疑滞。鱼笺绢素多所尘点，士大夫不以为怪焉。"按任华《怀素上人草书歌》的记叙，怀素在京都游走于上流社会，交结的手段仍然是表演草书："朝骑王公大人马，暮宿王公大人家。谁不造素屏，谁不涂粉壁。粉壁摇晴光，素壁凝晓光，待师挥洒兮不可弭忘。骏马迎来坐中堂，金盆盛酒竹叶香。十杯五杯不解意，百杯以后始颠狂。一颠一狂多意气，大叫数声起攘臂。挥毫倏忽千万字，有时一字两字长丈二。"诗中，任华提醒怀素："狂僧狂僧，尔虽有绝艺，犹当假良媒。不因礼部张公将尔来，安得声名一日喧九垓。"这位"张公"乃礼部侍郎张谓，他是提携怀素的关键人物，不但带着怀素进京，而且向王公大臣引荐怀素。颜真卿也说及张谓与怀素的关系："张公谓赏其不羁，引以游处。"

怀素在湖南七郡和京城长安的游历，王公大臣之外，还结识了一批诗人骚客，收获了李白、张谓、苏涣、卢象、任华、戴叔仁、窦冀、朱逵、王邕、鲁收、李舟、钱起馈赠的诗篇。李白夸奖他"少年上人号怀素，草书天下称独步"。朱逵称赞他"于今年少尚如此，历观远代无伦比"。鲁收奉承他"身上艺能无不通，就中草圣最天纵"。任华捧得更绝："人谓尔从江南来，我谓尔从天上来。"诗人为怀素作诗，多取"歌行"体。这是一种早于律诗的旧诗体裁，篇幅长，无字数限制，便于自由发挥。其中也有怀素身世经历的信息，甚至身高也入诗，所谓"怀素身长五尺四"。诗歌易传，这些"绝妙好辞"放大了怀素的草书名声，让怀素享受到从未有过的成就感。

文人赠诗是酬答怀素的草书表演。怀素醉后挥笔的情态，各种狂逸的细节，都是诗人作诗的兴奋点，他们特别赏识怀素能像张旭那样醉写草书。李白道："吾师醉后倚绳床，须臾扫尽数千张。飘风骤雨惊飒飒，落花飞雪何茫茫。起来向壁不停手，一行数字大如斗。"同样的场景，窦冀的描述又开生面："鱼笺绢素岂不贵，只嫌局促儿童戏。粉壁长廊数十间，兴来小豁胸中气。长幼集，贤豪至，枕糟藉麴犹半醉。忽然绝叫三五声，满壁纵横千万字。"鲁收还说到怀素言辞狂放："自言转腕无所拘，大笑羲之用阵图。狂来纸尽势不尽，投笔抗声连叫呼。"这些诗句，都是一幅幅生动的场景画面，怀素的狂态栩栩如生。

怀素《自叙帖》摘抄了九位诗人的诗句，而《全唐诗》里有十余人写过怀素草书的诗篇。敦煌发现的古写本有一首马奇云《怀素师草书歌》，《全唐诗》未见。

怀素格外珍惜以其辛苦表演草书获得的诗篇，在长安期间，已将文人名士赠予他的歌诗编为一卷，名为《怀素上人草书歌集》。大历七年

怀素草书《苦笋帖》
（上海博物馆藏）

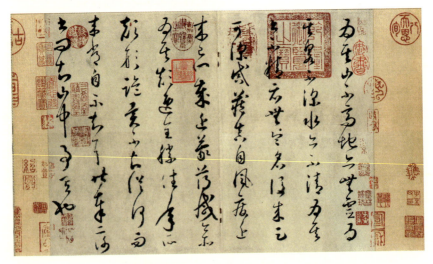

怀素草书《论书帖》（辽宁博物馆藏）

（772），怀素离京回故乡，途经洛阳，拜访正在东都的颜真卿。那一次两人讨论草书的对话，陆羽《僧怀素传》有详细记载，人称"洛下论书"。这次见面，怀素请求颜真卿为《怀素上人草书歌集》作序，《自叙帖》中有四十七行是抄写颜真卿的这篇序文，占全帖篇幅的三分之一。

怀素传世的书迹比张旭多，现在还能见到的墨迹有《苦笋帖》《论书帖》《食鱼帖》《小草千字文》，而《自叙帖》长卷最著名。宋朝时，《自叙帖》至少有五本。台湾学者傅申说，目前所能见到的怀素《自叙帖》有三本：台北故宫博物院藏本、流失日本的半卷本和契兰堂本。傅申说细密核对之后发现这三个本子惊人的相似，是"三胞本"。其实日本所存的两个本子不及台北故宫博物院的藏本。

书家熟悉的怀素《自叙帖》是台北故宫博物院所藏的那本墨迹长卷，本幅纵28.3厘米，横755厘米，由十五纸相接而成，凡一百二十六行。全文分作四个部分：第一部分叙述怀素的经历（第一行至第十四行）；第二部分抄写颜真卿的序文（第十五行至第六十一行）；第三部分摘抄张谓、卢象、王邕、朱逵、李舟、许瑶、戴叔伦、窦冀、钱起九人品评怀素草书的诗句，分为"述形似""叙机格""语疾速""目愚劣"四项（第六十二行至第一百一十六行）；第四部分是对九人"辞旨"的评价（第一百一十七行至第一百二十三行）。卷尾署"大历丁巳冬十月廿有八日"（第一百二十四行至第一百二十六行），这一年是777年，当是此卷的书写时间。

2008年在苏州举办的"书法史讲坛"上，据与会者刘兆彬提供的综述报告，傅申就《自叙帖》发表专门演讲，提到各家对台北故宫博物院本的意见：1936年朱家济就怀疑"跋真帖摹"；1983年启功认为"跋真帖摹（钩摹）"；1986年朱关田认为"帖伪"，是后人凑集而成；1987年徐邦达认为"跋真帖临"；2004年傅申说"故宫本为写本，下限为北宋末"，次年他否定了自己的意见，结论是"北宋映写本"。当今学者意见虽有不同，却都认为现藏台北故宫博物院的《自叙帖》不是怀素亲笔原件。

启功称赞《自叙帖》："摹法极精，飞白干笔，神采生动。"若是摹写本，摹得如此逼真，依然能够传达怀素狂草的神采，唐宋人的复制水平足以令人叹服。由笔迹追寻当年怀素写《自叙帖》的状态，当是用小笔写大字，运笔速度极快，如风驰电掣，往往是一笔贯穿一行，可谓"天机暗转锋芒里"。怀素的狂草"诡形怪状"，既变化多端又变化莫测。第一百零五行仅写"戴公"二字，"戴"字笔繁形密，横越数行，是全卷最大的字，而笔画少的"公"字甚小，衬托了"戴"字的壮阔。第一百一十六行"界醉里得真如"六字，写到"真"字已近纸边，顺势将"如"字向右横写，仿佛"惊蛇入草"。自一百一十八行以下，气势转雄，字形变大，使人感觉"惟恐天低与地窄"。

虽然我们不能见到怀素挥毫时"满座失声看不及"的场面，只要我们的视线随着奔突的线条快速移动，就能强烈地感受到摇撼心旌的狂势。以我的阅读体会，欣赏《自叙帖》，摆在案头近观更能感受到纵横狂放的笔势、气势。

颜体楷书

颜真卿的书法，人称"颜体"。历代书法名家很多，后人以姓氏冠名其书者，却寥寥可数，颜真卿之前有钟繇、王羲之、王献之、欧阳询、褚遂良，之后有柳公权、苏轼、黄庭坚、米芾、赵孟頫，他们的书法是世代相传的学书范本，世人熟悉，故有以其姓氏呼其书的俗称。

人们所谓"颜体"，通常指楷书。颜真卿为唐楷五大家之一，所写楷书碑版，数量多于欧、虞、褚、柳。颜书碑志，如果把失传的部分算上，有四十余种，现存的楷书拓本近二十种。颜真卿常常自采乐石，"命吏干磨砻，然后擘窠大书，由家僮镌刻。纵观鲁公存世书迹，十之七八是这些作品"（朱关田《颜真卿传》）。五十八岁那年（唐代宗永泰二年，766），颜真卿被奸相元载贬出朝廷，先后谪守峡州、吉州、抚州、湖州，这十一年间，颜真卿崇道信佛，喜交文学之士，以诗文明志，以翰墨自娱。六十六岁守湖州时，将伯父颜元孙所著《干禄字书》书勒上石，每字写法有俗、通、正之分。此书是为官员书写公文采用正字而作，故名"干禄"。颜真卿书刻的这部字书，也是字帖，唐朝时流传于士子官吏间。

颜真卿（709～785）生于长安，祖籍琅琊临沂（今山东临沂）。春秋时期，颜氏居于邹鲁，魏晋之际迁居琅琊临沂。《颜氏家训》诫兵篇说："仲尼门徒，升堂者七十有二，颜氏居八人。"颜真卿"撰并书"的《颜氏家庙碑》追述先世，也提到"孔门达者七十二人，颜氏有八"。颜回是孔门最贤的弟子，孔子夸他"一箪食，一瓢饮，在陋巷，人不堪其忧，回也不改其乐"。琅琊也是书圣王羲之的祖居地，王氏本居关中，秦末避乱东迁，西汉居琅琊皋虞（今山东即墨），约在东汉初年迁居琅琊临沂。

颜氏诗礼传家，也是通晓字学的书法世家。颜真卿六世祖颜协，南朝梁代书家，善草隶，荆楚一带的碑碣大多出自他的手笔。五世祖颜之推通晓字学，工书法，所著《颜氏家训》是中国现存最早的一部家训著作。从曾祖颜师古注释《汉书》，为史家称道。伯父颜元孙编订《干禄字书》，流行唐朝，现在是研究俗字的重要资料。祖父颜昭甫、伯父颜元孙、二兄允南，皆工书法。颜真卿《草篆帖》写道："自南朝来，上祖多以草隶篆籀为当代所称。及至小子，斯道大丧。但曾见张旭长史，颇示少糟粕，自恨无分，遂不能佳耳。"颜真卿有先祖的榜样，为了承继家学，他曾师事张旭，请教笔法。终于成为一代大家，彪炳书史。《新唐书·颜真卿传》称他"善正草书，笔力遒婉，世宝传之"。

颜氏数代通婚陈郡殷氏。颜真卿和父亲惟贞一样，早年丧父，寄居舅氏殷家。殷氏也是书法世家，高宗、武后两朝，殷令名、殷仲容擅长大字题榜，为天下所知。颜真卿写的楷书碑刻，字形比一般唐碑上的字大一些，而且能写摩崖大字，估计他的榜书取资殷氏。

颜真卿生活在唐朝由盛转衰的动荡年代，饱经忧患。幼年丧父，母亲殷氏"躬加训导"，其兄"允南亲自教诲"。颜真卿自述的官履是："举进士，历校书，举醴泉尉"，转"长安尉，三院御史，四为大夫，六为尚书，再为采访节度，充礼仪使，光禄大夫、鲁郡公"(《颜氏家庙碑》)。这些官职，县尉、御史、尚书属于本官，采访节度使和礼仪使属于朝廷外派的差遣官，大夫之类是显示品级身份的散官，鲁郡公为爵位封号，故世人尊称"颜鲁公""鲁公"。

颜真卿三十九岁入朝任监察御史以后，数次被贬外放。最早一次在玄宗朝，杨贵妃兄杨国忠"怒其不附己，出为平原太守"。逢"安史之乱"，他在平原首举义旗，奋力抗击，又被朝廷调回重用。颜真卿耿介刚正，弄权的宰相元载、杨炎、卢杞"忌之"，专权的宦官李辅国"恶之"。肃宗、代宗两朝，他三次在（宪部、刑部）尚书职位上被逐出中央；两次被夺实权，改任太子少傅、太子太师，所谓"外示优崇，实去其权"。按常理说，官僚得了一次这样的教训，就会谨言慎行，明哲保身，而颜真卿屡受排挤，依然不党不阿。七十七岁那一年，军阀李希烈叛乱，卢杞欲置颜真卿于死地，遣他前往汝州（河南临汝）劝降。此前，颜真卿因身体"羸老"，曾向卢杞陈明不愿出京充当"方面之任"之意，但朝廷诏令一下，他毅然冒死前往，惨遭李希烈杀害。颜真卿为官一生，为国赴险被害，践行了祖上的家训："夫生不可不惜，不可苟惜。……行诚孝而见贼，履仁义而得罪，丧身以全家，泯躯而济国，君子不吝也。"（《颜氏家训·诫兵》）

颜真卿以忠烈著称，其楷书雄强稳健，欧阳修看到两者的一致性，评其书而想其为人："颜公书如忠臣烈士，道德君子，其端严尊重，人初见而畏之，然愈久而愈可爱也"（《集古录跋尾·唐颜鲁公书残碑二》）；"颜公忠义之节，皎如日月，其为人尊严刚劲，象其笔画"（《集古录跋尾·唐颜真卿麻姑坛记》）；"斯人忠义出于天性，故其字画刚劲独立，不袭前迹，挺然奇伟，有似其为人"（《集古录跋尾·唐颜鲁公二十二字帖》）。宋人评颜真卿的书法与其人品联系起来，造就了后世"书如其人"的书法观念。

人有名，书则传，所谓"书以人传"。颜真卿是垂范百世的人臣楷模，其书更为士人所重。欧阳修说，"唐人笔迹见于今者，唯公为最多"（《集古录跋尾·唐湖州石记》），"余家所藏颜氏碑最多"（《集古录跋尾·唐颜真卿小字麻姑坛记》）。欧阳修说的是北宋所见鲁公之迹，现在传世的唐朝名家楷书碑刻，颜真卿仍居唐人之冠。

颜书名迹，过去所见，最早是颜真卿四十四岁所写《多宝塔碑》（玄宗天宝十一载，752），全称《千福寺多宝塔感应碑》，现存西安碑林。近些年，河南偃师市出土了两块颜真卿早年写的楷书墓志：三十三岁所写《王琳墓志》（2003年出土），四十二岁所写《郭虚己墓志》（1997年出土）。颜真卿的早年楷书，《王琳墓志》还是一笔随俗"从众"的清秀楷书,《郭虚己墓志》已是"楷法遒美"的体式,近似《多宝塔碑》。但《多宝塔》笔画横细竖粗更为显著,笔力更为峻利,结体更为紧凑,更见姿态。由这三件楷书,可以看出颜真卿早年楷书的变化轨迹:用笔由平顺而顿挫,笔力由柔软而劲利;笔画由单薄转而厚重,结构从平正变为欹侧。

曾有学者指认颜真卿《多宝塔碑》类似写经体,进而认为颜真卿的楷书受到民间书法的影响(《文物》1977年第10期金开诚《颜真卿的书法》)。这个判断流于字形表面,失之简单。我们知道,颜氏自南朝以来精通草隶、篆籀,"世以儒雅为业,遍在书记"(颜真卿《颜氏家庙碑》),颜真卿早年楷书就属于书判体式。而且,唐朝精英书家与民间书手是"上行下效"的单向传导关系。如果了解这些情况,就不会发生颜真卿受到民间书法影响的误判。

颜书碑刻大部分写于五十岁之后。五十岁到六十岁之间,有《谒金天王神祠题记》《臧怀恪碑》《郭家庙碑》。六十岁之后尤多,如《大唐中兴颂》《麻姑仙坛记》《元结碑》《宋璟碑》《八关斋记》《李元靖碑》《颜家庙碑》,占了现存颜书碑刻半数以上。

颜真卿后期的楷书,笔画饱满浑厚,而笔力遒劲,人称"得右军之筋"。结字采用正面取势的手法,字形宽博,堂堂正正。尤其是七十二岁书写的《颜家庙碑》,字势雄强,用笔强劲如"折钗股",含蓄如"屋漏痕","劲节直气,隐隐笔画间"(赵涵《石墨镌华》),这些才是颜体楷书的独到之处。

颜真卿的楷书为书家提供了学习楷法的新路径。颜楷的独特之处,古代书家有很多评论。今人说及颜真卿书法,常常引用苏轼的两句诗:"颜公变法出新意,细筋入骨如秋鹰。"(《孙莘老求墨妙亭诗》)颜真卿的"变法",无非是以篆籀古法变通六朝楷书古法:笔画圆厚笃实,结字茂密平正,笔力以曲势显遒劲,气势雄强。这样写楷书,与东晋二王以来相传的楷法大不一样,故有"新意"。反观唐朝其他书家,于前代楷书也有变通之处,却未跳出六朝楷书古法的藩篱:要么结字欹侧紧结,要么

颜真卿三十三岁书写的《王琳墓志》　颜真卿四十二岁书写的
《郭虚己墓志》

颜真卿四十四岁书写的《多宝塔碑》　颜真卿七十二岁书写的
《颜家庙碑》

笔画灵动多姿，故不能像颜体那样雄秀独出。

学颜字而名家者，晚唐柳公权是最早的一家。北宋书论家朱长文说：柳公权"盖出于颜，而加以遒劲丰润，自名一家，而不及颜之体局宽裕也"（《续书断》）。苏轼说："柳少师书，本出于颜，而能自出新意。"（《东坡题跋·书唐氏六家书后》）宋徽宗敕编的《宣和书谱》说："公权之学，出于颜真卿，加以盘结遒劲，为时所重。"（《张颠传》）颜、柳楷书各有特点，范仲淹概括为"颜筋柳骨"（《祭石学士文》）。

五代杨凝式行书类颜真卿，笔力遒放。苏轼说杨凝式"笔迹雄杰，有二王、颜、柳之余"（《东坡题跋·评杨氏所藏欧蔡书》）。黄庭坚多次论及杨凝式，视颜、杨为一流人物："右军父子以来，笔法超逸绝尘，唯颜鲁公、杨少师二人。"（《山谷题跋·跋东坡书》）又说："自晋以来难得脱然都无风尘者，唯颜鲁公、杨少师仿佛大令。"（《山谷题跋·跋法帖》）张世南说："世以凝式行书颇类颜鲁公，故谓之为'颜杨'云。"（《宦游纪闻》卷十）

宋人推重柳公权、杨凝式，也是"爱其书者兼取为人"：柳公权曾以"心正则笔正"作"笔谏"，杨凝式年轻时直言谏父守节。那些推崇颜、柳、杨三家书法的宋朝名流，许多也是贤臣气节之士。清初王士禛说："孟子云：其为气也，至大至刚。吾于汉末得二人焉，曰孔北海融、关壮缪羽；于唐得二人焉，曰宋文贞璟、颜忠烈真卿；于宋得三人焉，曰韩忠献琦、范文正仲淹、苏文忠轼；……"（《古夫于亭杂录》卷六）

北宋中期的仁宗朝，学颜字已成风尚。那时的一些政坛风云人物，文坛领袖，如石延年（994～1041）、欧阳修（1007～1072）、韩琦（1008～1075）、蔡襄（1012～1067）的楷书，都出自颜体。在他们的影响下，造成"鲁公书，今人随俗多尊尚之"的风气（《山谷题跋·跋法帖》）。朱长文《墨池编·自序》回忆："始予年十岁时，家君尝教以颜忠烈书，日常临一纸，夜则内诸庭，吾亲亦颇悦之。"朱长文（1039～1098）十岁时，正当仁宗时代。苏轼（1037～1101）中年后喜学颜字，尤其称道颜真卿《东方朔画像赞碑》。米芾自叙早年学书习唐楷诸家，最初学颜体；但他喜欢颜真卿行书，晚年的尺牍行书就有颜体行书的笔调。黄庭坚不但推尊颜真卿书法，且以作书"仿佛鲁公笔势"而自得（《山谷题跋·跋东坡书》）。

  书法史上，不但宋人取法颜体楷书，晚明以来此风更盛。明朝董其昌的楷书，以颜真卿早期楷书《多宝塔碑》为根底。清朝张照、刘墉、钱沣、何绍基、翁同龢皆宗法颜字，则取法颜真卿后期楷书。道光皇帝也学颜字，"颜体几为帝王家学"，举世效仿，馆阁体中就有"颜底赵面"一路。民国时期，谭延闿、华世奎的颜楷名动南北。谭延闿曾任南京国民政府行政院院长，所写广州黄埔军校校牌"陆军军官学校"、中山陵"中国国民党葬总理孙先生于此"之碑，皆是颜楷榜书。

鲁公三稿

《祭侄文》(《祭侄季明文》《祭侄稿》)和《祭伯父文》以及《与郭仆射书》,书家称为"鲁公三稿"。这个名称,早见于清朝前期帖学家王澍(1668~1735)《论书剩语》。"三稿"中,祭奠家人的《祭侄文》《祭伯父文》两稿是颜真卿五十岁所写,《与郭仆射书》写于五十六岁,虽然书写时间相隔六年,但书法风格相近,皆属颜真卿的中年书作。

《祭侄文》和《祭伯父文》写于"安史之乱"期间的758年。那年三月,颜真卿由同州刺史(治所在陕西大荔)转任蒲州刺史(治所在山西永济)。九月,颜真卿侄儿泉明携其兄季明棺木自河北归葬长安,途经蒲州,颜真卿为死于国难的季明写了这篇祭文。十月,颜真卿遭御史唐旻的诬陷,贬为饶州刺史(治所在江西鄱阳),南下途经洛阳,此地是季明父亲杲卿死难之地,颜真卿又撰文祭伯父颜元孙,奠告元孙子杲卿、孙季明等人为国捐躯事迹以及"兄弟子侄尽蒙国恩",以慰亡灵。

《与郭仆射书》文稿,书家习称《争座位帖》,写于764年,颜真卿时任御史大夫,代理刑部尚书。十一月,郭子仪击败吐蕃,自陕西泾阳凯旋,唐代宗命百官迎于京城西郭,并在安福寺举行兴道之会。主持大会的中央行政长官是尚书右仆射、定襄郡王郭英乂,此人谄媚监军宦官鱼朝恩,将他的座位排在吏部、礼部尚书一列,而且位次在诸尚书之上。会后,颜真卿致书郭英乂,严词批评他"不顾班次之高下,不论文武之左右,苟以取容军容(指监军鱼朝恩)为心,曾不顾百僚之侧目",字里行间充溢着维护朝廷纲常制度的刚正之气。

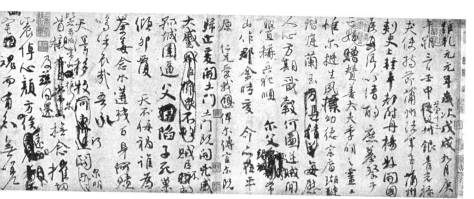

颜真卿《祭侄稿》

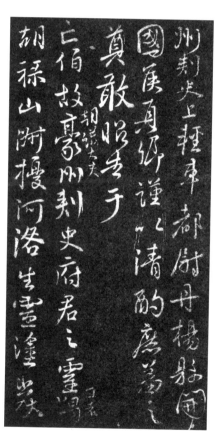

颜真卿《祭伯父文稿》

颜真卿《与郭仆射书》

这三篇文稿书迹，增删涂抹，经意于文辞表达，无心于书法工拙，却得到宋朝书家的称许。苏轼见过《争座位帖》真迹："昨日长安安师文出所藏颜鲁公与定襄郡王书草数纸，比公他书尤为奇特，信乎自然，动有姿态。"(《东坡题跋·题鲁公书草》)苏轼所说"颜鲁公与定襄郡王书草数纸"，就是《争座位帖》，据说真迹原稿有七纸。

黄庭坚也提到安师文所藏颜真卿文稿："昨见雍人安汾叟家所藏颜鲁公书数卷，《祭濠州刺史文》《祭伯父文》《与郭英乂论鱼开府坐席书》(《争座位帖》)《祭兄子泉明文》《峡州别驾与李勉太保书》《为病妻乞鹿脯帖》。乃知翰墨之美，尽在安氏，藏古书于今第一。"(《山谷题跋·跋王立之诸家书》)黄庭坚和苏轼一样，推崇颜真卿书法，故有"翰墨之美，尽在安氏"的夸赞；而且头天见到，第二天就在题跋中记下来。安氏所藏颜帖五种，包括"鲁公三稿"，黄庭坚的题跋把《祭侄（季明）文稿》误为《祭兄子泉明文》了。

安师文为"宣教郎""盐池勾当官"。安氏是长安大姓，追踪族源，安氏和米氏皆属西域"昭武九姓"的胡人。据米芾《宝章待访录》记载，安师文携颜真卿书迹"入京"是为了装治裱背，米芾和苏、黄都是趁此机缘见到颜真卿的这些墨迹。安师文携带藏品到汴京（今河南开封）的时间，应在元祐年间。那时，驸马王诜（晋卿）在汴京邀请苏轼为首的十六位文人高士在西园宴集，作诗绘画、谈禅论道，黄庭坚和米芾也是与会者。这批文人后来大多打入"元祐党籍"，再未聚到一起。

米芾和安师文一样，喜好收藏。米芾曾将所见所闻的古代名迹，真伪、质地、印章、藏家、交易情况，作了著录，其中颜真卿书迹有十数种。米芾《书史》记载：安师文家所藏《争座位帖》与《责峡州别驾帖》，"缝印一同"，断定《争座位帖》《祭濠州使君文》《鹿肉帖》"并是鲁公真迹"。米芾还提到，苏澥藏有颜真卿《不审》《乞米》二帖，而《乞米帖》即"得于关中安氏"。苏之才藏《文殊》一幅，也是"鲁公妙迹"。此外，钱勰藏有《寒食帖》，王诜藏《与夫人帖》，王钦臣后人有《送刘太冲序》，石氏藏"鲁公一轴五帖"。米芾《宝章待访录》提及的颜真卿书迹，还有《韵海》《疏拙帖》《与李大夫奏事帖》《张溆帖》。后人辑录米芾论书的《海岳题跋》中，提到苏氏藏有《马病帖》。这些都是北宋尚存的鲁公墨迹。

颜真卿的书法，苏、黄一概称好，米芾则有褒有贬："颜鲁公行字可教，真便入俗品。"颜真卿的行书，米芾最喜欢《争座位帖》："字字意相连属飞动，诡形异状，得于意外也。世之颜行第一书也。"米芾说当年见到的《争座位帖》，"内小字是于行间添注不尽，又于行下空纸边横写，与刻本不同"。米芾自称少时临过一本《争座位帖》，骑缝处还钤盖了"元章戏笔字印"，居然被人当作颜真卿真迹收藏。北京故宫收藏的颜真卿行草书《湖州帖》，有人认为是宋人的仿本，却是十足的老米笔法。

书家和收藏家，历来重墨迹而轻刻本。宋朝时，存世的颜真卿书帖墨迹尚多。据《宣和书谱》著录，入藏宋徽宗宣和内府的颜真卿书迹有二十八件，行书有二十二件，包括"鲁公三稿"。南宋嘉定八年（1215），留元刚辑刻《忠义堂帖》八卷，收三十八种颜书，也是行书居多，有"鲁公三稿"中的《争座位帖》。清朝咸丰十一年（1861）张穆摹刻《忠义堂帖》一卷二十五帖，新增《祭侄季明文》。此帖在清朝乾隆五十二年（1887）入藏清宫，外人无从见到。据说《祭侄季明文》还有一本，非真迹。元朝集贤学士张晏说他见到的颜真卿墨迹"凡八本"，比起北宋宣和内府所藏颜书，只是零头。

现存的颜真卿墨迹，公认的两件真迹都是行书，都藏于台北故宫博物院。一件《祭侄文稿》，编号为"故书000060"。另一件《刘中使帖》，宋朝以后一直递藏私家，1927年被国民党四大元老之一的李石曾收得，1973年台北故宫博物院得以购藏，编号为"购书000843"。2008年10月10日至11月20日，台北故宫博物院推出《晋唐法书名迹展》，亮相的十七件煊赫名迹，包括这两件颜真卿书帖。

世间还有两件系于颜真卿名下的楷书墨迹：一是现藏北京故宫的《竹山堂联句》，册页装。启功说，这件绢本书迹原属北宋屏障之物，后剪裁为册。二是日本东京书道博物馆收藏的《自书告身》，纸本、卷装，

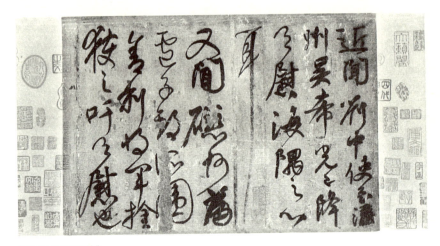

颜真卿《刘中使帖》

地道的颜楷笔法。这纸告身,曹宝麟有一番考证,认为"不过出自一个能学颜体的省吏笔下"。

"鲁公三稿"墨迹本,北宋时俱在人间,《争座位帖》推为第一。元朝大德七年(1303),张晏从大书家鲜于枢后人那里收得《祭侄稿》,题为"在世颜书第一"。此前鲜于枢题跋却说:"鲁公颜真卿书《祭侄季明文稿》,天下行书第二",意谓仅次于王羲之的《兰亭序》。

《祭侄稿》勾圈涂改,满纸云烟,苍莽一片,俨然"原生态"的草稿书:笔触时露时藏,行笔乍行乍晦,墨色或润或枯,字形大小不一,结构或聚或散,都是随手而成。传世的《兰亭序》也是文稿之类的行书,写得从容自若,只有五处涂改,字与字之间很少连笔,不涉放纵。

当年颜真卿写《祭侄稿》,并非将其作为公之于世的书作对待。临纸驰笔,悲愤交集,所思所想,只在文辞的表达,再三删改,完全处于"无意于书"的状态,种种生动的妙笔,竞相奔来笔底。颜真卿不曾料到,在后人看来,这篇文稿之迹竟然比他精心结构的碑版楷书更具笔墨魅力。

此帖之所以如此精彩,《祭侄稿》卷后的张晏跋语道出奥妙:"告(告身,古代的委任状)不如书简(信札),书简不如起草(文章草稿)。

但以告是官作,虽端楷终是绳约。书简出于一时兴会,则颇能放纵矣。而起草又出于无心,是其心手两忘,直妙见于此也。"所谓"心手两忘",故能罄露天真,书迹便成了一幅心灵的笔墨图像,甚至超出孙过庭所说"背羲献而无失,违钟张而尚工"的境界。

米芾评唐楷

米芾以书画名世，心中却是以文章为"不朽之盛事"，生前就在自编文集。米芾任雍丘令期间的元祐八年（1093）十月，好友贺铸写有《留别米雍丘二首》赠他，贺铸题注云："米（芾）辨博有才具，著《山林集》数十卷。"那一年，米芾四十三岁。米芾心气高，编文集要和苏轼比卷数。南宋刘克庄《后村集》（卷十）录有米芾一帖，帖文云："老弟《山林集》多于《眉阳集》，然不袭古人一句。子瞻南还，与之说，茫然叹久之。"

南宋岳珂说"《山林集》旧有一百卷"（《宝晋英光集序》），也许米芾后来增加了许多篇章。南渡之后，《山林集》业已散佚。岳珂官润州（镇江）期间，寻访米芾故居，搜集米芾遗文辑为一编，名为《宝晋集》，有十四卷。这个辑本又散佚了，后人再次辑佚补充，大概以《英光堂帖》补之，改题《宝晋英光集》，仅八卷。米元章文集的文学价值不高，卷数不如今传的东坡、山谷文集多，好在有，也被收入《四库全书》。

米芾喜好收藏，精于鉴定，四处搜访前代名迹，随时笔记，遂有《书史》《画史》《砚史》《海岳名言》《宝章待访录》。这些著录书画砚石、间杂评论的单篇著作，民国初年黄宾虹、邓实编辑的《美术丛书》一概收录。

后人称引的米芾评书言论，许多采自《海岳名言》。此篇是后人辑录而成，语录体，凡二十六则，千余字。米芾见到的唐人名迹甚多，所评主要是唐朝名家。米芾说："历观前代论书，征引迂远，比况奇巧，如'龙跳天门，虎卧凤阙'，是何等语？或遣词求工，去法愈远，无益学者。故吾所论，要在入人，不为溢词。"（第一则）所谓"入人"，即使人理解、打动人的意思。米芾"论书入人"，所以出言直率，甚至近于苛刻，使人不乐闻，但别有见地，教人清醒。这里说说米芾对唐朝楷书的批评。

米芾对唐朝书风有一个总体认识："开元已来，缘明皇字体肥俗，始有徐浩，以合时君所好，经生字亦自此肥。开元以前古气，无复有矣。"（第七则）

唐朝书风的演变，米芾的友人魏泰这样概括："唐初，字书得晋、宋之风，故以劲健相尚，至褚、薛则尤极瘦硬矣。开元、天宝以后，变为肥厚，至苏灵芝辈，几于重浊。故老杜云'书贵瘦硬方有神'，虽其言为篆家而发，亦似有激于当时也。贞元、元和已后，柳、沈之徒，复尚清劲。"这段话见《东轩笔录》卷十五。晁公武《郡斋读书志》说，《东轩笔录》是魏泰"元祐中，记其少时公卿间所闻成此编"。如此说来，元祐年间已经流传"唐朝书风三变"之说。

魏泰籍贯襄阳，米芾自署"襄阳漫士"（襄阳有米公祠），两人是同乡。米芾的传世书迹有一卷《与魏泰唱和诗》（香港王氏藏），前面抄录魏泰《寄米元章》诗，后面是米芾"次韵"的唱和。魏泰不善书，所记唐朝书风之变或许闻于米芾。《海岳名言》是后人所辑米芾论书的只言片语，因而所论唐朝书风之变不如魏泰的记述完整。

"唐朝书风三变"之论，近代学者屡屡申说。康有为说："唐世书凡三变，唐初欧、虞、褚、薛、王、陆，并辔叠轨，皆尚爽健。开元御宇，天下平乐，明皇极丰肥，故李北海、颜平原、苏灵芝辈并驱时主之好，皆宗肥厚。元和后沈传师、柳公权出，矫肥厚之病，专尚清劲，然骨存肉削，天下病矣。"（《广艺舟双楫·体变第四》）马宗霍1930年代撰写的《书林藻鉴》卷八"唐"序言里也有这样的表达。20世纪80年代，我在某期《历史研究》上读到史学家王仲荦的一篇唐史文章，他也说到唐朝书风三变。凑巧，王仲荦与马宗霍先后是太炎先生的门下弟子。

欧阳询、虞世南是唐楷的代表。历代书评一致认为：欧书笔力险劲，字画峻整；虞书笔力内含，点画柔和。米芾对欧、虞楷书另有一番评价："欧阳询如新痊病人，颜色憔悴，举动辛勤"；"虞世南如学休粮（不食五谷、吸风饮露的辟谷之法）道士，神意虽清，而体气疲困"（赵与时《宾退录》引米芾语）。

米芾评欧、虞如此"入人"，尽管负面，却有书理上的依据，那就是晋人"古法"。何为晋人古法？米芾未解释，但他的论书用语会流露出来。米芾好说"八面""四面"，比如："（隋朝）智永八面具备，已少钟法"（第六则）；"（唐朝）段季展，转折肥美，八面皆全"（米芾《自叙帖》）；"善书者只有一笔，我独有四面"（《宣和书谱·米芾》）。米芾所说"八面具备"与"八面皆全"，沙孟海认为"皆是说运笔、结体要照顾到多方面"（《〈海岳名言〉注释》）。这个"多方面"，包括用笔的轻重，转折的方圆，笔画的曲直俯仰，结构的斜正疏密，字形的大小长短，但米芾认为，作书"出于天真，自然神异"（《宝晋英光集》卷八）。以此反观唐人楷书，米芾看到的是"笔匀""一笔书""大小一伦"，这样的一律，失去了晋人天真，不再是晋人古法的"笔笔不同""八面具备"。

米芾说："欧、虞笔始匀，古法亡矣。"（第六则）就是说，唐人楷书的用笔匀，始于初唐的欧、虞，"古法亡"也始于欧、虞。用笔"匀"是指用笔一律，缺少随机应势的变化。《海岳名言》中，有一段总评唐楷五大家的话："欧、虞、褚、柳、颜，皆一笔书也，安排费工"（第十四则）。所谓"一笔书"即"只有一笔"的意思，与用笔"匀"的意思相近，而非"八面""四面"。所谓"安排费工"是指刻意安排结构，结构整饬，不如晋人楷书自然。南宋姜夔《续书谱》也表达过类似的看法："唐人下笔，应规入矩，无复魏晋飘逸之气。"

虽然米芾说"欧、虞、褚、柳、颜皆一笔书"，但他也有分际，又说中唐楷书无复"开元以前古气"（第七则），承认唐朝前期的楷书尚存"古气"。

中唐书家如何写楷书呢？我们看看中唐书家徐浩（703～783）所讲的作书之法："用笔之势，特须藏锋，锋若不藏，字则有病，病且未除，能何有焉？字不欲疏，亦不欲密；亦不欲大，亦不欲小；小长令大，大蹙令小；疏肥令密，密瘦令疏。斯其大经矣。笔不欲捷，亦不欲徐；亦不欲平，亦不欲侧；侧竖令平，平峻使侧；捷则须安，徐则须利。如此则其大较矣。"（《论书》）徐浩的楷书也是这般中规入矩，所以米芾斥为"大小一伦，犹吏楷"（第八则）。

颜真卿小徐浩六岁，他的楷书，用笔沉着，点画浑厚，结构宽博，风格雄强，但也是"吏楷"般大小相当。因此米芾总评颜真卿书法是："颜鲁公行字可教，真便入俗品"（第十八则），意谓行书字可以传授，楷书则归入俗品。米芾晚年撰写《书史》，提到所见颜真卿行书《不审》《乞米》《争座位》诸帖，尤其赞许《争座位》："此帖在颜最为杰思，其忠义愤发，顿挫郁屈，意不在字，天真罄露。"《海岳名言》也说到《争座位帖》："有篆籀气，颜杰思也。"（第九则）米芾好临帖，也临过《争座位帖》，他的行书，转环和提钩之笔，时用颜行之法。

颜真卿的楷书，南唐后主李煜早有批评："真卿之书，有楷法而无佳处，正如叉手并脚田舍汉耳。"（魏泰《东轩笔录》卷十五）米芾则归于"俗品"。颜楷"俗"在何处？米芾五十六岁（崇宁五年，1106）写的一则题跋道明了原因："颜真卿学褚遂良既成，自以挑踢名家，作用太多，无平淡天成之趣。"（《宝晋英光集·补遗·跋颜书》）米芾用晋人的"平淡天成之趣"作标尺，量出颜楷"作用太多"的俗态。

"挑踢"是颜真卿的独到的用笔之法。挑是弹奏弦乐的一种指法，顺手下拨叫抹，反手回拨为挑。笔法上的"挑踢"，宋人写作"挑剔"，指楷书的抛钩（"乚"）的写法。有无挑踢是辨别有无古法的一个重要标尺。南宋姜夔说："挑剔者，字之步履，欲其沉实。晋人挑剔，或带斜拂，或横引向外。至颜柳始正锋（犹中锋）为之。正锋则无飘逸之气。"（《续书

欧阳询的抛钩写法

虞世南的抛钩写法

褚遂良的抛钩写法

颜真卿的抛钩写法

柳公权的抛钩写法

谱·真书》)

晋人写抛钩，不蹲锋，用侧笔，斜挑而出。初唐三家写抛钩，欧阳询、虞世南仍是顺势侧挑而出，一笔完成；褚遂良的抛钩虽是向上方挑出，却还是顺势侧笔挑出。颜真卿写抛钩，改用正锋，而且钩出之前先蹲锋，然后向上挑出。柳公权写抛钩，袭用颜楷的"挑踢"之法。

颜楷的"挑踢"之法，也见于竖钩，皆蹲锋上挑，柳公权也是如此。但初唐三家都是顺势向左平挑而出，与魏晋楷书同法。

初唐欧虞褚三家，写抛钩、竖钩都用魏晋古法（渊源隶书），笔势连贯，所以他们的楷书仍有"古气"。颜柳"挑踢"，古法为之一变，所以米芾说："大抵颜、柳挑踢，为丑怪恶札之祖，从此古法荡无遗矣。"（《宝晋英光集·补遗·跋颜书》）

今人学楷书，多从颜柳入手，以求笔法，无形中养成"挑踢"的动作习惯（书写的动作定式），故笔势难以生动，学柳则字势不能饱满。即使习写初唐三家楷书、魏晋小楷，因为不明颜柳"挑踢"与魏晋古法之别，容易落入俗套。

米芾批评唐楷五家的言论，如果串联起来当作一篇文章读，唐楷渐离晋人古法的脉络就显示出来了：初唐欧虞写楷书，用笔"匀"，因而晋人"古法亡"，但多少还有"古气"的流风余韵。中唐楷书转尚肥腴，结构讲究匀整，用笔用正锋，背离晋人古法。尤其

裴休《圭峰定慧禅师碑》

是以"变法"著称的颜楷,字形大小相称,以正锋作"挑踢",这是唐人彻底告别晋人古法的一个标志。晚唐的柳公权继承"挑踢"法,专尚骨力,欹侧紧窄,唐楷至此,虽说法度完备,却是唐楷的尾声。

米芾赞赏的中晚唐书家是沈传师和裴休。他说:"沈传师(769~827)变格,自有超世真趣,徐(浩)不及也"(第十四则),"裴休(9世纪人)率意写碑,乃有真趣,不陷丑怪"(第五则)。这两段评语,米芾都提到"真趣",楷书之难,正在于此。

北宋书风分段看

"尚意"与"宋四家"

宋朝书风被明清书家贴上了"意"的标签。先是晚明董其昌说"宋人书取意",随后清朝书家梁巘说"宋尚意",并且扼要说明了宋人"尚意"的特点:"宋人思脱唐习,造意用笔,纵横有余。"这段话,也是梁巘认定宋人书法"尚意"的根据。

后世论及宋朝书家,向来以北宋"苏黄米蔡"为中心,号为"宋四家"。明朝已有"宋四大家"之说,永乐年间供事文渊阁的书画家王绂《论书》云:"与苏、黄并驾齐驱者,则米南宫(米芾),今人奉以追配端明(蔡襄),号为宋四大家。"蔡襄(1012~1067)擅长多种书体,楷书学颜字,浑厚端庄。行书温润,有雍容的韵致。草书则有清刚之气,笔势飞动,蔡襄自称"飞草"。他很得意自己的草书:"每落笔为飞草书,但觉烟云龙蛇,随手运转,奔腾上下,殊可骇。静而观之,神情欢欣,可喜也!"宋仁宗特别喜爱蔡襄的字,苏轼称蔡襄是当朝"第一"。

苏轼(1036~1101)长黄庭坚九岁,作字一意孤行,自称"我书意造本无法,点画信手烦推求",今人或视为宋朝尚意书风的宣言。"意造"之词出自《南史·曹景宗传》,曹景宗是梁武帝时期名将,爱读史书,每读《乐毅传》,辄放卷叹息:"丈夫当如是!"但他"为人自恃尚胜,每作书字,有不解,不以问人,皆以意造"。苏轼的"意造"指自主的书写,他不屑于"日临《兰亭》一本"的做法,那是"随人脚后跟转"。

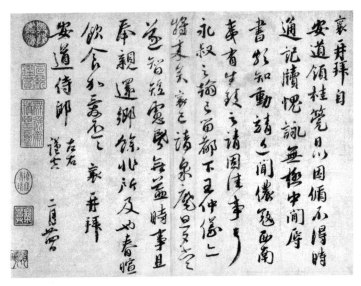

蔡襄《安道帖》（台北"故宫博物院"藏）

苏轼主张"大要多取古书细看，令人神，乃到妙处"，"苟能通其意，常谓不学可"。苏轼凭借才情作书，"信手"写来，直与古人的"意气"相接，很难看出像古人哪一家。如果用"法度"的尺子衡量，苏字确实有病笔，许多士大夫讥笑他"用笔不合古法"，而他满不在乎："貌妍容有颦，璧美何妨椭"，"守骏莫如跛"。南宋以来，人们渐渐认识到苏轼书法独到的真趣，今人则将苏轼当作宋朝"尚意"书风的领袖。

黄庭坚（1045～1105）是"苏门四学士"之一，年长米芾六岁。黄庭坚年轻时就喜好草书，早年学过周越、苏舜钦，后来改弦更张，宗法纵横恣肆的唐人狂草。他的行楷学过苏轼，行书自成一家。黄庭坚讲究结字的擒纵关系，他说："随人作计终后人，自成一家始逼真。"他基本做到了。

米芾（1051～1108）三十二岁以前学唐人，苏轼指点他学晋人，此后心里只装着晋人，极力"思脱唐习"，贬斥唐人"变乱古法"，甚至有"丑怪恶札之祖""俗书"的恶评。米芾用笔以"沉着痛快"著称，自称"刷字"，"造意用笔"或有之。孔凡礼《苏轼年谱》卷四十载：建中靖国元年（1101）苏轼还北，滞留仪征、镇江一带，六月（去世前一月）数次与米芾见面，通信。苏轼病重，米芾冒暑问疾送药。米芾还出示所藏太宗草迹与谢安帖求跋，苏轼因病而力不能及，送还。

宋四家的"蔡"这一家，到底是蔡襄（1012~1067）还是蔡京（1047~1126），有争议。蔡襄正直忠厚，蔡京谄媚奸佞，所以人心所向的"蔡"是蔡襄。

"苏黄米蔡"之"蔡"若是指蔡襄，蔡襄年长居先。蔡襄1043年贵为"辅相"，书法声望随之上升，以此年算起，这四家的影响力贯穿北宋后半截的八十年。用尚意书风衡量，这个时间长度却要打折扣，因为蔡襄写字谨守法度，与"尚意"无关。

"苏黄米"加蔡京的宋四家，按年齿，依次是苏、黄、蔡、米。蔡京小蔡襄三十五岁，蔡襄去世那年他刚刚二十岁。蔡京"欲附名阀"，自称蔡襄的族弟。蔡京的字，体势开张，劲媚多姿，与"尚意"搭调。"苏黄米蔡（京）"的组合，四家书法都可归入"尚意"一宗，他们活跃于北宋后期五十年间，不足北宋166年的三分之一。

苏轼、黄庭坚、米芾三家，都有数量可观的书迹保存下来，存世的论书言论也很多，也许可以印证梁巘指认"宋尚意"是他们的主动行为。

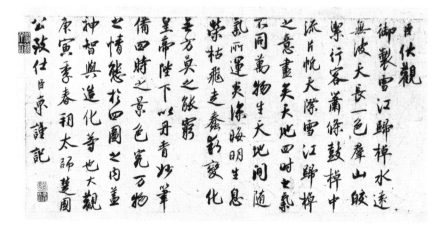

蔡京《跋赵佶雪江归棹图卷》（北京故宫博物院藏）

"尚意"书风盛行的时代当是北宋后期的神宗、哲宗、徽宗三朝。那时,"苏黄"和"米蔡(京)"的境遇此消彼长,大不一样。

神宗、哲宗两朝,"苏黄"文名扬天下,书迹也为世人所重。哲宗亲政的绍圣以后,到徽宗朝的三十多年间,尤其徽宗在位的二十五年里,蔡京当国,清算曾经批评"新法"的"苏黄",苏轼远放海南的儋州(海南岛),黄庭坚贬斥边荒的宜州(广西宜山)。同时禁毁苏、黄文集。对苏轼更严厉,"尺牍在人间者"皆令焚毁,所书碑刻一概碎毁。这时的蔡京,乘机大展身手,手书《元祐党籍碑》,命令各州县刻立,书迹流布全国。社会风气向来随着官场的炎凉而转移,蔡京的"断纸余墨,人争宝焉"。徽宗精通书画,喜欢收纳古今名家之迹,内府所藏北宋书家(二十四人)书迹,蔡京最多,七十七件,数量仅次于二王父子(王羲之二百四十三件,王献之八十九件)。米芾专心艺术,做官只为吃皇粮,端个铁饭碗。他一直置身党争之外,也与蔡京交往,故能走近徽宗,一度召为书学博士,常在二十来岁的徽宗面前表演书法。米芾书法得到徽宗的赏识,书名高涨。米芾声称"晚岁自成一家",就在他书名大盛的徽宗朝。

宋四家,无论哪种组合,只有"苏黄米"三家的书法显出"造意用笔"的特点,堪当"尚意"的大任。若无"苏黄米",恐怕就谈不上"宋尚意"。但是,"苏黄米"造就的辉煌时代,只是北宋书法史的短短一段,回观北宋书风的全部历程,才能知道精彩的高潮竟是姗姗来迟。

北宋书风分段看

北宋初年,书风凋敝。宋太祖赵匡胤在位十七年,外平南方后蜀诸国,内释藩镇兵权。殚精竭虑,只完成了局部统一,文治排不上日程,书法更无从顾及。太祖听从母亲杜太后的吩咐,传位其弟宋太宗,也许是担心出现强势人物像他那样欺幼主、搞政变。

宋太宗赵炅三十八岁继位,在位二十二年(976~997),收吴越,灭北汉。征辽失败，未能收复燕云十六州，疆域远小于唐朝。宇内燕宁，太宗转而偃武修文，重整文教。大型丛书典籍《太平御览》《太平广记》《文苑英华》，还有徐铉修订的《说文解字》，都在太宗授意下完成。太宗留意翰墨，令王著将前代法书摹刻为《淳化阁法帖》（十卷），成就了书法史上的一件盛事。

书法是太宗一大嗜好。他喜欢题字赐予大臣，手迹多是草书、飞白书。后来周越恭维道："草、行、飞白，神纵冠世，天格自高。"米芾收有太宗草书，也有一番奉承："天纵好古之性，真造八法，草入三昧，行书无对，飞白入神。"

宋初书家，著名者有三家。王著自称右军后人，深得太宗器重，引为侍书，太宗临书作业，常派人拿给王著过目评点。当时官样字学王著，号为"小王书"。徐铉是文字学家，以篆书见长，现在所见秦朝《峄山刻石》（陕西本）是按他的摹本上石。宋初出类拔萃的书家当数李建中，今有行书《同年》《贵宅》《土母》三帖传世，虽然格韵不高，却得古法。苏轼评价是："李建中书，虽可爱，终可鄙；虽可鄙，终不可弃。"（《苏轼文集》卷六十九《杂评》）黄庭坚称他"字中有笔"（《山谷题跋·补遗·题李西台书》）。

尽管太宗大力复兴文化，书法上却没有也不可能收到立竿见影的效果。其后真宗朝二十五年间（998～1022），"士大夫务以远自高，忽书为不足学，往往仅能执笔，而间有以书自名者，世亦不甚知为贵也"（欧阳修《集古录跋尾·唐辨石钟山记》）。虽说书法不振，真宗时代却出现了"趋时贵书"的风气。米芾《书史》记载："至李宗谔（965～1013）主文既久，士子始皆学其书，肥扁朴拙，是时不誊录，以投其好，取用科第。自此惟趋时贵书矣。"李宗谔的父亲李昉是太宗朝宰相，主持编纂《太平御览》《太平广记》《文苑英华》。李宗谔继承家风，学识渊博，风流儒雅，深得真宗信任，历任要职，一度主持审官院。士子仿学李宗谔的字，自是为了求仕进，也有李宗谔一面的原因，《宋史》说他"勤接士类，无贤不肖，恂恂尽礼。拔奖后进，唯恐不及，以是士人皆归仰之"。

李建中《贵宅帖》
（北京故宫博物院藏）

李宗谔《送士龙诗帖》
（台北"故宫博物院"藏）

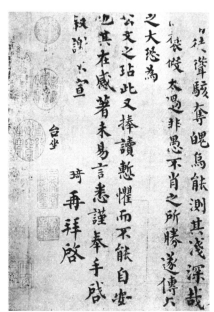

周越《跋王著〈千字文〉》（辽宁省博物馆藏）　　韩琦《信宿帖》（贵州省博物馆藏）

李宗谔有楷书《送士龙诗帖》传世。说来奇怪，李昉、宗谔、昭述"三世皆死于祠祭之所"（江邻几《杂志》卷上）。

仁宗朝（1023~1063），书法得以复兴。北宋九帝中，仁宗在位时间最长，达四十一年之久。他没有其他嗜好，业余时间"惟亲翰墨"，也擅长飞白书，是宋朝五位擅长书法的帝王之一。北宋书学家朱长文《续书断·系说》说："（仁宗）天圣、景祐以来，天下之士悉于书学者，稍复兴起。如周子发、石曼卿、苏子美、蔡君谟之俦，人亡迹存。"周越、石延年、苏舜钦、蔡襄四家，是时人所道仁宗朝的"四家"。他们各有擅长的体势，不外草、行、楷三体。

书法复兴的仁宗朝，"趋时贵书"的风气盛行起来。米芾《书史》记载：宋绶（991~1040）做宰相，倾朝学之，号曰"朝体"。韩琦（1008~1075）号为贤相，立英宗、神宗为皇嗣，皆得韩琦之力；他好颜书，士俗皆学颜字。蔡襄（1012~1067）深得仁宗信任，士庶又皆学蔡襄书法。王安石（1021～1086）作宰相，士俗又皆学其体。这股风气，延续到神宗朝（1069～1085）。"趋时贵书"的书风，代代都有，时贵中不乏当时书法名家，有的成为书法史上的大家。但北宋士子"趋时贵书"的风气往往人亡风息，流转也快，显出势利的况味，米芾反感这种风气，特意点出，记下一笔。

北宋书家推崇颜真卿书法，而学颜字的风气也是兴于仁宗时代。当时的"周石苏蔡"四家，石延年、蔡襄都学颜字，"时贵"中的韩琦也是学颜体。仁宗时期，"苏黄米"三家正当少年学书阶段。米芾，早年曾学颜楷，中年心仪颜真卿的行书。苏轼"中岁喜学颜鲁公、杨风子书"，曾经为黄庭坚临颜真卿"三稿"以及《蔡明远》《乞脯》等行书帖，"皆逼真"（《山谷题跋·跋东坡墨迹》）。黄庭坚追随苏轼，极力推崇颜字，他说："予与东坡俱学颜平原，予手拙终不近也。"（《山谷题跋·跋东坡书》）北宋后期，学颜字已成风尚，如黄庭坚所说："鲁公书今人随俗多尊尚之。"（《山谷题跋·跋法帖》）

"二苏"兄弟

北宋时期的四川,出现过两个以文学、书法著称的苏姓家族。一家是人们熟悉的眉州眉山苏洵(老泉)、苏轼(子瞻)、苏辙(子由)父子,人称"三苏"。另一家是梓州铜山苏氏,号称"二苏"的舜元(才翁)、舜钦(子美)兄弟。铜山"二苏"蜚声文坛的时候,眉山"三苏"父子尚未出道。

铜山苏氏发迹于苏协(舜元、舜钦的曾祖),他是后蜀进士,归宋后"累任州县",太宗雍熙三年(986),苏协因其子易简"居翰林",调到开封县任兵曹参军,卒于光禄寺丞任上。苏易简"才思敏瞻","雅善笔札,尤善谈笑",深得宋太宗信任,历任要职。《宋史》记载,"帝尝以轻绡飞白大书'玉堂之署'四字,令易简榜于厅额。"易简嗜酒如命,太宗曾以草书写《劝酒》《戒酒》两章赐他,"令对其母读之"。此后,苏易简入值不敢饮酒,但平日仍然沉湎于酒,终因饮酒伤身而亡。易简三十九岁去世,未能看到孙子苏舜元、苏舜钦出世。"二苏"兄弟年寿也不高,苏舜元得年四十九,苏舜钦只活了四十一岁。

宋朝官僚好事收藏,铜山苏氏藏有王羲之《快雪时晴帖》、王献之《十二月帖》、智永《千字文》、怀素《自叙帖》,还有颜真卿、杨凝式的手迹,都是赫赫的晋唐名迹。唐人临摹的《兰亭序》,苏家就有三本。米芾《宝章待访录》和《书史》记载,苏家藏有一卷怀素《自叙帖》,卷首第一纸破碎,苏舜钦补写了前六行。宋朝时,怀素《自叙帖》墨本至少有三本,另两本在石阳休、冯当世家。现存的《自叙帖》墨本仅存一卷,藏在

怀素《自叙帖》前六行

台北故宫博物院,为后世摹本。启功认为:"苏舜钦的补全,只是据另一底本摹全的,而不是临写的。"(《启功丛稿·论文卷》120页)

舜元、舜钦是诗人兼书家。说到诗,两人都是"豪放"一路的风格。舜元"为人精悍任气节,为诗歌亦豪健"。苏舜钦时发愤懑于诗歌,往往有惊人之句。钱锺书《宋诗选注》选了苏舜钦的诗,认为他的诗"情感比较激昂,语言比较畅达,只是修辞上也常犯粗糙生硬的毛病"。当今的《中国文学史》说,宋初风行的诗歌,追求形式美和娱乐化,感情贫乏,苏舜钦为之一变,打开了宋诗的道路。

书法上,苏氏兄弟也名噪一世。宋徽宗敕编的《宣和书谱》记载,苏舜钦"尤工行、草,评书之流谓入妙品,当时残章片简,传播天下";舜元"善篆、隶,亦工草字,书名与舜钦相先后"。《宣和书谱》对二苏兄弟的评述,代表了官方的主流观点,也可以看出,当时苏舜钦的书名大于舜元。

但是,徽宗的父亲神宗却看重舜元。神宗出生那一年,按农历算,正巧是苏舜钦去世之年,二十年后的1068年即皇帝位。元丰年间

（1078～1085），舜元之子苏濖拜官，上朝晋见，神宗久闻舜元书名，问苏濖家里有无舜元之迹？苏濖说有，其实没有，急忙到亲友家强索，得数十百字献上。神宗看后，丢到座位后面。近侍打开一看，原来是苏舜钦的字。北宋人记载这个"故事"，本是说明神宗"圣鉴"之精，传来传去，南宋文人解读出另一层意思：神宗"绝重才翁书，得子美书则弃去"。

北宋后期的苏轼、黄庭坚，对"二苏"都有一番评价。苏轼感觉，"苏子美兄弟俱太俊，非有余，乃不足也"，这是往短处说，兄弟俩都有份；另一句话专说苏舜钦，"自苏子美死，遂觉笔法中绝"，言下之意，舜钦懂笔法，这是夸奖。黄庭坚则称赞苏舜钦"用笔沉实，极不凡"。

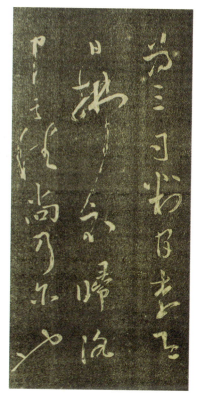

苏舜元草书

苏氏兄弟都擅长草书，刘克庄誉为"二苏草圣，独步本朝"。"草圣"本是东汉书家张芝的专有徽号，唐朝文人开始泛用，也给张旭、怀素戴上了草圣的桂冠。宋朝文人承袭唐风，好用草圣恭维草书家。在北宋，兄弟或者父子俱以书法名世的例子很少，工草书而齐名者更少。黄庭坚、黄幼安兄弟俱好草书，但"二黄"晚出，而且黄幼安并无名望。苏轼、苏辙兄弟的书名虽然大于黄氏兄弟，但草书非其所长。在宋朝，唯有舜元、舜钦兄弟并以草书名世，也可谓为"独步本朝"。

"二苏"的草书师法唐人，曾经影响北宋书风。他们不以书法为务，传世书迹向来少。宋徽宗宣和御府收得的苏舜钦书迹，只有四件行书和一件草书，而无舜元的书迹。明朝文徵明辑刻的《停云馆帖》，收有苏舜元

《杂书帖》和苏舜钦《与子玉长官书》，皆草书，一对比，不相类，苏舜元清净老健，"笔简而意足"，而舜钦疏放诡谲。也许应了张舜民的那句话："苏舜钦书，平日不逮舜元。"张舜民是陈师道的姊夫，也是苏轼的友人。

苏舜钦的俗名比舜元大得多。文莹《湘山野录》记载，诗人石曼卿卒，其友僧秘演为办葬事，请欧阳修撰墓表，苏舜钦书碑，邵悚篆额。碑石砻讫，置汴京大相国寺，书碑当天，"召馆阁诸公观子美书"。苏舜钦书写墓碑，当然不会用草书，应是楷书或隶书。石曼卿也好酒，"喜剧饮"，"于诗最工而善书"，与苏舜钦俱列《宋史·文苑传》。

《宋史》中，苏舜元无传，附记在《苏舜钦传》末，四十余字的简单勾勒，生平事迹模糊不清。魏泰《东轩笔录》（卷十二）有一则记载，颇能见出他的性格："苏舜元为京西转运使，廨宇在许州，舜元好进，不喜为外官，常怏怏不自足，每语亲识曰：'人生稀及七十，而吾乃于许州过了二年矣。'"

"二苏"兄弟，舜钦的名望大，故事也多。世间所传，多和酒相关。宋人龚明之《中吴纪闻》卷二"苏子美饮酒"一条记载：

> 子美豪放，饮酒无算，在妇翁杜正献家，每夕读书以一斗为率。正献深以为疑，使子弟密察之。闻读《汉书·张子房传》，至"良与客狙击秦皇帝，误中副车"，遽抚案曰："惜乎！击之不中。"遂满饮一大白。又读至"良曰：始臣起下邳，与上会于留，此天以臣授陛下"，又抚案曰："君臣相遇，其难如此！"复举一大白。正献公闻之大笑，曰："有如此下物，一斗诚不为多也。"

苏舜钦边读《汉书》边饮酒，后人名为"汉书佐酒"。杜正献即杜衍，仁宗朝宰相，晚年喜好写草书，常与舜钦讨论书法。苏舜钦和祖父苏易简一样嗜酒，一生与酒、书相伴。所作《暑中闲咏》云："嘉果浮沉酒半醺，床头书册乱纷纷。北轩凉风开疏竹，卧看青天行白云。"正是他的生活写照。

苏舜钦喜欢在酣醉状态下写草书,《宋史》说他"每酣醉落笔,争为人所传"。酒后之笔未必皆佳,但醉笔作草仿佛张旭再世,放大了他的草书名声。南宋陆游写过《苏沧浪草书绢图歌》,遥想他酒后写草书的风采:"骑鲸仙人醉题诗,字大如斗健欲飞,利刃猛斫生蛟螭,墨渴字燥尤怪奇。"陆游诗题中的"苏沧浪"是苏舜钦的别号。三十七岁那年,苏舜钦削职为民,流寓苏州,以四万钱买下吴越广陵王花园,在园内用水石筑沧浪亭,自号沧浪翁,故人称"苏沧浪"。沧浪亭位于今天的苏州市城南,苏州名园之一。苏舜钦在《报韩维书》中极夸苏州山水之清,人情之善,渚茶、莼鲈、稻蟹的适口之美,还有他用来排忧消愁的"野酿"。

苏舜钦的罢官为民,也和酒相关。范仲淹实行"庆历新政",意欲"更张庶事","引用一时闻人",也把苏舜钦引荐到朝廷,主管进奏院。庆历四年(1044)秋,适逢祠神之会,舜钦循例用鬻故纸公钱开酒宴,宴集者为一时名士才俊,并召来两名妓女助兴。有个叫李定的文人,攀附名流,也想加入,他是靠荫补入仕的"任子"出身,苏舜钦拒之,此人衔恨报复,四处渲染苏舜钦公款吃喝、召妓之事,弄得满城风雨,所谓"腾谤于都下"。御史中丞王拱辰本对"庆历新政"不满,访得此事,罗织"进奏院案",各加罪名:苏舜钦及刘巽"俱坐自盗",王洙等"与妓女杂坐",江休复、刁约、周延隽、延让"服惨未除",王益柔"谤讪周、孔"。聚会的十余位名士,一一斥逐出京。王拱辰颇为得意:"吾一举网尽矣!"这一网下去,苏舜钦丢了官,才感受到世态炎凉。赴会的诗人梅尧臣(圣俞)也在处分之列,埋怨苏舜钦意气用事:"客有十人至,共食一鼎珍。一客不得食,覆鼎伤众宾。"

官场的权力之争殃及苏舜钦,改变了他的人生轨迹。苏舜钦辞亲别友,远举江南水乡苏州(此地是范仲淹的家乡)。苏州成全了苏舜钦的文学创作,他在那里写下《水调歌头·沧浪亭》和《沧浪亭记》,都是文学史上的名篇。

在苏州,苏舜钦依然好酒,《沧浪静吟》写道:"我今饱食高眠外,唯恨澄醪不满缸。"他心里装着屈辱,曾以《对酒》为题宣泄忧愤:"读书百车人不知,地下刘伶吾与归!"他只能以酒解忧"一饮一斗心浩然"。纵酒加忧愁,伤身且伤心,复官湖州长史不久就去世了。

苏舜钦性格慷慨,自视极高,他在诗歌、书法方面的成就,欧阳修以其书比周越、其诗比梅尧臣,苏舜钦不以为然。魏泰《东轩笔录》卷十一记载:

> 尚书郎周越以书名盛行于天圣(1023~1031)、皇祐(1049~1053)间,然字法软俗,殊无古气。梅尧臣作诗,务为清切闲淡,近代诗人鲜及也。皇祐已后,时人作诗尚豪放,甚者粗俗强恶,遂以成风。苏舜钦喜为健句,草书尤俊快,尝曰:"吾不幸写字为人比周越,作诗为人比梅尧臣,良可叹也。"盖欧阳公常目为苏、梅耳。

欧阳修病目之后的书作

欧阳修（1007～1072）是江西吉安人，在湖北随州长大。他说："随虽陋，非予乡，然予之长也，岂能忘情于随哉！"（《李秀才东园序》）周必大《欧阳修年谱》记载，宋真宗大中祥符三年（1010），父亲欧阳观卒于泰州判官任上，叔父欧阳晔时任随州推官，母亲郑氏"年方二十九，携公往依之，遂家于随。贫无资，以荻画地，教公书字。稍长，多诵古人篇章，使学为诗"。《宋史·欧阳修传》记载：欧阳修"四岁而孤，母郑，守节自誓，亲诲之学，家贫，以荻画地学书"。

学书以荻为笔，古已有之。梁朝书家陶弘景"幼有异操，年四五岁，恒以荻为笔，画灰中学书"（《南史·陶弘景传》）。荻是一种路旁水边生长的草本植物，茎直，叶阔，形如芦苇。芦与荻，异种而同科。唐朝诗人刘禹锡的"故垒萧萧芦荻秋"、卢纶的"江平芦荻齐"，都是富有画意的诗句，以"荻"为笔却是穷困的写照。

欧阳修用荻秆画地的习字，硬对硬，这样"学书"，只能练习间架结构，体会不到毛笔书写才有的笔法笔意，在纸上作书的墨趣。黄庭坚说，欧阳修的字"颇于笔中用力"，"未雍容"，寻思其中的缘故，或许与早年"以荻画地"相关。

欧阳修是仁宗朝的文坛领袖，人们比为宋朝的韩愈。他初读韩愈文章是在随州，影响他一生。《宋史》载："（欧阳）修游随，得唐韩愈遗稿于废书簏中，读而心慕焉。苦心探赜，至忘寝食，必欲并辔绝驰而追与之并。"此事，周必大《欧阳修年谱》记载更具体："家益贫，借书抄诵。

州南大姓李氏子好学，公多游其家，于故书中得唐韩昌黎文六卷，乞以归，读而爱之。"欧阳修二十四岁中进士第一，离开随州。后为"李氏子"写过一篇《李秀才东园序》，叙当年情形："城南李氏为著姓，家多藏书，训子孙以学。予为童子，与李氏诸儿戏其家。"欧阳修一生转官朝廷与地方，五十五岁官至副宰相，六十五岁获准退休，六十六岁病逝颍州（今安徽阜阳市）。

欧阳修四十岁贬官滁州太守，自号"醉翁"，《醉翁亭记》道明来由："太守与客来饮于此，饮少辄醉，而年又高，故自号曰醉翁也。"六十四岁，退休前一年，改号"六一居士"，并作《六一居士传》自明退隐之志，开篇解释"六一"之意：藏书一万卷，集录三代以来金石遗文一千卷，有琴一张，有棋一局，常置酒一壶，五物之间，犹有一老翁。后代文人叹赏欧阳修"六一"之号蕴涵的情趣，把他的金石题跋、论诗的笔记刻成书，作为闲情读物，名为《六一题跋》《六一诗话》。

文学史上，欧阳修第一个用随笔的方式论诗，创立"诗话"这种文学批评的新体裁。他和韩愈一样，都是革新当时文风的重要人物。宋朝建国百年间，文风袭五代之陋，雕刻骈偶，论卑气弱。仁宗时，士子竞尚"险怪奇涩之文"，号为"太学体"。欧阳修主持嘉祐二年（1057）的"贡举"考试，革除此弊，凡是文涉雕刻者，一概不取。落选的举子发泄愤怒，伺其外出，聚嚣于马首，制造了一次"街逻（巡警）不能制"的"群体事件"。但欧阳修利用科举的导向作用扭转了"场屋之习"，宋朝文风随之一变。也是这次考试，苏轼脱颖而出，名列第二，苏辙与曾巩亦入选，这三人后来和欧阳修同列"唐宋八大家"。

当时书法凋敝之状，欧阳修也有批评："今士大夫，务以远自高，忽书为不足学，往往仅能执笔，而间有以书自名者，世亦不甚知为贵也。"（《六一题跋·唐辨石钟山记》）宋朝科举无书科，不以书取士，士子当然"忽书为不足学"。欧阳修虽然兴叹"书之废莫废于今"，他四十七岁写给梅尧臣的书简中也承认自己早年"亦厌书字"，觉得"学书各有分限，殆天之禀赋，有人力不可强者"，自己不是那块料，后来"锐意"书法是受蔡襄的影响。欧阳修常向蔡襄请教，所以多次提到蔡襄"善论书"，推尊蔡襄的书法"独步当世"。蔡襄的楷书雍容端庄，行书婉美，草书劲利飞动，还能作隶书、飞白书，"与人尺牍，人皆藏以为宝"（朱长文《续书断》）。蔡襄不轻易为人作书，仁宗爱其书，令写《温成皇后碑》，他推辞不书。蔡襄去世的1067年，苏轼三十一岁，黄庭坚二十三岁，米芾十七岁，他们这一代成长的环境，书法上已经有欧阳修树立的蔡襄这个榜样，不再是不知书家为贵了。

欧阳修后来锐意书法，曾经计划："自此已后，只日学草书，双日学真书。真书兼行，草书兼楷"，预期"十年不倦，当得书名"。欧阳修写过一则自嘲的跋文："往时有风法华者，偶然至人家，见笔便书，初无伦理。久而福祸或应，岂非好怪之士为之迁就其事耶？余每见笔辄书，故江邻几比余为风法华。"

这个风法华，北宋施元之《施注苏诗》中说他是京师汴梁开宝寺僧人，俗姓张，好诵法华经，人呼张法华。其言语散乱不经，又呼为风法华。苏东坡也曾用这个"今典"自喻其书："仆书尽意作之似蔡君谟（蔡襄），稍得意似杨风子（杨凝式），更放似言法华。"

把欧阳修比为风法华的江邻几（1005～1060）名休复，欧阳修的好友，仁宗朝任集贤校理，身后墓志为欧阳修所撰。南宋吴曾《能改斋漫录》说，"江邻几与公（欧阳修）契分不疏，晚著《杂志》，诋公尤力。梅圣俞以为言，公终不问。邻几死，公往吊，哭之恸，且告其子曰：'先公埋石，修当任其责矣。'"那时的"诋公"之词，以蒋之奇弹劾欧阳修"私从子妇"流传最广，却在江邻几逝世之后。欧阳修有狎妓之好，亦携娼自随。魏泰《隐居诗话》不点名地说他"庆历间，签书滑州节度判官，行县至韦城，饮于县令家，复以邑娼自随。逮晓畏人知，以金钗赠娼，期以缄口"。此类记载，维护欧阳修声望者多斥为"飞语"。

江邻几对欧阳修的书法也有评论："永叔书法最弱，笔浓，磨墨以借其力。"（《杂志》卷上）这是友人之间的实话，欧阳修有自知之明，好像并无反感。苏轼就不一样了，于欧阳修，他是晚辈，少不了一番"笔

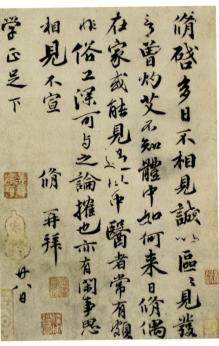

欧阳修《灼艾帖》

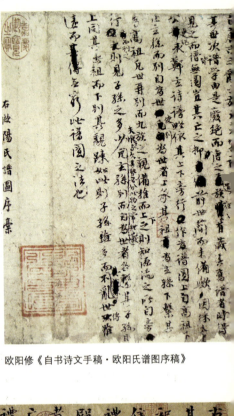

欧阳修《自书诗文手稿·欧阳氏谱图序稿》

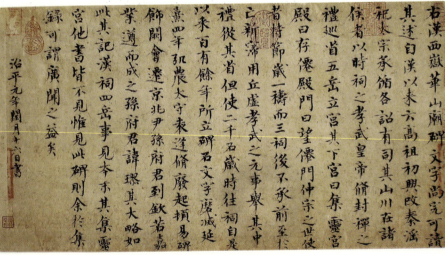

欧阳修《集古录跋卷·汉华山碑跋》

势险劲，字体新丽，自成一家"的推崇；又说欧阳修"用尖笔干墨，作字方阔"，则是客观描述。苏轼也说到欧阳修作字"纵手而成，初不加意"，所谓"初不加意"，即一点儿也不作意。这是夸赞欧阳修通脱。苏轼写字，也是如此。

欧阳修当年"每见笔辄书"，现存手迹不过十一帖。北京故宫博物院所藏的《灼艾帖》是写给弟子焦千之的尺牍。辽宁博物馆收藏的《自书诗文手稿》，卷中装有《欧阳氏谱图序》《夜宿中书东阁诗》两件手稿。其余八帖藏在台北"故宫博物院"：欧阳修编校《新唐书》时写的两片工作便条，装为《书局帖》；四则金石题跋合为《集古录跋卷》；写给丁宝臣、司马光的尺牍名为《气候帖》和《上恩帖》。这些书迹，五十岁所写《灼艾帖》最早，最晚是去世那年写的《上恩帖》。宽泛说，都属于晚年笔迹。欧阳修自称练过草书，而存世手迹不外行书、楷书。他写楷书，用笔露锋直书，"似逆风行船，著尽气力"。墨色浓而燥，点画容易显得苍劲，大概就是江邻几说他"笔浓，磨墨以借其力"的效果。欧公的字，横画细，竖画粗，类颜柳。结构"方阔"，但"不工"。行书则有所不同，墨色滋润一些，显得笔调柔和，连属的笔势带出流美的姿态。

宋人很少说及欧阳修的书法师承，张邦基见过欧阳修五十五岁所写九则札记手迹，许为"字画清劲"，说欧阳修"多柳诚悬（公权）笔法"。张氏依据书法形态判断欧阳修的师承，却对不上欧阳本人的陈述："余因李邕书得笔法，然字绝不相类。"欧阳修认为："用法同而为字异，然后能名于后世。"

欧阳修中年以后才开始研习书法，做官、著书是正事，闲暇时间少，却欲以书法"名于后世"，便发挥理解力的优势，采用读帖求意的方法弥补临池之不足："学书不必念精疲神于笔砚，多阅古人遗迹，求其用意，所得宜多。"（《六一题跋·杂法帖六》）苏轼也有相似的表达："苟能通其意，常谓不学可"（《次韵子由论书诗》），广为流传，而后人哪里知道，苏轼承袭欧阳修。黄庭坚也有类似主张："古人学书不尽临摹，张古人书于壁间，观之入神，则下笔时随人意，……凡作字须熟观魏晋人

书，会之于心，自得古人笔法也。"(《山谷题跋·跋与张载熙书卷尾》)

我们现在看到的欧阳修书迹，都写于病目之后。欧阳修四十二岁已经花眼，看书模糊不清，他以为是"上热太盛"所致，经人指点，采用"坐常欲闭目内视，存见五脏肠胃"的"内视之术"疗眼疾，"行未逾月，双眼注痛如割，不惟书字艰难，遇物亦不能正视"。他担心目盲而成"废人"，"十年不曾灯下看一字书"。叶梦得《石林燕语》透露，欧阳公节省目力的办法是"使人读而听之"。像欧阳修那样的文豪，诗词应声而出，文章摇笔而来，对他而言，最耗心力和眼力的事情是撰写史书。说来令人惊叹，皇皇二十四史，欧阳修名下就有两部。三十岁开始撰写《新五代史》，四十七岁完稿。四十八岁以后的六年里，奉诏主持编撰《新唐书》，亲自动笔撰写《纪》《表》部分，共六十卷。并且承担了《新唐书》二百余卷的通稿、校对、总其成的事务。自编《新唐书》以来，欧阳修的目疾日见严重，书简里经常出现"病目""目痛""目病""目昏""昏花""昏眩"之类的字眼。

晚年的欧阳修，老眼"昏眩不能多书"，"书字如隔云雾"，"病目艰于书字"，作字难工。外人看来，欧公病目作书，亦如常人。欧阳修在一则题跋中说道："苏子美尝言：'明窗净几，笔砚纸墨皆极精良，亦自是人生一乐。'然能得此乐者甚稀，其不为外物移其好者，又特稀也。余晚知此趣，恨字体不工，不能到古人佳处，若以为乐，则自是有余。"(《欧阳文忠公集·试笔·学书为乐》)

欧阳修晚年得"学书之乐"，不知是否想起在随州"以荻画地学书"的那段经历。

苏轼《黄州寒食诗帖》

苏轼（1036～1101）传世的墨迹不算少，徐邦达《古书画过眼要录》著录三十余帖，散藏于北京、台北两地故宫博物院，以及上海博物馆。此外还有两件苏轼墨迹未入《古书画过眼要录》，一件《李太白仙诗卷》，现藏日本大阪市立美术馆。2006年春，这件墨迹短暂回国一次，在上海博物馆举办的《中日书法名品展》上亮相。另一件是《洞庭春色·中山松醪二赋》，1980年代初吉林博物馆从吉林市民刘氏家中征得，属溥仪逊位之后潜移出宫的旧物。这两件书迹，鉴定家指为摹本。

《黄州寒食诗帖》卷，纵34厘米，横199.5厘米。苏轼诗帖本幅，用仿澄心堂纸。全文十七行，一百二十六字，抄诗两首，一至七行是第一首诗，八至十六行是第二首诗，第十七行题"右黄州寒食二首"，后人据此作为这件书迹的帖名。这二首诗，《苏轼诗集》卷二十一收录，诗题为《寒食雨二首》，而诗文与帖本无异。《黄州寒食诗帖》卷后有黄庭坚的题跋："此书兼颜鲁公（真卿）、杨少师（凝式）、李西台（建中）笔意，试使东坡复为之，未必及此。"这则大字题跋，也是黄庭坚的行书佳作。董其昌说："余平生见东坡先生真迹不下三十余卷，必以此为甲观。"将它看作苏东坡"第一"名迹。当今书家称为"天下第三行书"。

但凡名迹，都有一段递藏流传的故事。《黄州寒食诗帖》先后入藏元、明、清三朝御府。在民间，曾经辗转于官僚名流韩逢禧、孙承泽、纳兰成德（性德）、费念慈、完颜朴孙之手。张之洞督两湖，曾在武昌府邸宴集端方、梁鼎芬、罗振玉，一同展观此帖。

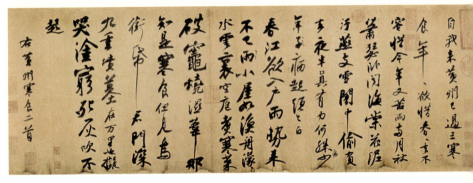

苏轼《黄州寒食诗帖》

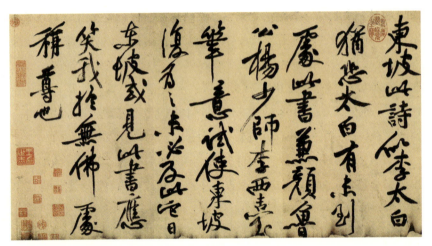

黄庭坚《跋苏轼寒食帖》

卷后的题跋,说及此帖逃脱数次火劫。第一劫,咸丰十年(1860)英法联军火烧圆明园,帖边留下过火的痕迹。1922年,颜世清携《黄州寒食诗帖》游历日本江户,以重价售与日人菊池惺堂。流失日本之后,又经历两劫:1923年逃过关东地震大火,其后是"二战"期间的盟军大轰炸。

抗战胜利之后,时任国民政府外交部长的王世杰(雪艇)嘱友人追踪《黄州寒食诗帖》的下落,斥资购回自藏,失而复归。王世杰（1891~1981）字雪艇，湖北崇阳人，著名法学家。早年留学英、法，学成回国任教北京大学，参与创建国立武汉大学，为首任校长（1929~1933）。后出任国民政府教育部长、外交部长。王世杰到台湾后，先后担任台北故宫博物院院长、"总统府"秘书长和"中研院"院长等职。王世杰 1981 年 4 月去世，留下遗嘱，切不要在其墓碑上刻教育部长、外交部长这些官衔，只写"前国立武汉大学校长雪艇先生之墓"，嘱咐子女将自己的藏品捐给武汉大学。子女曾与武汉大学联系此事，碍于当时两岸关系，王世杰的这一心愿未能实现。

《黄州寒食诗帖》后来寄藏台北故宫博物院。1987 年，该院选在清明寒食节前举办了东坡先生《黄州寒食诗帖》特展，庆贺"合浦珠还"。而《黄州寒食诗帖》的首次公展是在 1917 年北京举办的《燕京书画展览会》上，当时藏在完颜朴孙家。

苏轼《寒食诗》开篇自陈行踪："自我来黄州，已过三寒食。"苏轼贬到黄州（今湖北黄冈市），缘于元丰二年（1079）的"乌台诗案"。"乌台"是御史台的别称，传说汉朝御史台衙门前的柏树上常有乌鸦栖息，朝飞暮至，人谓"朝夕乌"，遂称御史台为"乌台"。北宋党争不断，变法的新党掌权时，苏轼的诗文讥刺新政，被御史弹劾，指控苏轼讪谤朝政，怨望皇上。又查出文章中有"必不仕则忘其君"等语，指责苏轼"废为臣之道"。七月，御史台派皇甫遵率悍卒数人到湖州，押解苏轼到汴京（今河南开封市），八月投进御史台监狱，欲置于死地。苏轼供出与友人往来的诗赋，牵连收受苏轼诗文的司马光、王诜、曾巩、王巩、苏辙、李常、黄庭坚和僧人道潜等二十余人，皆遭惩处。"乌台诗案"是御史查办的大案要案，也是北宋时期轰动朝野的"文字狱"。南宋时，朋九万把这桩案件的诉状和供述书辑为一编，名为《东坡乌台诗案》。

苏轼罹罪，世人以为必死，苏轼也曾萌发轻生之念。他后来坦承，押往京师途中，"过扬子江，便欲自投江中，而吏卒监守不果"。在狱中，台吏不准亲友探视，苏轼以为"亲朋皆绝交"，备感孤独，心灰意冷，"欲不食而死"。命悬一线之际，神宗祖母辈的曹太后在病中得知苏轼"以诗得罪"的消息，她与苏轼一样，认为"祖宗法度不宜轻改"，怜悯苏轼的遭遇，临终前嘱咐神宗："不可以冤难致伤中和，宜熟察之。"神宗本无诛杀文臣之意，又惜苏轼才华，免其一死。元丰二年十二月二十六日，苏轼出狱，贬授黄州团练副使，本州安置，监管起来。

苏轼元丰三年（1080）正月初一离汴京，二月一日到达黄州。苏轼谪居黄州，最初寓居州城东南的定惠院，"随僧蔬食"。入夏，迁居南门外江边的临皋亭。五月末，苏辙护送苏轼家小到黄州。苏轼与秦观的书简说及当时的生活状况："初到黄，廪入既绝，人口不少，私甚忧之。但痛自节俭，日用不得过百五十，每月朔便取四千五百钱，断为三十块，挂屋梁上，平旦用画叉挑取一块，即藏去叉，仍以大竹筒别贮用不尽者，以待宾客，此贾耘老法也。"（《苏轼文集》卷五十二与秦观第四简）苏轼在黄州生活困顿，故用贾耘老的节俭之法度日。贾收字耘老，乌程人，隐居苕溪，喜饮酒，有诗名，苏轼在湖州太守任上结识，苏轼《次韵答贾耘老》《又次前韵赠贾耘老》《乘舟过贾收水阁，收不在见其子三首》《和邵同年戏赠贾收秀才》都是写与贾耘老的诗篇。

苏轼生活清苦，但文名满世，州官与之宴饮，友人频频致函慰问。《卧游录》记载，苏轼初到黄州，"布衣芒屩，出入阡陌，多挟弹击江水，与客为娱乐。每数日，必一泛舟江上，听其所往，乘舆或入旁郡界，经宿不返"（《说郛》卷七十四）。苏轼时或泛舟江上，也与友人到一江之隔的东吴旧都武昌（今湖北鄂州市）西山。到黄州第二年的元丰四年（1081），苏轼筑室东坡，作草屋数间，名曰"雪堂"，自号"东坡居士"。

《寒食诗》作于元丰五年（1082）。一般认为，这件《黄州寒食诗帖》墨迹也写于这一年。但近代收藏家裴景福另有看法："此卷东坡后书'右黄州寒食二首'七字，余疑作追忆语，必非黄州时书。"（《壮陶阁书画录》)东坡居黄州凡四年,元丰七年(1084)四月离黄州,如果此帖"非黄州时书",则是苏轼四十九岁以后的手笔了。

在黄州,苏轼所作诗文,有时录抄近作寄赠友人。作寒食诗那年七月,苏轼与道士杨世昌泛舟赤壁,作《前赤壁赋》。第二年,苏轼应友人"钦之"之请抄寄《前赤壁赋》,卷后题有一段跋语:"轼去岁作此赋,未尝轻出示人,见者盖一二人而已。钦之有使至,求近文,遂亲书以寄。多难畏事,钦之爱我,必深藏之不出也。又有《后赤壁赋》,笔倦未能写,当俟后信。轼白。"钦之是傅尧俞的字号,年长苏轼十岁,因直言变法"不便",遭好友王安石冷落,一再降职,一度削官。他向苏轼"求近文"的时候,在黎阳县(今河南浚县)管理仓库。傅尧俞"遇人不设城府",苏轼"多难畏事",故有那番叮嘱。或许《黄州寒食诗帖》和《前赤壁赋》一样,也是苏轼在黄州时期抄与友人的近作。

《黄州寒食诗帖》有几处修改。第六行"殊少"两字右边的行间,添一"病"字,第七行"子"字点去(古人在字的右边加数点,表示删去),将原句"何殊少年子"改为"何殊病少年",此句应是全篇写毕之后所改,增强了诗意的悲凉感。第九行的"雨"字则是随笔点去。通篇看,此帖删改之迹尚少,不类诗作初成的草稿。

细心观赏《黄州寒食诗帖》,前七行有三处细如游丝的映带之笔,这在苏轼其他书帖中很少见到。日本汉学家内藤湖南把玩此帖达半年之久,说"东坡此卷用鸡狼毫"书写,也许游丝般的连笔映带是个证据。

帖中还有一些异常的笔墨现象。如第四行末"花泥"两字,"花"字末笔的游丝映带不是直接"泥"字首笔的左上角,而是移笔到"泥"字中心部位,贴近纸边,再向左上角移笔写"泥"。又如第四行"闻海"两字,"闻"字末笔,笔锋朝正下方引出,如果笔势快捷,应该直接左下方"海"字的首笔。还有第五行"中偷"两字,"中"字末笔引长,下面"偷"字第一笔的起笔位置,在"中"字长竖之旁,而不在其下。由这些游丝般的笔踪寻绎,东坡书写前五行时,运笔之势并不纵放连贯。

《苏轼小像》（赵孟頫绘）

但是，帖中前七行的笔调又是多变。开篇前三行，笔画挺劲尖利，字形也小，不类习见的苏字那种"骨撑肉，肉没骨"的丰腴阔绰，是苏轼行书中非常少见的"瘦妙"之笔。写到第四行，人们熟悉的苏字笔调才呈现出来，字形阔大，字字顶接，行气绵密。到了第七行，笔势稍稍展开，字形或大或小，任笔而出。如此三变，也许因为书写时思绪起伏不定，或者笔不合手，边写边调控毛笔所致。

写到第二首诗首句"春江欲入户"，另起行，苏轼饱蘸浓墨，卧笔挥运，笔势放纵开来。笔画粗壮，字形转大，体势横阔，无意求变而笔逸神飞。第十一行"破灶烧湿苇"，第十五行"哭途穷"，点画格外厚重，如泣如诉，仿佛泄出了淤积已久的满腔悲愤、无可奈何的哀怨。

通观全篇，东坡运笔节奏，缓起而渐快，以至笔画由瘦劲而厚重；字形自小而大，字小者形密，字大者气阔。各种笔调和形式，作意的，得意的，放意的，都呈现出来。苏轼的其他书帖，都不及《黄州寒食诗帖》这样笔调多变。特别是后半部分的第二首诗，诗情驱使挥运之手，心境与书境合一，笔墨情绪化。东坡主张"无意于佳乃佳"，《黄州寒食诗帖》达到这一境界，成为行书艺术的经典作品。

在黄州，苏轼不但写下《黄州寒食诗帖》，更留下千古绝唱《水调歌头·赤壁怀古》、前后《赤壁赋》。失意的放逐生活，也算闲适，但是对于向往为君所用的苏轼来说,长江边的黄州终是他"黜居思咎"心灰意冷的伤心地。元丰七年(1084)春,神宗念苏轼"人材实难,不忍终弃",令内移汝州安置。苏轼告别了五年的黄州生活,复归党争倾轧的官场。此后又经历了两次放逐,五十九岁贬惠州(1094年),六十二岁贬儋州(1097年),六十五岁从儋州北还,六十六岁在常州去世。

苏轼一生三贬,备尝迁谪之苦,铭心刻骨。去世前两个月,苏轼游金山龙游寺,登妙高台,见壁间有李龙眠所绘子瞻画像,苏轼百感交集,自题云:

> 心似已灰之木,
> 身如不系之舟。
> 问汝平生功业,
> 黄州惠州儋州。

李龙眠所绘苏轼画像早已不存。元朝大德五年(1301),四十八岁的赵孟頫应"明远"之求,书写苏轼前后《赤壁赋》(现藏台北故宫博物院),并绘东坡小像一幅。后世绘制的苏轼画像甚多,也是头顶高筒帽,满把胡须,都不及赵孟頫那幅苏轼像儒雅。

黄庭坚：分得闲身自经营

黄庭坚（1045～1105）字鲁直，自号山谷道人，江西分宁（今修水）人。二十三岁中进士，入仕，辗转河南叶县、河北大名府、江西泰和、山东德州等地做官，十多年。司马光、苏轼看中黄庭坚的文才，提挈他入朝为官，四十一岁奉诏入京。黄庭坚和晁补之、秦观、张耒都在秘书省任职，追随苏轼，人称"苏门四学士"。黄庭坚在史馆任职七年，起初协助司马光校订《资治通鉴》，后与范祖禹等人编撰《神宗实录》，条列了不少变法期间的荒唐事。那时，反对王安石变法的守旧派当道，奖励他修史之功，升任侍从皇帝、记录皇帝言行的起居舍人。

1094年，五十岁的黄庭坚命运陡然逆转。那一年，十九岁的宋哲宗亲政，恢复新法，变法派重新上台，"苏门四学士"被贬出朝廷。黄庭坚的罪状是，所编《神宗实录》诬谤朝政，贬为涪州（今重庆涪陵）别驾，流放黔州（今重庆彭水县）安置。黄庭坚自号涪翁、黔中老农，即在这时。五十四岁，西迁戎州（今四川宜宾市），黄庭坚心境沉郁，名其室为"槁木寮""死灰庵"。徽宗即位之初，五十六岁的黄庭坚"蒙恩东归"，"以疾留荆渚"（《山谷题跋·写蔡明远帖与李珍跋尾》），在今天的湖北江陵、鄂州一带停留了一段时间。黄庭坚不愿意回朝，求任地方官，朝廷一再改变任命。当时朝廷执政者是赵挺之（《金石录》作者赵明诚之父，女词人李清照的公公），他与黄庭坚有"旧隙"，黄庭坚做了九天的太平州知州就罢免了，转而主管玉隆观。而黄庭坚偏偏又在荆州得罪过好名的湖北转运判官陈举，所作《荆南承天院记》，没有满足陈举请求列名文中的要求，陈举知黄庭坚与赵氏有怨，而赵氏正当政，于是写一墨本，告发黄庭坚在《荆南承天院记》中有"幸灾"谤国的言论，赵挺之大笔一挥，把黄庭坚除名，贬到更为荒远的宜州（今广西宜山）羁管。1105年，黄庭坚六十一岁的人生在那里谢幕。

黄庭坚书法的转折点，说来也在五十岁。他晚年写的题跋，多次悔其少作："所作书帖，差可观，然用笔亦不知起倒"，"用笔不知擒纵，故字中无笔"。五十岁遭遇流放西南山区之后，黄庭坚不坐班不点卯，悠闲自在，得有充裕的时间研习书法，自道"无以为娱，聊以笔砚忘忧"（《山谷题跋·书韩退之符读书城南诗后》）。黄庭坚文名在外，由朝廷远放蛮荒之地，时有慕名登门求字者，他是来者不拒。这方面，苏轼有些怪异，"极不惜书，然不可乞。有乞书者，正色诘责之，或终不与一字"（《山谷题跋·题东坡字后》）。苏轼这般，是择人，还是不以书家自居，或许两者都有。黄庭坚乐于为人题字作书，千里之外的辗转请托，更是人情的关爱眷顾，带给他人间的温暖，给他生存的信心，他的书名也借此远播四方。

现在能够见到的黄庭坚手书墨迹有三十一种。装为册页的小字作品十六种，尺牍居多；长幅横卷有十五种，多是大字作品。这些墨迹，有二十一种的书写时间被学者考索出来，五十岁以后的书迹有十五件。最早一件墨迹是他四十二岁写的行书《王长者墓志铭稿》，现藏日本东京国立博物馆；最晚的一件是大字行楷书《松风阁诗卷》，写于五十八岁，现藏台北故宫博物院。

《宋史》说，黄庭坚"善行、草书，楷法亦自成一家"。黄庭坚小字楷书，早年类似苏轼。在黄庭坚家乡江西修水，1975年出土《王纯中墓志》（1087），1989年征集到《徐纯中墓志》（1092），2006年出土《黄文渊墓志》（1093），皆黄庭坚所书。四十九岁写的《黄文渊墓志》已是黄字特有的笔调，而四十三岁所写小楷《王纯中墓志》极似苏轼楷法。苏轼有一则题跋，说"黄鲁直学吾书，辄以书名于时，好事者争以精纸妙

黄庭坚晚年行书《松风阁诗卷》
（台北故宫博物院藏）

黄庭坚早年楷书《王纯中墓志铭》

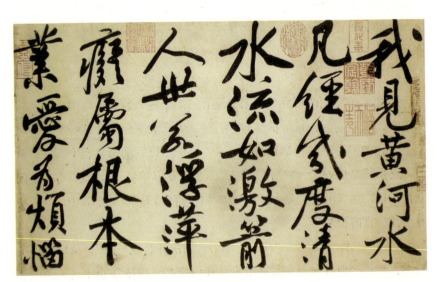

黄庭坚行书《寒山子庞居士诗卷》（台北故宫博物院藏）

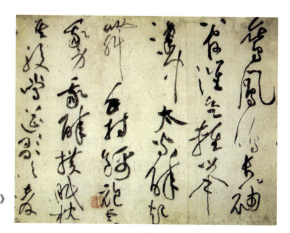

黄庭坚草书《李白忆旧游诗卷》
（日本有邻馆藏）

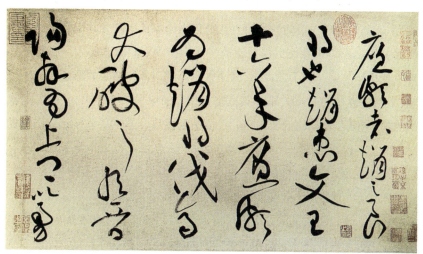

黄庭坚草书《廉颇蔺相如列传》（美国纽约大都会博物馆藏）

墨求之"（《东坡题跋·记夺鲁直墨》）。黄庭坚四十一岁到京师后才与苏轼见面，他学苏字当在此时。杨万里说："予每见山谷自言学书于东坡"（《诚斋集·跋东坡小楷〈心经〉》），杨万里在黄庭坚去世二十多年后才出世，其"每见"自是读书所见。但是，现存的山谷文集里，看不到黄庭坚"自言学书于东坡"的记载。

黄庭坚的行楷书，大体经历了三个阶段：在秘书省任职时学苏字，始有书名。五十岁到五十四岁放逐黔州期间，意欲自新，摆脱了苏字，一如他作诗不模仿苏轼的风格。五十四岁迁居戎州以后，他才实现了"自成一家始逼真"的愿望。五十七岁时，黄庭坚看到自己元祐年间所写大字陶渊明诗，感叹"观十年前书，似非我笔墨耳"（《山谷题跋·元祐间大书渊明诗赠周元章》）。黄庭坚晚年的得意之作，多是大字行书，如《寒山子庞居士诗卷》《松风阁诗卷》，风格与苏轼大不一样：苏字扁阔，黄字纵峭；苏字丰润，黄字清峻。苏轼执笔是单钩法，捉笔低而腕着纸，这样写大字就很局促。黄庭坚是双钩执笔法，而且高提笔，适宜写大字。

黄庭坚的大字行书，中宫收束，辅以纵展的长笔画，人称"辐射状"，这是他自成一格的行书特点。前代书论家认为是受到南朝摩崖《瘗鹤铭》的启发，我看他也得益流放生活中的观察物象，所谓"在僰道，舟中观长年荡桨，群丁拨棹"，因而妙悟书理。此种结字的形态，突显了"擒"与"纵"的对比关系。黄庭坚运用"擒纵"之法作书，"擒"是收敛的聚，"纵"是豪放的散（sàn），他用到极致。不仅结字如此，用笔也是如此，不仅行书如此，草书也是如此。

草书是黄庭坚终生痴迷的书体，他在题跋中谈得最多的也是草书。晚年回忆："少时喜作草书，初不师古人，但管中窥豹，稍稍类推为之，方事急时，便以意成，久之或不自识也。"（《山谷题跋·钟离跋尾》）黄庭坚学草书，最初取法北宋前期草书名家周越，而钱勰、苏轼批评他的"草书多俗笔"。黄庭坚最怕一个"俗"字，为了"抖擞"俗气，竟然"久不作草"（《山谷题跋·跋与徐德修草书后》）。贬官流放之后，"在黔中时，字多随意曲折，意到笔不到。及在僰道，舟中观长年荡桨，群丁拨棹，乃觉少进，意之所到，则能用笔"（《山谷题跋·跋唐道人编余草稿》）。他又见到苏舜钦的草书，领悟到古人的笔意，"其后又得张长史、僧怀素、高闲墨迹，乃窥笔法之妙"（《山谷题跋·书草老杜诗后与黄斌老》）。

宋朝书家写草书，一派是宗法晋朝"二王"的今草（小草），一派是仿学唐朝张旭、怀素的狂草（大草）。苏轼主张学晋人，看不上旭、素，

《题王逸少帖》有句道:"颠张醉素两秃翁","妄自粉饰欺盲聋"。但苏轼也说过,张旭草书"颓然天放,略有点画处而意态自足,号称神逸",这是就其书法特点而言。米芾也宗尚晋人草书,与苏轼同调。而黄庭坚喜好唐人的"狂草",虽然他对京洛一带"不入右军父子绳墨"的狂怪字大不以为然,对"但弄笔左右缠绕遂号为草书"的浅薄之流嗤之以鼻,但他佩服张旭"姿性颠佚而书法极入规矩",称道怀素"用笔皆如劲铁画刚木"。晚年的时候,他认为写草书"与科斗篆隶同法同意",自许"数百年来,唯张长史、永州僧怀素及余三人悟此法耳"(《山谷题跋·跋此君轩诗》),即使苏舜钦的草书也"不能尽其宗趣",周越草书"劲而病韵",更不在话下。黄庭坚理想的草书风范,是沉着痛快而有古法,以他传世的草书墨迹而论,遒劲的《廉颇蔺相如列传》庶几近之。

张旭、怀素酒酣作草书,酒力激发作书的冲动,醉后进入"用心不杂"的作书状态,能得神来之笔。黄庭坚不胜酒力,不好饮,却深信"酒"是作草书的灵物,晚年说:"余寓居开元寺之怡思堂,坐见江山,每于此中作草,似得江山之助,然颠长史、狂僧皆倚酒而通神妙。余不饮酒忽十五年,虽欲善其事而器不利,行笔处时时蹇蹶,计遂不得复如醉时书也。"(《山谷题跋》补遗《书自作草后》)六十一岁那年,他在沉醉之后眼花耳热的状态下,写了一卷草书赠予曾纡,非常得意,自称"颇似杨少师书"。杨少师是五代的大书家杨凝式,也喜欢醉后写草书。

黄庭坚追求"随意倾倒"的狂草态,而他写狂草和作诗一样,依据理法来造妙,并非借助运笔的狂势来赋形,比起唐朝"颠张狂素"之笔,他的草书偏于理性,和他的行书一样,用心经意,有用心雕琢的痕迹。

米芾："集古字"到"自成一家"

米芾以笔砚为乐事，"一日不书，便觉思涩，想古人未尝片时废书也"（《海岳名言》）。在古代，"未尝片时废书"的人多是官府书吏，书写是差事，不写不行，日复一日劳形案牍，书写誊录那些枯燥乏味的文件，充当书写机器。而书家写字是消遣自娱。尤其米芾，临摹古人书迹，笑看时人莫辨拱为真迹收藏；在古代书画卷轴上题跋，借以流芳百世；题匾写碑，享受世人观瞻的成就感；写出名望，徽宗召他进宫御前表演书法，抱得御砚归。写字写到这个份上，罢手也难。

书家积累"功夫"始于学童时代，天天练习，自成面貌一般要到四十岁上下，王羲之如此，米芾也不例外。米芾《自叙帖》记有学书经历：

> 余初学颜，七八岁也，字至大一幅，写简不成。见柳而慕紧结，乃学柳《金刚经》。久之，知出于欧，乃学欧。久之，如印板排算，乃慕褚而学最久。又慕段季（展）转折肥美，八面皆全。久之，觉段全绎展《兰亭》，遂并看法帖，入晋魏平淡，弃钟方而师师宜官，《刘宽碑》是也。篆便爱《咀楚》《石鼓文》。又悟竹简以竹聿行漆，而鼎铭妙古老焉。其书壁，以沈传师为主，小字，大不取也。（《群玉堂帖》）

米芾学书由唐楷入手，在颜、柳、欧、褚之间转了一圈，学褚最

米芾行书《三吴帖》(三十岁书)

米芾行书《蜀素帖》(三十八岁书)

久,得益最多。段季展也是唐朝书家,名声不彰,写过《禹庙碑》,据说"运笔流美"。米芾眼里的段季展是"转折肥美,八面全皆"。后来觉察段氏书法全从王羲之《兰亭》而来,于是看晋人法书,转向了"晋魏平淡"。米芾所谓"平淡"是指自然天成,而唐朝诸家注重法度规矩。

"书壁"也是米芾练习的书法项目,是学唐朝沈传师。"书壁"即寻常所说的"题壁",这种书写方式汉晋以来一直存在,北宋文人圈里十分盛行,甚至有的诗篇名为"题某某壁"。苏轼写给其弟苏辙的《和子由渑池怀旧》诗说到早年题壁的事:"老僧已死成新塔,坏壁无由见旧题。"苏轼的"旧题"是指年轻时与苏辙出川到汴京应举,"过宿县中寺舍,题其老僧奉贤之壁"。苏轼习惯枕腕写字,站着题壁是否悬腕就不知道了。米芾说,书壁"必悬手,锋抵壁,久之,必自得趣也"。

米芾学篆隶稍晚。篆书学《诅楚文》《石鼓文》,按今天文字学家的划分,属秦系文字。《诅楚文》现在只有翻刻本,《石鼓文》原物还在。米芾隶书取法东汉《刘宽碑》,宋朝金石家赵明诚藏有拓本,已失传。米芾的篆隶书法欠缺古厚凝重的气息,不是他的强项。宋高宗说,米芾"于楷书、篆隶不甚工,唯于行草诚能入品"(《翰墨志》)。

米芾翰墨生涯的重要转折点是转学晋人。如果他一生只限于取法唐朝名家,可能他的行草书法只能停留在三十一岁所写《三吴帖》的水平上,至多再圆融老练一些。米芾"壮岁未能立家",他的书法被人讥为"集古字"。米芾后来专学晋人,据说得到苏轼的指点。三十二岁那年,米芾从长沙掾卸任,往黄州访苏轼,"承其余论,始专学晋人,其书大进"。苏轼推崇晋人、贬抑唐人,劝米芾学晋人是情理之中的事情。米芾早年书迹写得峭斜,带有欧体行书的痕迹。三十八岁那年写的《苕溪诗帖》(八月)和《蜀素帖》(九月),爽利纵逸,神采焕然,初显米字特有的格调。

米芾为了学晋人,中年以来锐意搜寻"二王"书迹,先后得到王羲之《兰亭序》《破羌帖》(又称《王略帖》)《玉润帖》《快雪时晴帖》。那时传世的王献之墨迹极少,米芾收得《十二月帖》《范新妇帖》。这些法帖,有真迹,也有唐人临摹本。米芾当年临仿的"二王"书迹有几件保存下来,如王羲之《大道帖》,王献之《中秋帖》《鹅群帖》《东山帖》。米芾擅长临摹,达到"乱真不可辨"的程度。他临《鹅群帖》,当时的大收藏家王诜当作王献之真迹收藏。节临《十二月帖》的《中秋帖》,命运更好,传了几百年之后进了清朝宫廷,乾隆皇帝视为王献之真笔,放在书房"三希堂"里时常展玩。

米芾仰慕羲之,更心仪献之的"一笔书"。他毫不掩饰地说:"子敬天真超逸,岂父可比。"(《书史》)米芾夸赞王献之《十二月帖》:"运笔如火箸划灰,连属无端末,如不经意,所谓'一笔书',天下子敬第一帖。"(《书史》)米芾写行草尺牍,偶尔乘兴炫耀一下"一笔书"的技巧,如《临沂使君帖》(又称《戎薛帖》)后面两行,《箧中帖》倒数第二行,都是一笔连属而下。四十一岁那年,他把署名的"米黻"改写为"米芾",笔画由繁而简,大概便于"芾"字作纵逸的一笔书。

传世的米芾墨迹较多,草书却少,有《论书帖》《元日帖》《中秋登海岱楼诗帖》《焚香帖》《吾友帖》,虽然草法娴熟,但字与字之间很少连绵,不如行书"振迅天真"。他说:"草书不入晋人格,聊徒成下品。"晋人草书不作"一笔书",大约这个缘故,米芾不作一行一断的连绵草书。

米芾作书,用笔沉着痛快。黄庭坚说:"余尝评米元章书如快剑斫阵,强弩射千里,所当穿彻,书家笔势,亦穷于此。"(《山谷题跋·跋米元章书》)又说:"下笔痛快沉着,最是古人妙处。"(《山谷题跋·书十棕心扇因自评之》)黄庭坚无论作行书还是草

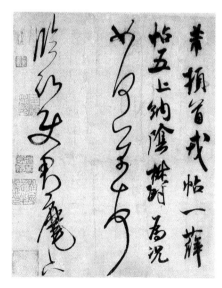

米芾行草书《临沂使君帖》

米芾:"集古字"到"自成一家"

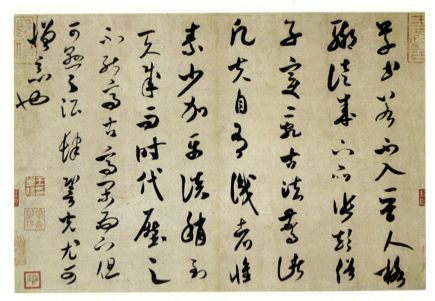

米芾草书《论书帖》(约三十七岁书)

书,笔笔送到,尽其笔势,运笔偏慢,不如米芾振迅天真。苏轼作行书下笔也快,但枕腕卧笔而书,结字横斜,笔势不如米芾纵放。

徽宗召见米芾,曾问起当代以书名世的几家,米芾回答:"蔡京不得笔,蔡卞得笔而乏逸韵,蔡襄勒字,沈辽排字,黄庭坚描字,苏轼画字",徽宗问"卿书如何",米芾自比"刷字"(《海岳名言》)。米芾用笔"刷掠奋迅",最初恐源于两端,一是晋人作字的笔势,一是欧阳询的行书墨迹。

米芾的行书成就最高,笔画的大小长短,结构的高下奇正,都是随笔势而至,进退裕如,体态生动。米芾的行书也有精粗之别。他看重自己的小字行书:"吾书小字行书有如大字,唯家藏真迹跋尾间或有之,不以与求书者。心既贮之,随意落笔,皆得自然,备其古雅。"(《海岳名言》)米芾写在"家藏真迹跋尾间"的小字行书,现在还能见到一些,例如《王羲之〈破羌帖〉赞》《褚临本〈兰亭序〉跋》《欧阳修〈集古录〉跋》,字虽小,用笔照样灵动有力,显出他驾驭毛颖的高强功夫。米芾那

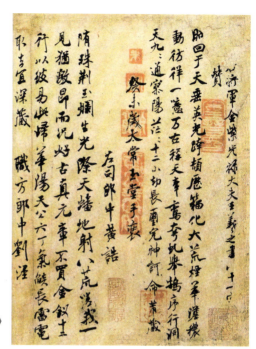

米芾小字行书《王羲之〈破羌帖〉赞》（五十三岁书）

些"跋尾"小字行书，按米芾研究专家曹宝麟的考证，都写于五十岁之后，是逝世前几年的作品。米芾自诩"既老，始自成家"，这个"老"，按古人的习惯，应该在五十岁以后，那么，米芾的小字行书就尤其宝贵了。学米字的书家很多，得益米字的书家也很多，都在行书，却非米芾的小行书。

进入书法史的米芾，名列"宋四家"。董其昌评道："盖宋人书多以平原为宗，如山谷、东坡是也。唯蔡君谟少变耳。吾尝评米书，以为宋朝第一，毕竟出东坡之上。山谷直以品胜，然非专门名家也。"（《画禅室随笔·评法书》）以晋人书势为标尺的话，米芾的痛快沉着的笔势，生动自然的姿态，宋朝无人可比，当得起"宋朝第一"。

阁帖与帖学

帖,《说文》释为"帛书署也",指写有标题的条形丝织物,这是帖的本义。古代无纸,用条形的竹木简、方幅的布帛写字。简册卷起放置,系有标签的小木牌,叫作楬。帛书折叠保存,加贴标题的条形丝织物,名为帖,因为标题署在丝织物上,所以帖字从巾旁。古代书画卷轴包首外或本幅前,加贴署有标题的长条,则是《说文》所谓"帖"之本义的遗制。

施蛰存说,帖字在初唐演变为名人书迹的记数单位,例如唐朝褚遂良著录贞观内府的王羲之正书,注明"共四十帖"。大约在唐朝开元天宝年间,"帖"又衍生出新义,凡名家书法可以供人临写者,亦谓之帖,一段墨迹加个标题就是一帖了。

古人复制的名迹也叫帖。最早的复制方法是临摹,复制品叫作"临本""摹本"。梁朝陶弘景提到,南齐内府复制的藏品叫"出装书"(《与梁武帝论书启》),张天弓认为就是临摹本。著名的《兰亭序》神龙本,前人指为唐朝双钩廓填的"向(响)拓本"。此种复制方法,先将纸涂蜡,提高透明度,然后覆在底本上,映光双钩字的轮廓,再施墨填字。

古人还将名家的手迹摹刻到小型的横式石、木版上,称为"刻帖"。刻帖有保存名迹的功用,能像雕版印书一样大量复制,拓出的复制品称为"刻本"。

制作刻帖的拓本,方法与拓碑相同:先在刻版上刷一层黏性的白芨水,然后将纸覆于刻版上,用软毛刷刷平,使纸紧贴版面,再用棕刷敲打，使字口清晰。晾到半干，再上墨，用拓包蘸墨均匀捶拓，待到八成干，揭下来即是黑底白字的拓本。此种方法为"湿拓"。因为刻版有统一的规制，拓本可以装为卷子，也可以装为册页。碑刻的拓本较大，整幅可以装为卷轴；也可以将拓本剪成一条一条，装裱成册，叫作"剪裱本"，可置案头展阅欣赏，作为临池的范本。

衡量刻帖、拓本的价值，一看版本，以版本早为贵；二看刻工、拓手的技艺是否高明；三看纸墨精良与否。上乘者就是名帖，而名帖往往一再"翻刻"。

淳化阁帖

现存最早的丛帖是宋太宗敕刻的《淳化阁帖》，"淳化"是宋太宗的年号，"阁"指皇宫藏书之所的"秘阁"。这部刻帖有十卷，每卷卷首标题都有"法帖"二字，后来又称"秘阁法帖""淳化官帖""官法帖""官帖"，或者简称"法帖"或"阁帖"。每卷卷末又有篆书题款，标明刻帖的具体时间："淳化三年壬辰岁（992）十一月六日奉圣旨摹勒上石"。刻帖普遍用石版，故曰"上石"。据说《淳化阁帖》最初刻于木版。木版易裂易燃不耐久，又不如取材石版那么经济，故后世刻帖多用石版。

人称《淳化阁帖》是"法帖之祖"。而南宋所称的"法帖之祖"是指南唐后主李煜"以所藏古今法书入之石"的《升元帖》（周密《志雅堂杂钞》）。这部帖早已失传，真实性受到怀疑。如果以文献记载为据，最早刻帖还轮不上南唐《升元帖》，而是北宋黄伯思所说的唐朝石刻本《十七帖》。

一般认为，宋朝刻帖是受刻碑的影响。即使如此，必在普遍使用纸张之后，更在有了传拓技术之后。秦汉时期，书家写刻石写碑版，须直接在石上书丹，更无传拓技术可言。汉魏时期，东汉《熹平石经》、曹魏《正始石经》（三体）刻成后，士人学子必须到洛阳太学才能看到朝廷颁布的儒家经典的定本，所以石经碑只有保存典籍的作用。

洛阳的石经碑在北朝几经搬迁。东魏末，高欢执政，将石经碑自洛阳运到邺都，途中半数没于水。隋文帝开皇六年（586），又自邺都载入长安，隋末大乱，一些石经碑用为柱础。贞观初，秘书监魏徵收聚残存石经碑，十不存一。魏徵等编撰的《隋书·经籍志》记载，汉魏石经碑"相承传拓之本，犹在秘府"。估计南北朝后期已有"传拓"的复制方法。现存最早的碑刻拓本是敦煌石室发现的唐太宗《温泉铭》，为唐拓本。所谓拓本，又称为"打本"。

《淳化阁帖》之刻，意欲保存、复制古代名家书迹，其法也类似雕版印刷：枣木刻版是横式，每版高尺许、宽约二三尺；整部刻帖的帖版一百八十四块，每版刻有卷次与版号；所刻都是历代名家的小幅书迹，刻成后要制成拓本，装为册子，便于临仿阅览。也许，刻帖也受到雕版印刷的启发。

《淳化阁帖》由宋太宗的"翰林侍书"王著"奉旨"编次刊刻，刻帖的底本多数是太宗向各地收罗来的秘阁藏品，也有少数名家墨迹借自私家。《阁帖》收三代至唐朝一百零二人的四百二十帖，二千二百八十七行，分为十卷。后五卷是"二王"法书，有二百三十三帖。《淳化阁帖》刻成之初，宋太宗"赐宗室、大臣人一本，遇大臣进二府辄墨本赐焉。后乃止不赐，故世尤贵之"（《松雪斋文集·阁帖跋》）。宋太宗时制作的拓本，纸用坚洁如玉、细薄光润的"澄心堂纸"，墨用丰肌腻理、光泽如漆的"李廷珪墨"。两者都产于徽州地区，因得到南唐后主李煜的推崇而著名，成为御用品，宋朝皇家垄断为贡品。《阁帖》的初拓本，不但纸优墨佳，而且墨浓字

《淳化阁帖》每卷卷末的篆书题款

瘦，拓本无裂纹，这些都是后人鉴别《阁帖》初拓宋本缺一不可的指标。枣木帖版后来开裂，用束腰形的银铤加固帖版，所以宋拓本上有银铤痕。《阁帖》原版，据说毁于宋真宗庆历年间（1041~1048）一场火灾。

宋仁宗庆历以来，历代翻刻《淳化阁帖》，版本滋繁，形成了以《阁帖》为"祖帖"的刻本系统。仲威《古墨新研》统计，宋、明、清三朝，属于传承《阁帖》的翻刻本有三十余种。书后附录"历代翻刻《淳化阁帖》传承系统"一表，将《阁帖》翻刻本分为三类：一类是"修缮本"，如大观三年（1109）

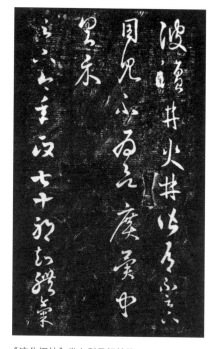

《淳化阁帖》卷七所见银锭纹

宋徽宗敕刻的《大观帖》（十卷），对《阁帖》中标题失误、钩摹不精、误入右军名下者，均有改正，并且调整了少数书迹的次序。另一类是"增减本"，如宋仁宗皇祐、嘉祐间（1049~1063）潘师旦摹刻于绛州的《绛帖》（二十卷），既重摹《阁帖》，又有增删。还有一类是"照摹本"，有宋刻有明刻，数量甚多。

宋朝刻帖之风，皇家肇端，但历代刻帖多数出自官僚、书家、收藏家。北宋秦观（1049~1100）《法帖通解·序》说："故丞相刘公沆守长沙日，以赐帖摹刻两本，一置郡帑，一藏于家。自此法帖盛行于世。士大夫好事者，又往往自为别本矣。"刘沆的翻刻本叫《长沙帖》，又名《潭帖》，刻于宋仁宗庆历五年（1045），早于潘师旦摹刻的《绛帖》。翻自《阁帖》的《长沙帖》，后来又被翻刻多种。

米芾晚年两次刻帖，刻自藏的晋人书迹。米氏父子三人逐字摹于石上的"三米兰亭"之刻,底本是唐模印本。米芾在无为军(今安徽无为)做官期间,将镇室之宝的晋人真迹王羲之《王略帖》、谢安《八月五日帖》、王献之《十二月帖》各刻一石,时人称为《宝晋斋帖》。这三块帖版遭兵火而残损,葛祐之任职无为军时,依据米刻火前善本重刻,与米刻残石同置于无为军官舍。南宋度宗咸淳四年(1268),无为军通判(同州官联署州事之官)曹之格再次摹刻,并增入家藏晋帖及米芾帖多种,汇为十卷,名为《宝晋斋法帖》。这部帖前八卷是王羲之与诸子献之、凝之、徽之、操之、涣之书迹,后二卷是米芾帖,贵为一代名帖。上海博物馆藏有一部宋拓《宝晋斋法帖》,曾经元朝赵孟頫、明朝顾从义、吴廷收藏,并有清朝帖学家王澍的题识,据说是现存唯一完整的曹刻全本。

帖 学

刻帖之风盛行的宋朝,研究之风也随之兴起。这门学问,以《淳化阁帖》为中心,鉴定帖本真伪优劣,考订刻本源流,分辨拓本先后,注解文字内容、著录帖目。历代的刻帖研究,清朝人称为"帖学"。

第一部完整的帖学著作是北宋后期黄伯思的《法帖刊误》(二卷),收录在《东观余论》中。他逐卷考证伪作,兼用"鉴"(书法)、"考"(帖文)两种方法,对后世的书画鉴定产生了很大影响。《法帖刊误》附录米芾《跋秘阁法帖》,也是辨伪之作,早于黄伯思,但米芾只是目鉴,指明真伪而已。宋人指摘伪迹,公诸于世,也是出于

黄伯思指为伪作的王羲之《适得书帖》(《淳化阁帖》卷六)

重视，意在维护法书的尊严，以免谬种流传而贻误后学。

秦观《法帖通解》（一卷）是以刻入《阁帖》的墨迹与拓本比勘，考察两者差异。这种比勘难度不大，但看不到秘阁藏品则无从措手。秦观经苏轼推荐，于元祐年间（1086～1093）入朝任"太学博士，校正秘书省书籍，迁正字，而复为兼国史院编修官，上日有砚墨器币之赐"。虽说官品不高，却有机会见到秘阁的藏品。北宋以后，刻入《阁帖》的墨迹大多消失，以墨迹比勘刻本的研究未成气候。但是，后世帖学家、收藏家追寻一些刻本的来源，分辨拓本真伪以及先后，常用比勘之法。

《阁帖》传刻本渐多，梳理刻本系统的研究应运而生，开山之作是南宋曹士冕《法帖谱系》（二卷）。他清理了当时《阁帖》传刻本的源流关系，像建立"族谱"一样把传刻谱系记录下来。南宋人做这样的工作比今人容易，但收集各种刻本是基础性的作业，还须一番考察。后来的帖学家考察刻本，都有源流谱系的意识。

《阁帖》是书家研习古代书法的范本，王羲之的书迹尤为集中。这些法帖大多是古人随手写的行草尺牍，加上当时的书写习惯，难以辨读。比如重叠字的写法，可以末笔引长表示叠字，在一行之中的叠字则写成一"点"。王羲之尺牍里，帖末的"王羲之白"，那个"白"字有时也写成一"点"。这类实用的书写常识，由历代《阁帖》释文之类的著作积累起来。

北宋刘次庄《法帖释文》（十卷）是最早的刻帖释文著作，他藏有《阁帖》，元祐四年（1089）在临江翻刻一部，属于"照摹本"一类，称为《戏鱼堂帖》。过了两年，他取帖中草书作《释文》十卷，与《戏鱼堂帖》并行于世。后世很多《阁帖》释文都参考刘次庄《法帖释文》。

还有大量关于《阁帖》的品评题跋，散见个人的文集、笔记。苏轼曾经看到秘阁墨迹，谓"皆唐人硬黄上临本"；他批评"今官本《法帖》中，真伪相杂至多"（《东坡题跋》卷四《辨法帖》）。米芾《跋秘阁法帖》（黄伯思《东观余论》附）曾逐卷指出伪迹。苏、米辨伪约在黄伯思"刊误"法帖以前，可以说，帖学研究发端于辨伪。王著所定各家书迹的标题也有不少错讹，据水赉佑归纳：有书者人名错，书者朝代错，书者官爵错，书者顺序错，还有书者人名与官爵互错。

宋朝学者、诗人、书家、收藏家共同参与的刻帖研究，从各个角度相继展开，南宋已经形成研究《阁帖》的"帖学热"。后世帖学家继承了宋人研究刻帖的方法和成果，明朝顾从义《法帖释文考异》（十卷）以及清朝王澍《淳化秘阁法帖考证》（十卷），综汇前人研究，考证周详，为帖学研究的名著。

宋朝盛行的刻帖之风，元代归于沉寂，明朝又得以复兴，而极盛于清朝，传世刻帖极多。集成性的帖学的目录著作，当数容庚《丛帖目》（四册）。这部著作，著录历代刻帖三百四十余种，其中清朝刻帖二百五十余种，占73%。清人刻帖虽多，价值不敌明刻宋刻。容庚把庞杂的刻帖分为历代、断代、个人、杂类、附录五类。历代类一百二十九种，以《阁帖》为首，后续之刻，例如明朝文徵明父子所刻《停云馆帖》，清朝乾隆御制《三希堂法帖》，增刻了宋、元、明三朝名迹。断代类二十九种，此类刻帖大约始于南宋曾宏父用时七年刻成的《凤墅法帖》（二十卷），专收宋贤书翰。个人类六十九种，只刻某家书迹，著名者是南宋嘉定八年（1215）留元刚刻《颜鲁公帖》（八卷）。杂类刻帖三十四种，包括图像、楹联、缩临等，书法价值不大。附录类八十一种，容庚说此类所收是"伪帖太多者，编纂零乱者"。宋朝以来，还有不少类似文章单行本的"单帖"，大多是历代著名书家的代表作，如钟繇《宣示表》、索靖《月仪帖》、王羲之《兰亭序》、王献之《洛神赋》、智永《千字文》、孙过庭《书谱》等等。

尽管《淳化阁帖》杂糅伪迹，毕竟保存了大量古代名家书迹，尤其是书家视为书法极则的"二王"书帖。自宋以来，《阁帖》滋养了一代代书家。米芾说自己学书"并看《法帖》，入晋魏平淡"。赵孟頫三十多岁在书肆寻购《阁帖》祖本，两年间才配齐全书，遂临《阁帖》，书法大进。明朝书家研习"二王"书法，无不取法《阁帖》。晚明，邢侗、王铎用大字临移"二王"尺牍，写成条屏、大轴，前所未见。邢侗摹刻的《来禽馆帖》也是著名刻帖，其中以王羲之书迹为主，尤以《唐人双钩十七帖》最为著名。王铎一生勤奋临写《阁帖》，自称"一日临帖，一日应请索"。

赵孟頫《阁帖跋》说："书法不丧，此帖之泽也。"傅山《补镌宝贤堂帖跋》说："古人法书至《淳化》大备。"这是历代书家的共识，也是古代书法史上的实情。

赵孟頫：是耶非耶

赵孟頫多才多艺，文学、书法、绘画样样在行，每一门都是多面手。文学上，长赋乐府、碑铭序赞、五言七言绝句，还有小词，皆能。书法上，能写篆隶，更以追踪晋唐的楷、行、草三体见长，在他的影响下，元朝书家阻断了宋朝放佚的书风。赵孟頫的绘画，山水、人物、马、花竹木石，能逸能工，笔墨有韵味。他还是文人涉足印艺的先驱之一，自用印自篆文印，那种样式，后来人称"元朱文"。赵孟頫在中国艺术史上的地位，可以这样说，缺了他就说不清宋元书法、绘画风尚的起承转合。

1286年，赵孟頫三十三岁，应召赴京。时有士子二十余人，元世祖忽必烈唯独召见了赵孟頫，见他神采秀异，称为"神仙中人"。忽必烈很在意赵孟頫的宋宗室出身，赵孟頫自陈"太祖十一世孙"。在元朝，赵孟頫连续受到五位皇帝的赏识，六十三岁官居一品，封爵魏国公，推恩三代。元朝优渥赵孟頫的个中奥妙，元仁宗私下道破，一连说了七条："帝王苗裔，一也；状貌昳丽，二也；博学多知，三也；操履纯正，四也；文词高古，五也；书画绝伦，六也；旁通佛老之旨，造诣玄微，七也。"在元帝眼里，赵孟頫的最大看点是血统高贵和才华出众。南宋灭亡之前，忽必烈就在罗致"宋宗室之贤者"。《元史》记载仕元的赵宋宗室有两人，赵孟頫之前还有一位赵㬎叔，任翰林院学士，后转官侍讲。他是南宋进士，才华名望不如赵孟頫。在赵孟頫任集贤馆学士的第二年，赵㬎叔批评权臣专政而获咎，退而家居。

仕元是赵孟頫人生的重大转捩点。身处高位，只是拟写文件、备顾

赵孟頫的大字篆书

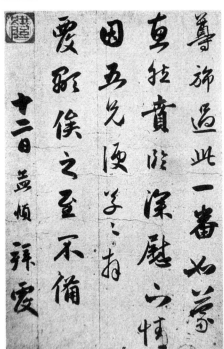

赵孟頫行草书《违远帖》

赵孟頫：是耶非耶

问、编国史之类的帮闲文事。杨载曾为老师抱不平："公之才名颇为书画所掩，人知其书画而不知其文章，知其文章而不知其经济之学。"(《赵公行状》)赵孟頫并无锐进的权力欲望，每遇朝臣发生意见纠纷就闪躲局外，办法是"稀入宫中"，或者"力请外补"。他明哲保身，但求无过，即使满腹经国济民之学也用不上。赵孟頫自小生长在温润的江南水乡湖州，不习惯北方干燥的气候。赵孟頫《致野翁教授尺牍》(现藏台北故宫博物院)说及他在北方的生活情况：北方多风尘，不宜笔砚之事，为朋友抄写《兰亭考》，只能择雨后风尘稍息之时为之。房间里连像样的案几也没有，只能拳曲在土炕上，趴在小木桌上抄完文章，借孙过庭"五乖五合"之论，自嘲这卷书迹是"乖作"。

赵孟頫仕元的动机一直是个谜团，他的诗文不曾留下蛛丝马迹，《元史·赵孟頫传》也没有言及。杨载写有《赵公行状》，是一份上交元朝国史馆的文书，说及赵孟頫仕元之前肆力于学的情况，两次提到赵孟頫生母丘夫人训立劝学之辞。赵孟頫十一岁丧父，丘夫人说："汝幼孤，不能自强于学问，终无以觊成人，吾世则亦已矣！"南宋灭亡后，赵孟頫闲居家中，丘夫人又有一番告诫："圣朝必收江南才能之士而用之，汝非多读书，何以异于常人？"赵母懂得"学而优则仕"的道理，守寡抚孤只盼儿子出人头地，赵孟頫勤学苦读读得满腹学问，才艺绝世，遂母愿，唯有出仕元朝。

美国华裔学者李铸晋《鹊华秋色》是较早研究赵孟頫的一部专著，依作者的考察，赵孟頫仕元并非自愿，仕元之后内心痛苦，对宋朝遗老十分尊重。李铸晋指出，赵孟頫决定出仕元朝之后，宦游南北，有机会看到不少古人的名作，才能在艺术上得到发展，得以成为集大成的艺术家。

赵孟頫以宋宗室仕元，刺激了汉族士大夫的两条敏感神经，一是华夷之分，二是名节操守，因此成了备受争议的人物。赵孟頫仕元之初，宋遗民牟巘在《简赵孟頫》诗中就语含讥讽："余事到翰墨，藉甚声价喧。居然难自藏，珠玉走中原。"责备他不能自重，甘愿以"珠玉"之身效犬马之劳，以士大夫视为"余事"的雕虫小技腾高声价。王敖《姑苏志》记载："赵孟頫才名重当世，（郑）思肖恶其宗室而受元聘，遂与之绝。孟頫数往候之，终不得见，叹息而去。"思肖即郑所南，南宋遗民，据说他心存南国江山，一生坐卧不向北方。但是，元朝"骂"赵孟頫的人并不多。他为人宽厚平和，仕元后"待故交无异布衣时"，提携后进，个人的品格无可指责。到了明朝，士人从气节的高度评论他，就不那么客气了。有题赵孟頫画马者曰："千金千里无人识，笑看胡儿买去骑。"有题赵孟頫画竹者曰："中原旦暮金舆还，南国秋深水殿寒。留得一枝春雨里，又随人去报平安。"项穆从赵孟頫的书法特征上找到与"人"的对接点，所谓"妍媚纤柔，殊乏大节不夺之气"。清朝遗民书家傅山贬斥赵字的"熟媚绰约"是"贱态"。

当年的赵孟頫，出处失守，似乎也有悔意。因其家世与仕元的处境，个人的无奈难与外人道，偶借诗歌排遣积在胸中的苦闷。有首《罪出》诗，诗题即见自责之意，他自哀自怜道："昔为水上鸥，今为笼中鸟，哀鸣谁复顾，毛羽日摧槁。"他在《题归去来图》中称陶渊明这样的人物"世久无此贤"，又以"生世各有时，出处非偶然"为说辞，宽解自己内心的紧张。还有一首题为《自释》的短诗，起句道常识："君子重道义，小人贵功名。"他饱读诗书，深知礼教，当然知道自己仕元的"功名"，别人眼里却看作"小人"，末句安慰自己："勿为蔓草蕃，愿作青松贞。"赵孟頫的诗，透露出复杂的心理。

写字作画是文人的自娱手段，也是最好的忘忧法。赵孟頫一生勤于书画，乐于应酬。1321年告老还乡，受命为元成宗书写《孝经》。在他1322年去世前的六个月里，一直作书绘画：一月，重题《秋兴赋卷》；二月，书写碑铭两通；四月，绘《双马图》，作草书《千字文》；五月，书小楷《灵宝经》，书碑一通；闰五月，力疾为人跋王献之《洛神赋》；六月，逝世那天照旧"观书作字"（任道斌《赵孟頫系年》）。

赵孟頫的"诗书画"，比较而言，书法成就最高，影响最大。他是元朝书坛的领袖人物，后人曾把他和鲜于枢、邓文原称为"元初三大家"。鲜于枢推尊赵孟頫为"当代第一"。邓文原的书法与赵孟頫相似，且是受

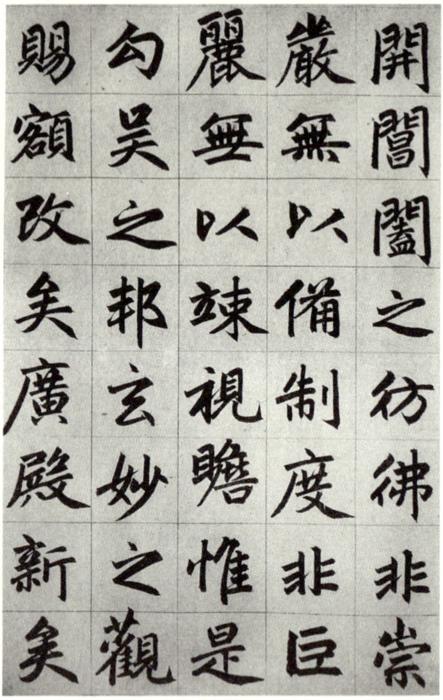

赵孟頫大楷《重修玄妙观三门记》

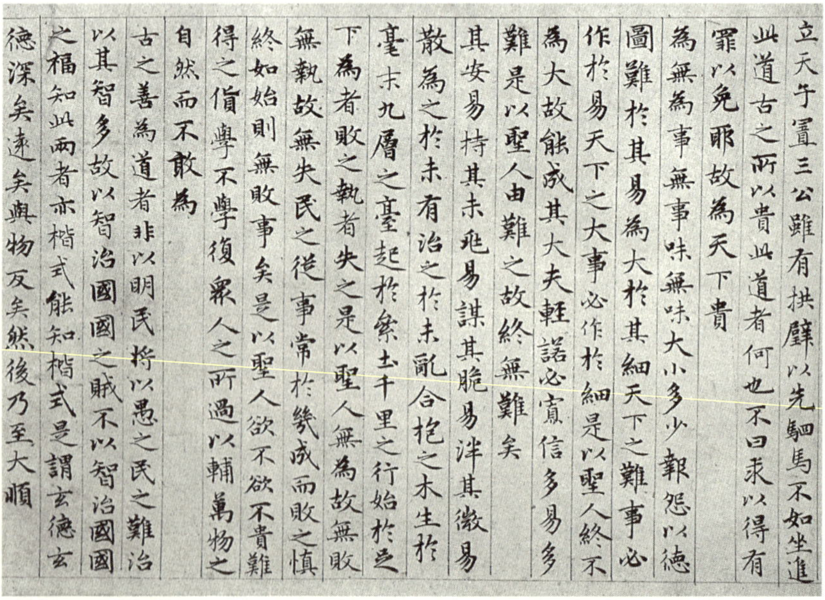
赵孟頫小楷《道德经》

到赵孟頫提携的名家。在元朝，亲炙、私淑或受到赵孟頫影响的书家，还有虞集、郭畀、张雨、俞和等辈，都名重一时，黄惇先生称之为"赵派书家群"。画史的"元四家"中，黄公望、王蒙的书法也受到赵孟頫的影响。赵孟頫信佛，抄经做功德，施与名山丛林。他的书名远播域外，对高丽国书法的影响尤为显著。

赵孟頫心仪魏晋钟繇和"二王"，临摹古人，功夫一流。据说一天能写一万字，娴熟之极。他一本正经写的大楷书作缺乏风骨和俊逸之气，小楷、行书流丽优雅而有古意。即使"薄其人而恶其书"的项穆和傅山，也不得不承认，赵孟頫的书法是"右军正脉之传"。赵孟頫主张复古，晚年道出了自己学习古人的辛秘："临帖之法，欲肆不得肆，欲谨不得谨，然与其肆也宁谨。"(《临右军乐毅论帖跋》)他用"与其肆也宁谨"的方法学晋人，下笔节制，与北宋书家肆意发挥的做派划清了界限。

赵孟頫的妻儿都写得一笔赵字，元仁宗曾经把赵孟頫、管道昇、赵雍三人的书迹"善装为卷轴，识之御宝，藏之秘书监"，并得意地夸耀："使后世知我朝有一家夫妇父子皆善书，亦奇事也。"(杨载《赵公行状》)

明朝书风承袭元人，推重赵孟頫，称之为"唐以后集书法之大成者"。晚明书风尚奇尚怪，清初康熙朝风行董其昌书法，赵字遇冷。乾隆皇帝喜好赵孟頫，赵字与馆阁体合流，再度风行朝野。此后，学童习楷书，风行"颜柳欧赵"四家，赵孟頫家喻户晓。

董其昌：艺术与宦情

晚明董其昌，集书家、画家、鉴赏家和收藏家于一身，有大量书画作品传世，属于宋朝米芾、元朝赵孟頫一流的人物。

他擅长山水画，自称"少学子久山水"。子久即黄公望，山水画巨匠，居"元季四家"之首。董其昌曾说到开始学画的确切时间："予学画自丁丑四月朔日，馆于陆宗伯文定公家，偶一为之。"万历五年（1577）岁在"丁丑"，这一年董其昌二十三岁。"陆宗伯文定公"是陆树声，董其昌的同乡前辈，万历初年辞去南京礼部尚书职位还乡，"宗伯"是周代掌邦礼之官，后人用为礼部尚书的别称。

董其昌学书的经过，他有自述："吾学书，在十七岁时。"此前，董其昌与小他一岁的族侄董传绪同时参加松江府的一场考试，知府衷洪溪因董其昌"书拙，置第二"，从此发愤临池。董其昌学书由唐入魏晋，范本是碑版和刻帖。他回忆："初师颜平原（真卿）《多宝塔》，又改学虞永兴（世南）。以为唐书不如魏晋，遂仿《黄庭经》及钟元常（繇）《宣示表》《力命表》《还示帖》《丙舍帖》。凡三年，自谓逼古，不复以文徵仲（徵明）、祝希哲（允明）置之眼角。"（《画禅室随笔·评法书》）这是年少气盛，阅历浅，易轻狂。二十七年后，董其昌反省当年"乃于书家之神理，实未有入处，徒守格辙耳，方悟从前妄自标评"。后来获见大量古代墨迹，于金陵，见右军《官奴帖》；游嘉兴，得尽睹项子京家藏真迹。现在存世的晋、唐、宋、元名家之迹，常常见到董其昌的题跋。董其昌阅历增多，眼识扩宽，觉得自己"譬如香岩和尚，一经洞山问倒，愿一生做粥饭僧"，二十七年过去，虽然渐有小得，"犹作随波逐浪书家"（《画禅室随笔·评法书》）。

董其昌的书法，根底在唐宋。楷书深受颜真卿早年体态的影响，是欹斜的态势。他的草书得益怀素，行书则学米芾，喜米字"奇宕潇洒"。董其昌自道："二十年学宋人，乃得解处。"（《画禅室随笔·评法书》）他也取晋人书意，探得王羲之"转左侧右"的字势，"所谓迹似奇而反正"。他还说："予学书三十年，悟得书法而不能实证者，在自起自倒、自收自束处耳。"（《画禅室随笔·论用笔》）董其昌作字率性，但"宛转藏锋能留得笔住，不直率流滑"（《容台别集·书品》），又大量临摹，形成生秀淡雅的自家风格。

明朝书家推重赵孟𫖯，但也有例外。董其昌《画禅室随笔》记载：松江陆深（子渊，1477～1544）以书法名家，见者每称似赵字，陆深却说："吾与赵同学李北海耳。"董其昌曾批评赵孟𫖯："古人作书，必不作正局，盖以奇为正。此赵吴兴所以不入晋唐门室也。"（《画禅室随笔·论用笔》）董其昌还有争胜赵孟𫖯的一面："吾于书，似可直接赵文敏，第少生耳。而子昂之熟，又不如吾有秀润之气。惟不能多书，以此让吴兴一筹。"（《画禅室随笔·评法书》）比较赵、董两家的字，赵孟𫖯功力深而着意，所以"熟"；董其昌往往率意，因而"生"。董其昌《丙辰论画册》（台北"故宫"藏）写道："字须熟后生，画须熟外熟。"以董其昌提出的"字须熟后生"为标准，赵孟𫖯是"熟"而未"生"，董其昌自称"少生"，未到"熟后生"。因为"少生"，董其昌的字，尤其行书、草书，才有了秀润的气韵，散出一股烂漫的才情。

明末，董其昌蜚声士林，收藏家借重其名，请他品题古代名迹。董其昌乐于题跋，往往按上大名头，或曰稀世之宝，博得藏家的欢心，也借此饱览世间珍秘。《明史》说："其昌天才俊逸，少负重名。初，华亭自沈度、沈粲以后，南安知府张弼、詹事陆深、布政莫如忠及子是龙，皆以善书称。其昌后出，超越诸家。始以宋米芾为宗，自成一家，名闻外国。其画集宋元诸家之长，行以己意，潇洒生动，非人力所及也。四

董其昌画像

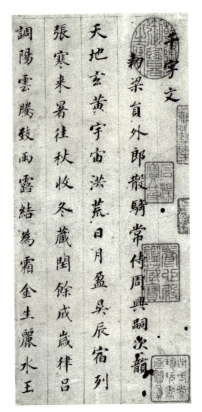

董其昌楷书《千字文》
（台北故宫博物院藏）

董其昌行书《大唐中兴颂》（香港虚白斋藏）

方金石之刻,得其制作手书,以为二绝。造请无虚日,尺素短札,流布人间,争购宝之。精于品题,收藏家得片语只字以为重。"《明史》的编撰,历几十年,主要在康熙朝,正是董其昌独领风骚的时代。康熙皇帝好尚董字,当时"朝殿考试,斋廷供奉,干禄求仕",都以董字为捷途,写董字"矜为董派"。

董其昌字玄宰,号思白、思翁、香光居士。祖先本是北人,南迁后定居松江华亭(今上海松江区)。祖父董悌,无功名。父亲董汉儒通过了地方考试,成为秀才。董其昌生于嘉靖三十四年(1555),卒于崇祯九年(1636)。《明史》说他得年"八十有三",实为八十二岁。董其昌三十五岁中进士,入选翰林院,曾任讲官,是太子(光宗皇帝)的老师,七十一岁官拜南京礼部尚书(掌管祭祀典礼),八十岁退休,获赠太子太保的荣誉衔。

董其昌仕宦生涯很长,却时断时续。晚明"政在阉竖,党祸酷烈"。朝廷纷争一起,精明的董其昌就抽身自远,躲回家乡写字作画,自称"结念泉石,薄于宦情"。五十岁以后,他的艺术声望越来越高,常向朝廷的重要人物赠送自己的书画作品,书画应酬成为他维系各种关系的有效手段。

不论是书法史还是绘画史,董其昌都占有一席之地,一直是艺术史研究的重要对象。有人认为,董其昌热衷艺术,对仕进兴趣不大。这个观点,吴纳逊在1954年完成的博士论文《董其昌的生平、时代及其山水画》最早提出,他后来概括为"淡于政治,热衷艺术"。

这个被普遍接受的观点,受到李慧闻(Celia Carrington Rirly)的有力质疑。在《董其昌传》这部专著中,她提出了一连串的追问:"尽管董其昌可能会摆出看破官场炎凉的超脱姿态,但他骨子里却雄心勃勃,决意获取高官、荣誉,光宗耀祖。如果他对自己的官衔不是洋洋自得的话,为何会成为中国艺术史上第一个在自己的作品上钤盖许多官名印的艺术家?如果他对政府官员的显赫无动于衷的话,那为什么他会对一些省份的官职不屑一顾，而愿意接受首都的官职？如果他不在乎封为一品官，为何又会在七十八岁的高龄接受朝廷的一个任命呢？当他觉得自己应该得到的散官迟迟未被授予时，为什么他会主动上书皇上请求授予呢？"这些诘问呈现的事实，与董其昌自我表白的"结念泉石，薄于宦情"相左，揭开他内心世界的另一面。

董其昌的官宦生涯，《明史·董其昌传》的记载较为简略。当今艺术史的研究，董其昌一直受到关注，关于他的论著也很多，但是，关于他的仕宦还缺乏系统而细致的考察。所以，李慧闻的董其昌研究，首先是"建立一个更为精确的董其昌官宦生涯的编年"，她努力多年，梳理出董其昌前前后后担任的十六个官职，并且确定了年代序列，将董其昌宦游经历全面清晰地呈现出来。

完成这个"必要而又可能"的研究工作，李慧闻仔细搜索了《国榷》《明实录》之类的文献，此外，她高度重视过去研究者忽略的董其昌书写的《诰命》等资料，发现董其昌七十一岁那年多次书写《三世诰命》。"诰命"是皇帝颁发给官员的封赠文书，五品以上官员才有资格获得，内容包括历任官位，追封官员先世的官衔，以及奖辞。北京故宫博物院藏有一卷董其昌的《三世诰命》墨迹，和辽宁博物馆藏的那件诰敕一样，写在上好的高丽笺上，"楷法遒劲，每一笔画都如此完美，展示了他作为书法大家的精湛技法"。

李慧闻说："《三世诰命》告诉我们，不但董本人如愿登上高位，还成功地使他的已故祖父和父亲分享他的殊荣，朝廷追赠了和他同样的官衔。董其昌一遍又一遍地抄录诰命，这个行为说明，光宗耀祖，重获已经失落了数代的家庭荣誉，是董其昌多年来耿耿于怀的心愿。"

细心的李慧闻还觉察到，董其昌不但热心书写《诰命》，还喜欢将一些清贵之位的官衔刻成官名印（并非政府颁发的官印），有"制知诰日讲官""太史氏""纂修两朝实录""宗伯学士""宗伯之章""宫詹学士""青宫太保"。而且，董其昌在自己的书画作品中频繁使用这类官名印，据李慧闻统计，这些官名印的数量，"差不多占其作品上所钤印章的四分之一"。

董其昌留下的作品，数量超过米芾、赵孟頫，赝品也是如此。有人说："在晚明的诸多书法家中，董其昌伪赝之作居众家之首。"即使把明朝书家都包罗进来，董其昌的赝品也居首位，许多都达到乱真的水平。

鉴定董其昌字画的真伪，一直是个极为棘手的难题。长期以来，人们注意到，董其昌在其书画上署款"董玄宰"或"玄宰"，在他的书法作品上（包括他在其他作品的题跋），署款"董其昌"或"其昌"。李慧闻则认为，"这个习惯决不是一个铁律"，"董其昌有时候在他的画作上署'其昌'款，在他的书法上署'玄宰'款"。画作的例证是，北京故宫藏董氏1617年作的挂轴《高逸图》、天津博物馆收藏的董氏1633年为同年进士袁可立画的《疏林远竹图》、上海博物馆藏1625年所作绘画挂轴，上面都有"董其昌"款。书作有台北"故宫"藏的董其昌《临古》手卷，他署了两次"玄宰"款。

为了鉴定董其昌的作品，并为董氏无年款的作品系年（确定相应的年代），李慧闻对董其昌所署的"董其昌""其昌"款的演变，也做了系统研究。她搜罗的董氏从四十一岁到八十二岁的署款，约一百三十个，最早是1595年的"其昌"款，晚至去世那年的"董其昌""其昌"款，书体包括楷书、行书和草书。董其昌的名款，李慧闻又有一个新的发现：行草书署款的"昌"字，写法上有戏剧性的演变。

四十一岁到五十六岁（1595～1610），"昌"字的上部写得像"日"，和下面部分相比，上部显得小，下面部分大。

五十七岁、五十八岁（1611～1612），"昌"字的上部开始变大，和下部相当，有时甚至更大。

五十九岁、六十岁（1613～1614），"昌"字的上部不再写成"日"，而写成"曰"，即它的宽度长于高度。

六十三岁（1617），董其昌完成了行草书署款方式的转变，放大"昌"字上部成为定型。仅署"其昌"时，"昌"的上部被放大。

李慧闻分析董其昌署款的演变,是按年代排列图像资料,不单建立了董其昌署款的完备档案,而且完成了一篇重要论文:《董其昌的"董其昌""其昌"署款,1595~1636》。这个细致的研究工作,为繁杂的董其昌书画鉴定提供了一个重要的参考系。

　　在此之前,李慧闻同样用系统"考—鉴"的研究方法,对董其昌的印章作了全面的研究,她告诉我们,董其昌有这样一个习惯:在作品上用印,通常将官名印盖在名章之前(上)。

　　李慧闻的研究也指向一些董其昌的伪作,认为台北"故宫"藏董其昌《张九龄白羽扇赋》卷,香港艺术馆藏董其昌《张谓湖上对酒行》卷,署款都存在明显的疑点:"董"字主横过斜过长,"其"字太斜并且雷同,都不在同一时期可靠真迹的接受范围内。这两件手卷上钤盖的两方印章也一样,且都是官名印在下,不合董其昌钤印的习惯。还有上海博物馆藏董其昌《放歌行》卷,署款、印章都有伪作的破绽:署款"董"字下部的写法,既不合董氏风格,也不合一般书写的常规;所见白文"董其昌印"、朱文"思白"印,与董氏通常用的印章迥异。

八大山人那些谜

八大山人是清初"四画僧"之一，擅长山水花鸟竹木，笔墨简练，构图奇险，白眼的鱼，缩脖的鸟，使人过目难忘。当年，八大的画名偏于一隅，还不是众人皆知的大画家，身后却备受推崇。明清画家皆能书，若论这四位"画僧"的书法风格和造诣，八大在渐江、髡残、石涛之上，也远远超出清朝其他兼善书法的画家。

八大是朱元璋第十七子宁献王朱权的九世孙，属南昌弋阳王一支。祖父朱多炡精通书画篆刻，父亲擅长绘画。王方宇通过对比朱多炡与八大的形迹，认为他深受祖父的影响。八大的本名扑朔迷离，清朝康熙年间曹茂先《绎堂杂识》、张庚《国朝画征录》都说八大名"耷"，大耳朵的意思。启功说，"耷"与八大署名的"驴"相关，而"耷"是"驴"的俗字，后人认为"驴"不雅，换成"耷"字。按常理，古人取名避俗趋雅，即使名耷，当是乳名。朱元璋之子朱棣（明成祖）之后，明朝宗室皆取双名，前一字表辈分，后一字是本名。汪世清曾经排比朱棣、朱权兄弟两支的世系，以及依次选用木、火、土、金、水为偏旁的字命名后一个字的规则，得出的结论是，八大属"统"字辈，与朱棣一支的万历皇帝朱翊钧是兄弟行，八大本名后一个字应该是"金"字旁的某字，但难以确定是哪个字。

八大长期隐姓埋名，以致本名湮没无闻，不能不说是一种遗憾。所幸他的书画艺术成就极高，进入美术史，引起学者研究，总算理出一个眉目。

1645年，清军进入南昌，朱氏家族躲避清兵的杀戮，纷纷逃离南昌，二十岁的八大"弃家"逃往南昌以西的奉新县山中。二十三岁逃禅，削发"现比丘身"，此后不再用本名。二十八岁到进贤灯社皈依弘敏门下，列于禅门曹洞宗，法名"传綮"，号"刃庵"。四十七岁以后做了八年的云游僧。五十五岁时，他对宗教和处境感到彻底失望，发疯癫病，撕裂僧衣而且焚之，回到南昌，还俗娶妻，别名"驴"。五十九岁署名改用"八大山人"，直到逝世。

　　八大一生，用过很多名号。读江西人民美术出版社出版的《八大山人全集》，所列八大书画作品的名款甚多："传綮""广道人""灌园长老""法堀""个山""个山人""驴""人屋""八大山人""拾得""何园"。其中，"传綮""个山""驴"常见，而以"八大山人"名声最盛。张庚说：八大写"八大"二字连缀，"山人"二字相连，类"哭之"或"笑之"。如果把名号印算上，八大的名号有十余个，数量之多，恐怕古代文人、艺术家无人与之相比。如此变幻，是他在新朝保全性命采用的障眼法，还是癖好如此，或有其他缘由，还是个谜。

　　八大的本名虽失，但生前的写真像留存世间。画中的八大，相貌清癯，长脸，直鼻梁，眼不大，须眉皆疏淡，蓄着八字胡。画像时他已经出家二十五年，却是一身文士的穿着：头戴平顶斗笠，脚蹬双脸布鞋，身着一袭宽袍。双手合于前，不是僧人的合十，而是左手搭在右手上，世俗男性规矩的合手姿势。指甲长长，修得尖尖。人像的右上方，八大用篆书题了"个山小像"四个字，定为画题。画题左侧，八大以一笔流利的董其昌行书题了两行跋语："甲寅蒲节后二日，遇老友黄安平，为余写此。时年四十九。"甲寅是清朝康熙十三年（1674），蒲节即端午节，后二日即五月初七，公历1674年6月10日。上推四十九年，八大生于明熹宗天启六年（1626）。他的卒年，学者公认在康熙四十四年（1705）。

　　这幅白描画像于1954年在江西奉新县奉先寺发现，次年送至北京故宫博物院保存，1959年发还南昌八大山人纪念馆收藏。

　　"个山"是八大四十六岁开始使用的别号，六十岁以后还在用。文

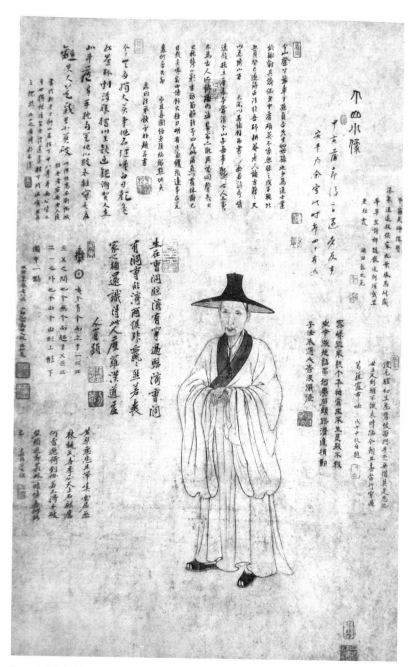

《个山小像》(清朝黄安平绘)

人自取别号,无非表示自己的情怀或境遇。"个山"隐含的玄机,当今学者在《个山小像》上蔡受题跋中找到线索。这段跋语写于1678年中秋之后,在画像左侧居中,挨近幅边。蔡受先画了两个符号,一个是"木、火、土、金、水"的合文,表示朱家取名用字遵守的规定,也是规律。另一个符号类似象形的"日"字,蔡受跋语解释:"个山,个山,形上形下,圞中一点。"谢稚柳先生解释,"个"表示"圞中"的那一点;八大是明朝皇室后裔,入清之后成了遗民,用"个"做名号,象征自己立于"圞"中,孤独一身,含有伤逝念远的故国情怀。谢先生点明了"个"字的由来,而王方宇的破译更进一步。他注意到,蔡受说"圞中一点"的图形有"形上形下"之分,把"圞中一点"的符号分为上下两半来看,"形上"部分是半圆下有一点,像"个"字;"形下"部分则是半圆上有一点,像"山"字。这样解读就与"个山"两字完全吻合。蔡受也是八大的友人,据说图篆字画神通其妙,他用"圞中一点"的符号图解"个山",也是一例。

《个山小像》纵97厘米,横60.5厘米。八大的全身像居中偏下,像主周围留出的空白后来被长短不一的九则跋语填满。友人题跋三则,都说及八大的贵胄身世。其余是八大自题,写于四十九岁到五十三岁之间,录有朋友的赠诗,也有自作诗文,字里行间溢出自嘲。朱明亡国,但出家的八大未忘我家故国的身份,在画像正上方钤盖了"西江弋阳王孙"朱文方印。这幅由多则题跋簇拥像主的画像,图文印相配,就像是八大为自己精心编织的"传记"。八大的六则题跋,分别采用了篆书、隶书、章草、楷书、行

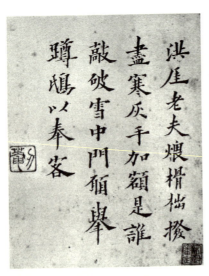

八大山人早年学欧字书迹(三十四岁)

书，他一生极少写篆隶，大约为了全面展示自己的书法，都在画像上留下一笔。

八大学书以唐楷为底，三十多岁能写一笔欧体楷书；四十岁以来，行书是董其昌体，五十二岁时曾写黄庭坚行书；章草师法西晋索靖《月仪帖》。他的董体行书写得极其纯熟，不亚于康熙皇帝的书法老师沈荃那笔董字。八大变法之前，如果不论篆隶的话，他的学书轨迹和书法倾向大致如此。

过去清朝人评论八大书法，称他"行楷学大令、鲁公，能自成家，狂草颇怪伟"（邵长蘅《八大山人传》）；"胎息魏晋"（陈鼎《八大山人传》）；"有晋唐风格"（张庚《国朝画征录》）。王献之、颜真卿是世人熟悉的名家，也许八大学过，但是清人的评语都遮蔽了八大学欧、黄、董的事实，也对不上八大变法之前的书迹特征。

大约在五十九岁改署"八大山人"之后，他经历了将近十年的变法期。方闻说，八大六十岁到六十五岁的画作，"愈加情绪化，笔触也显得简率而少含蓄"。书画相通，这也是八大书法变法期间的写照。但是八大书法的成熟期晚于绘画，大约六十九岁时，八大的楷书、行书、草书才造就自己的独特风格。

在生命最后的十年里，八大消磨了早年书法的锋芒圭角。他并没有运用所谓"藏锋"的技巧，也没有故作迟涩，而是笔抵纸，少提按，写出圆浑简练的笔画，富有古朴之意。字的结构，八大是逆向思维的夸张者。比如行书"廓"字，他把"阝"的空白放大，与左边笔画多的部分造成势均力敌的态势。又如行楷"之"字，通常是末笔一捺长，八大却写成短捺，造成上宽下窄的态势。还有上下错位、左右错位，也是他造奇的手段。无论字的结构如何险绝，但字的重心偏下，且有"体量感"，所以险而能稳，或者说，变形而形整。为了显示自己的学识，他把篆书的结构用楷书写，还沿袭晚明文人写字的习气，喜欢写些常人不识的异体字。因为造型奇异，后人好用"怪伟""狂伟""奇崛"之类的语词评论八大书法的风格。

八大山人早年学黄庭坚书迹

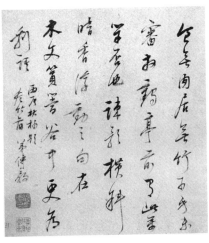
八大山人早年学董其昌行书(五十一岁)

八大山人行书《临河叙》(七十四岁)

八大山人草书《月仪帖》(七十七岁)

八大晚年的书作，看不到早年锐意模学前人的形迹。其实，结字重心偏下是欧阳询之法；恣放之笔取法黄庭坚；行草书的流畅笔势得益董其昌。他融会了前人的手段，拿来随机运用，达到炉火纯青的地步。即使书写王羲之《临河叙》，也是他那用笔简练、构形奇崛的八大体。

书法上，八大是晚成者，八十年的人生（1626~1705），最后十年形成了自己的风格。他晚年靠鬻画卖书谋生，但艺术成就与生活境遇并不同步，八大与人尺牍中说："只手少苏，厨中便尔乏粒。"友人叶丹写过一首《过八大山人》诗，勾勒了这位遗民野老的晚年身影："一室寤歌处，萧萧满席尘。蓬蒿藏户暗，诗画入禅真。遗世逃名老，残山剩水身。清门旧业在，零落种瓜人。"

傅山：遗民、学者及书法家

1644年那场明清鼎革之变，山河还是那个山河，对于明朝官员却是新旧社会两重天。如何在新朝治下自处，成了许多汉族士人面临的一道人生选择题。傅山（1607~1684）痛定之后，选择了隐居生活，以气节自我砥砺，成了践行政治道德的明遗民，顾炎武称他"太行之西一遗老"。

遗民的鼻祖，可以追溯到耻食周粟、饿死首阳山的殷商贵族伯夷、叔齐，兄弟俩也是最早的隐士。后世的遗民和隐士，虽说一样自我流放，一样自绝于体制，但遗民都是身跨两朝的士人，怀有尽忠前朝而不仕新朝的情结。明遗民面对异族统治，还多了一层"非我族类"的心结。

隐士和逸民（遗民），李零归纳为三大类型：死磕、逃跑和装疯卖傻。第一类最高洁，最难学，所以没人学，要学全是后两类。在清初政治高压之下，遗民们避于郊野山村，自怀一腔孤愤，从事著述，或者设帐教授，被视为绝学孤忠的异人，埋没不彰的畸士。还有一些遁入寺观，专以书画寄托人生。明遗民虽非公然的异见人士，内心却有抵制统治集团的倾向。两百多年后，反清志士推崇明遗民的民族气节，编撰过多种《明遗民录》，所以明遗民在近现代很是著名。推翻帝制后的民国，满清遗民则被扫入遗老遗少之列，有些人后来跟随溥仪成立"满洲国"，依附日本侵略者，为国人所不齿，遗民历史遂告终结。

傅山生于山西太原府阳曲县，祖籍大同——那里曾是北魏的首都，明代"九边"重镇之一的大同镇所在地。傅山六世祖天锡在临泉王府做教授，遂移居大同以南的忻州。曾祖傅朝宣因相貌俊美入赘宁化王府，又南迁太原附近的阳曲。祖父傅霖兄弟三人，皆有科举功名，都是明朝命官。

明朝的傅家，在当地不仅以官宦显赫，而且诗礼传家，世代书香。《清史稿》的《傅山传》三百余字，说他少时"过目成诵"，"愤明季诸缙绅腐恶，乃坚苦持气节"。入清后，"居土穴养母"，"精医，晚年颇资以自给"，"工分隶及金石篆刻，画入逸品"，"所著有《霜红龛》十二卷"。《清史稿》1914年开馆编撰，1928年出版，主持者赵尔巽是清朝遗臣，百余纂修者多为前清遗老，绝口不提傅山的遗民立场。

但是，清宣统三年（1911）初夏，清朝覆亡的前几个月，山西巡抚淮安丁宝铨为新刊四十卷本的傅山《霜红龛文集》写了一篇序言，毫不讳言傅山的遗民立场："不忘故国，蒙难坚贞。箕子胥余之逊遁，郑氏思肖之凄苦，始足喻其高节"，称傅山与孙奇逢、黄宗羲、王船山、顾亭林、李土室等八人"皆遗老之魁硕"，并且借其他遗民学者盛赞傅山的卓绝：

> 黄梨洲之袖锥对簿，告登忠端，则与音庐同其奋激也。至于飞语下系，备极惨状，痛亦深矣。然顾亭林之济南逆案，赴鞫归狱，则与音庐同其慷慨也。又以世家旧族，卖医为活，哀亦甚矣。然王船山之身瑶峒，课蒙自给，则与音庐同肮脏也。舢棱在望，仆地涕零，老弥笃矣。然李土室之都会异行，拔刀自刺，则与傅山同其倔强也。若夫萧然物外，自得天机，贞不亢矣。然胡石庄之不出庭户，陆桴亭之谢绝宾客，则与傅山同其淡定也。盖行谊卓绝，颉颃群儒。

近年出版的白谦慎《傅山的世界——十七世纪中国书法的嬗变》一书，细致研究了傅山在晚明、清初的生存状态，有一节的切入点却是傅山与仕清汉官之间复杂的互动关系。傅山入清的最初十年，为了躲避迫害，流走山西各地，生活动荡。1653年，仕清的汉官"魏一鳌以三十两银子在太原郊外的土堂村为傅山买了一处房产",才结束了这段漂流生活。四十八岁时,傅山牵涉反清复明的"朱衣道人案",被捕下狱,又是仕清汉官魏一鳌、龚鼎孳、曹溶等人出面证明傅山的清白,傅山得以出狱。康熙十七年(1678),七十一岁的傅山面临一次遗民立场的重大考验。这年正月,康熙皇帝为了举行"博学宏儒"特科考试,诏令官员举荐各地学者,表示"朕将亲试录用"。各地汇集的一百八十余人名单中,傅山在列,推荐人是两位京官。傅山先是托病拒绝,碍于阳曲县令戴梦雄的朋友关系,勉强接受了戴梦雄提供的驴车,当年初秋,在儿子傅眉与两个孙子的陪同下前往北京。

当时关中大儒李颙(土室)也在荐举之列,官员亲自上门催逼,连人带床把他强行抬往省城,到达城郊,李颙拔刀自刺,官吏骇然,不再强逼。傅山不及李颙决绝,但行至北京也未入城,借口身体不适,宿于崇文门外的荒寺里。在遗民眼里,也许城是统治的象征,官府衙门都设在城内,入城如同入了统治者之瓮。孙静庵《明遗民录》记载,福清籍遗民何其伟,明亡后"隐居教授,足迹不入城市,自称逋民"。所以,拒绝入城也有了"象征"意义,表示在野的遗民气节。

傅山这次被迫赴京,城外盘桓半年,终以老病为由逃避了1679年三月的考选。这个结果,傅山又一次得到仕清汉官的援手。其友人魏象枢时任都察院左都御使,向康熙帝报告,申说傅山因老病无法与试,朝廷未加深究。这件事,《清史稿》的记载很简单:"蔚州魏象枢以(傅)山老病上闻,免试,特授内阁中书,放还。"朝廷授官位,傅山不领职,"脱然无累"回到家乡,保全了名节。白谦慎还告诉我们,傅山时常请托仕清的汉官,为他解决生活中的急难之事,如人际纠纷、出卖字画接济生活之类。

傅山入清时三十八岁,在地方上已有相当的名望。世人眼中,他是世家子弟,是道士,是郎中,是学者,是书画家,是鉴藏家,传说还会武功,合在一起很传奇。傅山受到仕清汉官的帮助,大多用自己的书法、医术这两个专长酬报。1925年周作人写过一篇《关于傅青主》的文章,开篇就道:"傅青主在中国社会上的名声第一是医生,第二大约是书家,《傅青主女科》以至《男科》往往见于各家书目。"傅山的书法,康熙朝做过山西乡试主考官的赵执信(1662~1744)非常推崇,许为"国朝第一"(《清史稿》)。傅山也是学问家,虽说名列"博学鸿儒"是这位遗老的烦心事,却也证明傅山的学问声望远达京城,学问家的身份也让他的书法声价倍增。

傅山的学术成就,排不到当时的学术前列。后世公认的清初三大学者是昆山顾亭林(炎武)、余姚黄梨洲(宗羲)、衡阳王船山(夫之)。江藩《国朝汉学师承记》是记录清朝学术史(前半期)的重要著作,记叙的学术人物,正传七十一人,附记八人,傅山未入录。白谦慎注意到,阎若璩推举的清初知识界十四个"圣人",也未提及傅山。

傅山的学问驳杂,非宋非汉。他的学术,当代学者杨向奎《清儒学案新编》有一段中肯的评价:"于学无所不能,出入老庄而杂以禅释,非荀墨,斥程朱,而说气在理先,固未可以儒家樊篱者。"孙静庵《明遗民录》有傅山子傅眉传,称"其家学为大河以北所莫能及"。可以肯定,傅山是山西学术圈的著名人物。一些来到山西的著名学者,如顾炎武、朱彝尊、阎若璩,都与傅山有过交往,商讨学术。因为这些学术交往,傅山"预流"清初学术新潮的音韵学、金石学、考据学。

傅山在晚明就开始研究金石文字,入清后,他考释《石鼓文》,点校批注《隶释》,还对汉碑做过比较系统的研究。阎若璩说:"傅山先生长于金石遗文之学,每与余语,穷日继夜,不少衰止。"(《潜邱劄记》)傅山长于书法,在同时学者之上,对金石文字之学更为敏感。

金石学形成于宋朝,沉寂数百年之后,清初又开始兴盛起来。古代篆隶书法的经典,皆属金石文字,所以,金石学直接导致了有清一代篆隶书法的盛行,造就许多篆隶书家和篆刻家,形成直追秦汉的中兴局面。这是学术引领书法风尚的显著案例,已成书法史常识。

清朝书法史上,傅山是最早的兼能篆隶的书法名家。他的篆字,取资金文拓本或前代字书,能写大篆也能写小篆。日本澄怀堂美术馆藏有

傅山《游仙诗十二条屏》中的篆书屏（日本澄怀堂美术馆藏）

傅山的十二条屏，其中八屏是行书，一屏行楷，后三屏是篆书，题记里傅山自称为"老髦率尔"之作。这组作品的篆书写得古怪难辨，最后一屏篆书有连绵牵引之笔，有人称为"草篆"，而内容又是傅山自作的《游仙诗》，和道教有关。白谦慎分析，傅山是一位道士，应该十分熟悉画符，"画符对他怪异的书法应有一定的影响"（《傅山的世界》）。傅山写隶书，好作异体，杂有篆法。他临写的《曹全碑》与王铎的隶书相似，笔力偏弱，不及同时代江南郑簠隶书严整雄劲。傅山说，"汉隶之妙，拙朴精神。如见一丑人，初见时村野可笑，再视则古怪不俗"，如果写隶书追求不俗，"先存不得一结构配合之意"。白谦慎认为，傅山的这个主张和他鼓吹的"宁直率勿安排"的思想一致。客观地说，傅山为时代所限，他的篆隶书作仍带有晚明文化尚"奇"的痕迹，不及后来篆隶书家写得古朴。但是，在清初的书坛上，傅山对篆隶书法的想象力，以及支撑篆隶书法的金石学问方面，同代书家罕有比肩者。

生活在清初文化环境中的傅山，篆隶处于他的多重身份的交接点上，我们可以从不同角度来理解。作为遗民，篆隶是怀旧情感依托的一种文化符号；作为学者，篆隶是衡量学问的一个标尺；作为书家，篆隶是书法的"原典"。于是，篆隶的重要地位就凸显出来。

我们不妨看看傅山自己的表达："不作篆隶，虽学书三万六千日，终不到是处，昧所从来也"；"不知篆籀从来，而讲字学书法，皆寐也"。他主张用篆隶之法医楷书之俗："楷书不自篆隶八分来，即奴态不可观矣";"楷书不知篆隶之变，任写到妙境，终是俗格";"楷书妙者，亦须悟得隶法，方免俗气";"后世楷法标致，摆列而已。故楷书妙者，亦须悟得隶法，方免俗气"。

傅山指斥的"奴态""俗格""俗气"，是以赵孟頫为潜在的针砭对象。他有一篇谈论书法的《训子帖》，回顾年轻时偶得赵孟頫墨迹，"爱其圆转流丽，遂临之，不数过而遂欲乱真"。后来意识到赵孟頫"贰臣"的政治道德问题，"大薄其为人，痛恶其书浅俗"，鄙夷赵字"软美"。为什么赵字容易学？傅山有人格性的比喻："此无他，即如学正人君子，只觉觚棱难近，降而与匪人游，神情不觉其日亲日密，而无尔我者然也。"为了抵制赵字"流丽妩媚"的诱人之美，傅山选择了"忠臣"颜真卿的书法，所谓"复宗先人四五世所学之鲁公而苦为之"。大约在 1652 年，傅山寓居老友杨方生家，为杨方生弟弟写了《啬庐妙翰》手卷，其中有一段颜楷，笔画支离，极尽散漫之态。这种写法，投射了傅山《训子帖》所表达的著名书法观念："宁拙毋巧，宁丑毋媚，宁支离毋轻滑，宁真率毋安排。"这段话，他是翻自北宋诗人陈师道"宁拙毋巧，宁朴毋华，宁粗毋弱，宁僻毋俗"的文学主张。在清朝的文化语境里，傅山发出"四宁四毋"之说的心态要比宋人复杂，字面之下的寓意他不能明说。晚傅山一个世纪的

傅山《啬庐妙翰》颜字一段（1651~1652，台北何创时书法艺术基金会藏）

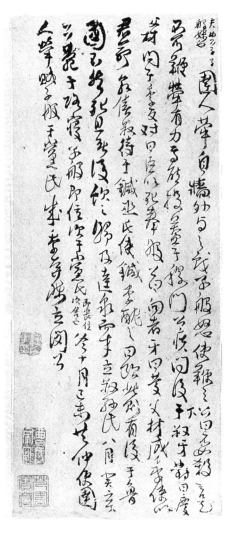

傅山《赠陈谧草书诗册》(1648,台北何创时书法艺术基金会藏)

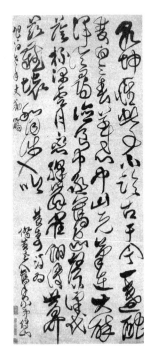

傅山行草书《左锦手稿》(约1660年代,美国普林斯顿大学美术馆藏,朱书)

傅山《草书双寿诗》(上海博物馆藏)

学者全祖望看破一层，所谓"君子以为先生非止言书也"，点到为止。

论书中隐喻政治或道德，是傅山批判现实的一种手段，以人伦道德诠释书法则是傅山的一大发明。《训子帖》后面附有一首诗，前两句说："作字先作人，人奇字自古。"傅山强调"作人"先于"作字"，所以他的"品书"如同"品人"。他说的"作人"是指人臣的忠君大节，是人格上的节操，而非为人处世的私德。诗中有句道："纲常叛周孔，笔墨不可补"；他还引用了柳公权"心正则笔正"的笔谏，颜真卿的斥责佞臣的典故："诚悬有至论，笔力不专主"，"未习鲁公书，先观鲁公诰，平原气在中，毛颖足吞虏"。傅山表达的人与书之关系，其意应该是"作人引领作书"。

入清之后，傅山的书法审美取向发生了转变，但行、草书法的坐标未曾改变，仍然宗法《阁帖》中的晋唐书迹。白谦慎指出，傅山"一生都在临《淳化阁帖》，他在晚年还嘱其弟子翻刻《淳化阁帖》，称此为'必传之业'"。傅山的小字行、草书，有巧有拙。台北何创时书法艺术基金会藏的《赠陈谧草书诗册》、美国普林斯顿大学美术馆藏的行草书《左锦手稿》，分别写于四十二岁、五十余岁，用笔灵动，得晋唐风韵。后人常见的傅山行、草书作，多是厅堂张挂的大幅条屏之类。他写大字行书，参杂草法，带有颜真卿、米芾的笔调；草书笔画缠绕纠结，追求狂放不羁的气势。傅山的大字草书粗野丑拙，嘉庆年间的书论家包世臣把傅山的草书列为"能品"。今人多从"四宁四毋"的角度解读，宽容他的繁琐拖沓。白谦慎这样评价傅山草书的地位："他身后的书法史证明，他是中国步入近代社会之前的最后一位草书大师。"

傅山有大量的书作流传世间，他的遗民身份扩大了书法的影响力，伴随有关他的那些传奇传说，他的世俗名望超出同代的许多遗民学者。

台阁体与馆阁体

历代都有四平八稳端正规矩的官样字。明清时期的官样字，人称"台阁体""馆阁体"。这种别为一体的"端楷"用于官场公文、科场试卷，与八股文一样，是场屋学子"日课"所求的一种技能，用作科举的敲门砖。

明朝台阁体

"台阁体"本指明朝的文学流派。20世纪后半叶出版的《中国文学史》，不论是1964年人民文学版的游国恩本，还是1996年复旦大学版的章培恒本，说到明朝前期的文学，都提到"台阁体"。这两部高等院校教材的作者，尽管所处的学术环境大不一样，对明朝文坛"台阁体"的评价并无多大差异。

文学的"台阁体"，代表人物是杨士奇、杨荣和杨溥。他们的诗文多是颂圣德、歌太平的应制唱和之作，"号称词气安闲，雍容典雅"，后人讥为"无才之作"。明朝以内阁总机要，"三杨"都是内阁大学士，故称此派为"台阁体"。当时很多官僚文人追随"台阁体"，形成一种诗风，弥漫文坛数十年。明朝中期，"后七子"倡导"文必秦汉、诗必盛唐"的文学复古运动，首领之一的王世贞说：杨士奇的诗"以简淡和易为主，而乏充拓之功，至今贵之曰台阁体"。王世贞《艺苑卮言》评书论画，却未见他用"台阁体"指称书法。明朝台阁书家的楷书名为"台阁体"，当是后人借自文学的说法。

朱元璋定鼎南京的洪武年间,诏辞俗鄙,书法拙劣,仍是军政府的模样。为了体现皇权的文治之仪,建立统治集团的文化强势,朱元璋一面恢复科举考试,一面命令各地官员荐举人才,但效果并不显著。元末明初,文化名流集于吴越一带,他们对元末割据江左的吴王张士诚有好感,看不上淮西农民军建立的新政权,不愿与之合流。如此尴尬的局面,直到成祖朱棣永乐年间才得以改观。

朱棣征召的急需人才是文学之士和善书之辈,其中不少人诗书兼善。杨士奇《东里续集》有段话说到书法方面的情况:"永乐初,召求四方善书士写外制,又诏简其尤善者于翰林写内制,且出秘府古名人法书,俾有暇益进所能。"外制乃朝廷机构撰拟的诏令,内制是指皇帝发出的敕书、册文、制诏之类。明成祖也为书家打开仕进之门:"凡写内制者,皆授中书舍人。"官品虽不高,却有诱人的荣耀。台阁书家的楷书,以姿媚匀整为工,符合官样的审美趣味。这些中书舍人隶属台阁,也许这个缘故,后人把他们那种楷书称为"台阁体"。

明太祖洪武(1368~1398)至宪宗成化(1465~1487)年间的台阁书家,黄惇《中国书法史·元明卷》作过统计,其中,洪武朝十七人,永乐朝多达五十四人,多数人都有中书舍人的经历。长于文学的"三杨"擅长书法,也被列为台阁书家。杨士奇在建文帝时就以名儒征召入朝,善行草,"笔法古雅而少风韵"。杨荣"楷书姿媚动人",杨溥"行、楷俱法赵文敏(赵孟頫)",两人都是进士出身。

台阁书家的翘楚是沈度(民则,1357~1434),明成祖夸为"我朝王羲之"。沈度是松江华亭(今上海松江区)人,《明史》说他"博涉经史,为文章绝去浮靡"。明太祖时,"举文学,不就",贬到云南。大约十多年之后的永乐三年(1405),他放弃了不合作的立场,以善书应选。这一转变颇可玩味,也许被贬以后受到"岷王具礼币聘之"、"都督瞿能与偕入京师"之类举动的感化;也许觉得朱明江山已固,人心所向;或许还考虑到个人前程和家庭生计。其弟沈粲(民望)亦善书,经沈度向明成祖推荐，授中书舍人，也属台阁书家。沈氏兄弟兼善草行楷，人称"二沈"，书法风格各有所长，沈度"以婉丽胜"，沈粲"以遒逸胜"。

沈度以端楷著称，字画柔媚圆熟似赵孟頫，但不如赵字俊丽。《明史》记载："是时解缙、胡广、梁潜、王琏皆工书，（沈）度最为帝所赏，名出朝士右。日侍便殿，凡金版玉册，用之朝廷，藏秘府，颁属国，必命之书。"宣宗、英宗两朝颁发的"制书"，仍然袭用沈度的楷法，皇家子弟习字也以沈度的楷书为范本。明宣宗（宣德皇帝，1426~1435年在位）书出沈度，孝宗（弘治皇帝，1488~1505年在位）酷爱沈度笔迹，日临百字以自课。明世宗嘉靖年间（1522~1540），沈度的楷书有"沈体"之称。清朝书家王文治有诗道："沈家兄弟直词垣，簪笔俱承不次恩。端雅正宜书制诰，至今馆阁有专门。"

明朝官楷以沈度楷书为模范，后代书家批评台阁书法也指向沈度。但沈度毕竟是博涉经史的文士，而非一般书手，所以明朝书家批评沈度不像后人那样苛刻。明中期"吴中四家"之首的祝允明认为，沈度的字"薄有绳削之拘"，却又为他辩解："或有闲窗散笔，辄入妙品，人罕睹耳。"（《书述》）

我们现在还能见到沈度的楷书，虽工丽，却俗软。此外，明抄本《永乐大典》则是我们了解明朝官样楷书的重要图录。这部明朝官修的大型综合性类书，经清末的"庚子之乱"，或毁或散，存者流失世界各地。残存的《永乐大典》，乃嘉靖末年重新抄录的副本，抄录者经过礼部考试，皆当时的善书者。

清朝馆阁体

乾嘉学者洪亮吉《北江诗话》卷四有一则文字说及"馆阁体"，当时人说当时事，是我们了解清朝"馆阁体"的第一手文献：

敬齋箴

正其衣冠尊其瞻視潛心
以居對越上帝足容必重
手容必恭擇地而蹈折旋
蟻封出門如賓承事如祭
戰戰兢兢罔敢或易守口
如瓶防意如城洞洞屬屬
無敢或輕不東以西不南
以北當事而存靡它其適
弗貳以二弗參以三惟心
惟一萬變是監從事於斯
是曰持敬動靜無違表裏
交正須臾有間私欲萬端
不火而熱不冰而寒毫釐
有差天壤易處三綱既淪
九法亦斁於乎小子念哉
敬哉墨卿司戒敢告靈臺
永樂十六年仲冬至日
翰林學士雲間沈度書

明朝沈度《敬斋箴》

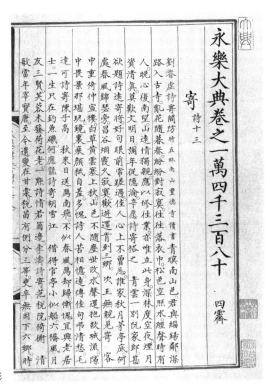

明朝《永乐大典》书影

今楷书之匀圆丰满者，谓之"馆阁体"，类皆千手雷同。乾隆中叶后，四库馆开，而其风益盛。然此体唐、宋已有之。段成式《酉阳杂俎·诡习》内有"官楷手书"*。沈括《笔谈》云："三馆楷书，不可不谓不精不丽，求其佳处，到死无一笔"是矣。窃以谓此种楷法，在书手则可，士大夫亦从而效之，何耶？本朝若沈文恪（沈荃，1624～1684）、姜西溟（姜宸英，1628～1699）诸人之在圣祖（康熙）时，查詹事（查升，1650～1707）、汪中允（汪世鋐，1658～1723）、陈奕禧（1648～1709）之在世宗（雍正）时，张文敏（张照，1691～1745）、汪文端（汪廷珍，1757～1827）之在高宗（乾隆）时，庶几卓尔不群矣。至若梁文定（梁国治，1723～1786）、彭文勤（彭元瑞，1731～1803）之楷法，则又昔人所云"堆墨书"也。

乾隆喜尚赵孟頫书法，世贵赵字，"馆阁体"以"匀圆丰满"为显著特征，类似明朝台阁书家沈度的楷书。乾隆三十七年（1772）开馆编修《四库全书》之后，馆阁之风"益盛"，当时充任书手从事过录誊写，都是这类"匀圆丰满"的端楷。

洪亮吉认为，馆阁体那种端楷"在书手则可"，士大夫则无须"从而效之"。为此，洪亮吉评点了康熙、雍正、乾隆三朝的九位名家。这九人，只有陈奕禧无科举功名，晚年因为书法受到康熙的赏识，破格入直南书房。其他八人，都是荣登龙门的进士，其中又有四人居殿试一甲前三名：梁国治一甲第一名（状元），汪廷珍一甲第二名（榜眼），沈荃、姜宸英一甲第三名（探花）。汪世鋐是礼部会试第一名（会元）。八人中，沈荃、姜宸英、查升、张照、汪廷珍、梁国治、彭元瑞都有翰林院的经历（编修、庶吉士）。洪亮吉（1746～1809），也是这一流人物，乾

---

* 洪亮吉所引唐朝段成式《酉阳杂俎》语，原文见《酉阳杂俎》卷五《诡习篇》："大历中，东都天津桥有乞儿无两手，以右足夹笔，写经乞钱。欲书时，先再三执笔，高尺余，未曾失落。书迹，官楷手书不如也。"

清朝宫廷书吏所抄阁臣题跋

臣等謹按畫家以圖像為豪古容狀出於想像而衣冠制度確有明徵此舊題閣立本歷代將相圖表冠固不宜同制即將薄政改題曰古賢圖亦無指實考畫中寓五十九人衣冠時深衣也或為委貌或為緇布冠廣為約屨皆寓周制証之武德開元之朝道皆畫像廟壁閣立本禮圖無不印合其為周時人無疑考玉海渼文翁始圖七十二賢於禮殿殿後唐之武德時人或嘗時所創業本至其人數凡五十九諸書稱孔子乃武德時人或當時所創業本至其人數凡七十七人數原七十二弟子而家語史記兩紀不同文翁圖乃七十人數原弗定此卷絹素陳朽無名款或闕十數人更徵年代之久也內第十人危冠仗劍氣象剛果
聖鑒精審其四人扵五十九人中年魏寡少考諸賢惟公孫龍少夫子五十三歲及門時故十餘歲則山像自係公孫子石也謹請改書閣立本畫孔子像並題并識如右
乾隆丁未新正臣王杰臣曹文埴臣彭元瑞臣董誥恭跋

清朝《四库全书》书影

欽定四庫全書　玉淵集　卷一

示孟郊

手何時方挂冠
久滯滄海渇求觀故國眇天末良朋在朝端遲爾同攜秦望近春水鏡湖寬遠行佇應接單位徒勞安白雲去嶺蹊蹬石耶溪沂林澗捨舟入杳界登閣憩遊旗檀晴山我行適諸越夢寐懷所歡久員獨往頗今來恣遊盤台遊雲門寺寄越府包戶曹徐起居已投刺匪求蒙秦楚邊離異翻飛何日同夫子捧檄懷毛公感激邊彈冠安能守固窮當登訴知向飄老喜懼在深衷甘脆朝不足簞瓢夕屢空執鞭慕

山中逢道士雲公

保靜節薄俗徒云云
時高深意舉世無能分鐘期一見知山水千秋聞爾其蔓草蔽極野蘭芝結孤根泉音何其繁伯牙獨不喧當餘草木繁種澆田圃釀酒聊自勸農夫安與言忽春聞荊山子時出挑花源採藥過北谷賣藥來西村煙

台阁体与馆阁体　277

隆五十五年（1790）恩科榜眼，授翰林编修。

明清两朝，翰林院是文化层次最高的官僚机构，也是朝廷培养高级文官的储才养望之所。清代科举，沿袭一甲进士直入翰林的成法，二三甲进士则通过考选庶吉士才得入翰林，称为朝考，名义上由皇帝主持，合格者由皇帝亲笔勾定，称为"钦点翰林"。翰林官品不高，却是清贵之职。他们负责修书撰史，草拟诏书，侍读皇室子弟，为宗人府的宗学、觉罗学以及内务府的八旗官学教习功课，与皇帝、皇子及近支王公有较多接近机会。翰林官往往担任乡试、会试、殿试主考官或读卷官，这样一来，馆阁的端楷就与科举联通起来，士人学子景从，故谓"馆阁体"起自翰林院。

翰林院中官员当然能写一手规整的端楷。在洪亮吉看来，沈荃、姜宸英、查升、张照、汪廷珍，书法"庶几卓尔不群"；而梁国治、彭元瑞点画肥重，其楷法类似"堆墨书"。洪亮吉所引"堆墨书"之辞，出自明朝王世贞《艺苑卮言》："徐霖字子仁，正、行俱精，雅好堆墨书，神采烂然，觉其骨不胜肉也。"徐霖是明中期书家，金陵人。洪亮吉如此评论当时翰林名家，意欲说明士大夫的楷法有别于书吏笔下"匀圆丰满"的馆阁体。

清朝科举考试，阅卷官的取舍标准渐渐僵化，看文章是否文理通顺，看楷书是否丰满端整。若文章难分高下，则以端楷书法定甲乙。科举是为朝廷选才，看重文辞书法的倾向妨碍选拔真正的人才，乾隆皇帝虽然喜好书法，但明确谕示阅卷官，"不得仅以文理通畅，字画端楷，遂列前茅"，如果确有"所见剀切，敷陈可供采择者"，即使"字画不甚工致，亦应拔取进呈，以备亲览"（《高宗实录》卷一六四）。但臣子自有他们的难处，未必能够切实执行皇上的旨意。刘恒在《中国书法史·清代卷》中提到，道光以来的科举考试，"苟不工书，虽有孔、墨之才，曾、史之德，不能阶清显"，甚至严格到了写俗体别字也会落选的地步。考中进士之后，最荣耀的事情莫过于"点翰林"，选拔的条件之一是能写一笔雍容端丽、楷法端严的官楷。学子因为科举的导向，求功名必须看齐馆阁体，练习端楷只求端正圆匀，以迎合阅卷官的口味。各地官学将生员的书法训练统一到馆阁体的趣味上。民间私塾追仿馆阁体的书写训练，又成为馆阁体盛行的社会基础。道光咸丰年间，文人书家周星莲批评过世间流行的馆阁风气："自帖括之习成，字法遂别为一体，土龙木偶，毫无意趣。"（《临池管见》）

清朝盛行的馆阁体，取资古代名家楷书，也因时而变，不同时期的端楷面貌又有所不同。康有为撰《广艺舟双楫·干禄第二十六》说：

> 以书取士，启于乾隆之世。当是时也，盛用吴兴（赵孟𫖯），间及清臣（颜真卿），未为多觏。嘉道之间，以吴兴较弱，兼重信本（欧阳询）。故道光季世，郭兰石、张翰风二家大盛于时。……欧、赵之后，继以清臣，……自兹以后，杂体并兴，欧、颜、赵、柳诸家揉用，体裁坏甚。……同光之后，欧、赵相兼。欧欲其整齐也，赵欲其圆润也，二家之用，欧体尤宜，故欧体吞云梦者八九矣。

不论以哪一家唐楷为根底，门面都是秀丽圆润的赵字，这个不可少。大抵说来，以"欧底赵面""颜底赵面"较为普遍。

馆阁体积习既久，人们用三个字概括了它的特征：乌、方、光。"乌"指墨色乌黑，"方"指字形方正，"光"指点画光洁。学子按这个"诀窍"写端楷，便走入"状如算子"的末流，只剩端正匀称的四平八稳。

后 记

前几年，应朱伟主编之约，在《三联生活周刊》写了一段时间的专栏。栏目名为"书法故事"，每篇三千字上下，附图版，凡两个页面，每周一篇，朱伟先生所定。

古代书法的人与事，文献记载零零散散，查资料，拍图版照片，都耗费时间，而且我写文章向来慢，商定两周一篇。写到第二年下半年，有时三四周才完成一篇，第三年上半年就难以为继了。自己无法按时交卷，与其继续延误下去，不如打住。怕尴尬，未向朱伟先生说明缘由，欠了一笔"不辞而别"的账。

现在拙文结集出版，借此机会向朱伟先生道歉，以求心安。更要敬致感谢，是他让我勤快起来写了这些随笔式的文章。

去年这些文章结集，我修改了两次。年初一次是把文中的"落叶"清扫一遍。八月底听说即将发稿，又要回书稿，调整补缀，有几篇不如意，改动大。《铭石书》充实之后篇幅过长，分成《金石之制》《铭石书》两篇。删除了《从"仓颉造字"到"敬惜字纸"》《女书家》，增添曾在上海《书法》杂志发表的《文论且当书论读》。我如此折腾，耽误了责任编辑张荷女士发稿的时间，蒙她宽宏大量的容忍，亦表谢忱。

2015 年 1 月 30 日报国寺寓所